DE AFFA

JAMES PATTERSON BIJ DE BEZIGE BIJ

Tweestrijd

James Patterson
& Michael Ledwidge

De affaire

Vertaling Richard Kruis

2009

DE BEZIGE BIJ

AMSTERDAM

Cargo is een imprint van uitgeverij De Bezige Bij, Amsterdam

Copyright © 2007 James Patterson
Copyright Nederlandse vertaling © 2008 Richard Kruis
Eerste druk februari 2008
Tweede druk maart 2008
Derde druk april 2008
Vierde druk juli 2008
Vijfde druk februari 2009
Oorspronkelijke titel *The Quickie*
Oorspronkelijke uitgever Little, Brown and Company, New York
Omslagontwerp Marry van Baar
Omslagillustratie Claire Morgan/Trevillion Images
Foto auteur Sue Solie Patterson
Vormgeving binnenwerk Peter Verwey, Heemstede
Druk Wöhrmann, Zutphen
ISBN 978 90 234 2802 2
NUR 305

www.uitgeverijcargo.nl

Voor John en Joan Downey – Dank voor alles.

PROLOOG

Niemand is dol op verrassingen

EEN

Ik vond het een geweldig idee, al zeg ik het zelf, om Paul tegen lunchtijd op zijn kantoor aan Pearl Street te verrassen.

Ik was er speciaal voor naar Manhattan gereden en had er mijn elegante maar niet extravagante zwarte lievelingsjurk voor aangetrokken. Geen outfit waarmee ik in het Mark Joseph Steakhouse uit de toon zou vallen en bovendien wist ik dat Paul me er graag in zag omdat hij dit japonnetje gewoonlijk koos als ik hem vroeg: 'Wat zal ik voor die gelegenheid aantrekken, Paul?'

Hoe dan ook, ik keek er erg naar uit en ik had zijn secretaresse Jean al gebeld om er zeker van te zijn dat hij aanwezig zou zijn, maar van mijn plannetje vertelde ik haar niets. Jean was immers niet mijn, maar Pauls secretaresse.

En toen zag ik Paul.

Zodra ik met mijn Mini Cooper de straat in reed, zag ik hem in gezelschap van een blonde vrouw van in de twintig het kantoorgebouw verlaten.

Druk pratend en lachend liep hij heel dicht naast haar op een manier die me op slag kotsmisselijk maakte.

De jonge vrouw kon prat gaan op de stralende, satijnachtige schoonheid die je eerder in Chicago of Iowa City aantreft. Ze was lang en haar blonde lokken glansden als zijde. Haar roomblanke huid zag er van deze afstand volmaakt uit. Geen rimpel of pukkeltje te bekennen.

Toch was ze niet helemaal volmaakt. Voor een schoenwinkel struikelde ze over een reclamemat van Manolo. Zij en Paul stapten in een taxi. Ik zag hoe Paul galant de roze kasjmieren sjaal ondersteunde, waaronder zich de elleboog van het blonde scharminkel verborg, en het was alsof er met veel geweld een ijskoude beitel in mijn borstkas werd geramd.

Ik volgde ze. Nou ja, *volgde* is zacht uitgedrukt. Ik stalkte ze.

De hele weg naar Midtown kleefde ik aan de bumper van de taxi alsof mijn Mini er met een sleepkabel aan was vastgemaakt. Plotseling hield de taxi halt voor de ingang van het St. Regis Hotel aan East 55th Street, en nadat Paul en de vrouw lachend waren uitgestapt, schoot er vanuit het koudbloedige deel van mijn hersenen een impuls naar mijn boven het gaspedaal zwevende rechtervoet. Paul pakte haar opnieuw bij haar arm. Voor mijn geestesoog zag ik het beeld van het tweetal dat tussen de trap van het hotel en mijn babyblauwe Mini werd platgedrukt.

Opeens was het beeld weg, net als zij. Begeleid door de claxons van een rij taxi's achter mij, bleef ik snikkend en jammerend achter.

TWEE

Toen Paul die avond thuiskwam gaf ik hem, in plaats van hem onmiddellijk overhoop te schieten, nog een kans. Ik wachtte zelfs tot we achter onze borden zaten voor ik hem vroeg wat hij tijdens zijn middagpauze in het St. Regis Hotel had uitgespookt.

Misschien kon hij er toch een volkomen logische verklaring voor geven. Ik kon me weliswaar niet voorstellen hoe die zou luiden, maar in de woorden van een bumpersticker die ik een keer had gezien: WONDEREN BESTAAN.

Ondanks de vloeibare stikstof die door mijn aderen werd gepompt, vroeg ik zo nonchalant mogelijk: 'En, Paul, nog iets leuks gedaan tussen de middag?'

Zijn aandacht was op slag gewekt. Hoewel ik mijn hoofd gebogen hield en het bord bijna met mijn mes doorzaagde, voelde ik hoe zijn hoofd met een schok omhoogkwam en zijn ogen mijn kant op priemden.

Na een lange weifeling waar schuld uit sprak, richtte hij zijn ogen weer op zijn bord.

'Gewoon een boterham gegeten achter mijn bureau,' mompelde hij. 'Zoals altijd. Je kent me toch, Lauren.'

Paul loog – recht in mijn gezicht.

Het mes dat uit mijn hand gleed sloeg tegen het bord als tegen een gong. Mijn hoofd raakte overspoeld door de zwartste spinsels. Idiote denkbeelden waarvan ik zelf huiverde.

Misschien was zelfs zijn werk niet echt, dacht ik. Misschien had hij een briefhoofd verzonnen en mij dag in dag uit op de mouw gespeld dat hij naar zijn werk ging. Hoe goed kende ik zijn medewerkers eigenlijk? Mogelijk ging het daarbij om acteurs die werden opgetrommeld zodra ik mijn komst had aangekondigd.

'Waarom vraag je dat?' vroeg hij even nonchalant. Dat deed pijn. Bijna net zo hevig als de aanblik van hem met die stoot uit Manhattan.

Bijna.

Ik weet niet hoe ik het klaarspeelde hem toe te lachen, terwijl er een cycloon in mij raasde, maar op de een of andere manier lukte het me mijn wangen op te trekken.

'Gewoon, converseren,' zei ik. 'Gewoon een gesprekje met mijn man als we aan tafel zitten.'

DEEL EEN

De affaire

HOOFDSTUK 1

Op die onbestaanbaar zonderlinge avond stond er een file op het zuidelijke deel van de Major Deegansnelweg, en nog een tweede op de toegangsweg naar de Triborough.

De hele rit lang wist ik niet waardoor het zenuwtrekje rond mijn oog meer werd aangespoord – door de mij in twee richtingen omgevende claxonnerende auto's, of door het getoeter van de Spaanse radiozender waarop de chauffeur mij trakteerde.

Ik was op weg naar Virginia voor een door de baas betaalde studieconferentie.

Paul moest zijn gezicht in Boston laten zien bij een van de grootste cliënten van de onderneming waar hij werkte.

De enige trip die wij moderne, professionele, ambitieuze mensen deze week gezamenlijk zouden ondernemen, was het tochtje naar LaGuardia Airport.

Gelukkig had ik vanuit mijn raam een schitterend uitzicht op Manhattan. De Big Apple, met zijn tegen de naderende donkere stormwolken afstekende torens van glas en staal, leek nog majestueuzer dan anders. Terwijl ik naar buiten keek herinnerde ik mij het knusse appartement dat Paul en ik een tijdlang op de Upper West Side bewoonden. Op zaterdagen naar het Guggenheim of het Museum of Modern Art en daarna naar de eenvoudige en niet al te prijzige Franse bistro in NoHo. Het drinken van koude chardonnay in onze 'achtertuin', de brandtrap naast ons appartement op de vierde verdieping. Al die romantische dingen die we deden voor we trouwden, toen ons leven onvoorspelbaar en zorgeloos was geweest.

'Paul,' zei ik wanhopig, bijna bedroefd. 'Paul?'

Als Paul een 'mannenman' was geweest, zou ik mogelijk de aanvechting hebben gehad om dat wat er tussen ons gebeurde aan het onvermijdelijke toe te schrijven. Je wordt wat ouder en cynischer misschien, en ooit zijn de wittebroodsweken voorbij. Maar Paul en ik? Wij waren anders.

Wij vormden een van die walgelijke koppels die elkaars beste vrienden waren. Van die Romeo-en-Julia-achtige zwelgers, van die zielsverwanten van laten-we-op-precies-hetzelfde-moment-onze-laatste-adem-uitblazen. We waren zo ongelooflijk verliefd op elkaar – en daarbij is heus niet slechts het selectieve geheugen aan het woord. Wij wáren zo.

We ontmoetten elkaar als eerstejaarsstudenten van Fordham Law. We deden dezelfde studie en bewogen ons in dezelfde sociale kringen, maar echt gesproken hadden we elkaar nog nooit. Paul viel mij op omdat hij erg knap was. Hij was enkele jaren ouder dan de meesten van ons en een tikkeltje leergieriger en serieuzer. Ik kon het aanvankelijk niet geloven toen ook hij in de voorjaarsvakantie met de hele club mee zou gaan naar Cancún.

De avond voor we terug naar huis zouden vliegen, kreeg ik ruzie met mijn toenmalige vriend, waarbij ik per ongeluk door een van de glazen hoteldeuren viel en een snee in mijn arm opliep. Terwijl mijn zogenaamde vriend duidelijk maakte dat hij er 'gewoon niet mee om kon gaan', dook Paul uit het niets op om de leiding te nemen.

Hij bracht me naar het ziekenhuis en week niet van mijn zijde. Alle anderen zaten al in het vliegtuig om maar geen college te missen.

Toen Paul de Mexicaanse ziekenzaal binnen stapte met voor ons tweeën een uit milkshakes en tijdschriften bestaand ontbijtje, drong het pas weer tot me door hoe knap hij was, hoe donkerblauw zijn ogen, hoe fantastisch de kuiltjes in zijn wangen en hoe week ik werd van zijn lach.

Kuiltjes en milkshakes, en mijn hart.

Wat was er sinds die tijd gebeurd? Ik was er niet helemaal zeker van. Ik denk dat we ten prooi vielen aan de sleur die zo menig huwelijk bedreigt. Allebei tot onze nek in onze veeleisende carrières gingen we zo op in het najagen van onze individuele behoeften dat we gaandeweg vergaten waar het om ging: het elkaar op de eerste plaats zetten.

Ik had nog altijd niet rechtstreeks met Paul over de blonde vrouw gesproken met wie ik hem in Manhattan had gezien. Misschien was dat omdat ik er niet klaar voor was om echt een punt achter onze relatie te zetten. En natuurlijk omdat ik er niet voor de volle honderd procent zeker van was of hij wel een liefdesaffaire met haar had. Mogelijk was ik gewoon bang voor het einde tussen ons. Paul had van me gehouden, daar twijfelde ik niet aan. En ik had van hem gehouden met alles wat ik in me had.

Misschien was dat nog steeds zo. Heel misschien.

'Paul,' zei ik nog eens.

Hij draaide zijn hoofd naar me toe. Ik had het gevoel of hij voor het eerst in weken naar me keek. Er lag een verontschuldigende, bijna droevige uitdrukking op zijn gezicht. Langzaam opende hij zijn mond.

Toen begon zijn vervloekte mobieltje te trillen. Ik herinnerde me dat ik zijn ringtone voor de grap op 'Tainted Love' had ingesteld. Ironisch genoeg was dat onnozele nummer, waarop we ooit gelukkig dansten, op een adequate beschrijving van ons huwelijk uitgelopen.

Naar zijn mobieltje starend overwoog ik serieus het ding uit zijn hand te rukken en het uit het raam, tussen de tuien van de brug door, East River in te smijten.

Er trok een blik van herkenning over Pauls gezicht toen hij zag wie hem belde.

'Ik moet dit even nemen,' zei hij het toestel openklappend.

Ik niet, Paul, dacht ik, terwijl Manhattan achter de stalen kabels van ons vandaan dreef.

Dat was het dan, dacht ik. De laatste strohalm. Hij had alles verwoest wat er tussen ons was, zo was het toch?

En daar, zittend in die taxi, stelde ik het exacte moment vast waarop je weet dat het voorbij is.

Als je niet eens meer een zonsondergang met elkaar kunt delen.

HOOFDSTUK 2

In de verte brak een onheilspellend onweer los toen we de snelweg bij het vliegveld op reden. De nazomerhemel werd zienderogen grijzer, er naderde met grote snelheid slecht weer.

Paul zwetste iets over boekwaarden toen we de terminal van Continental bereikten, waar ik moest zijn. Ik verwachtte niet dat hij me zoiets inspannends als een afscheidskus zou geven. Als Paul met zijn lage 'zakenstem' aan het telefoneren was, viel hij zelfs door een bom niet te stuiten.

Gehaast stak ik mijn hand uit om het portier te openen, terwijl de chauffeur de autoradio van de Spaanse zender op het financiële nieuws zette. Ik was bang dat ik, als ik niet vluchtte, zou gaan gillen zodra ik in stereo het insectachtige gebrom over koersen en aandelen zou horen.

Tot mijn keel ervan bloeden zou.

Tot ik mijn bewustzijn zou verliezen.

Toen de taxi wegreed, stak Paul zonder naar me te kijken een zwaaiende hand uit het achterraampje.

Ik voelde de aanvechting met één vinger terug te zwaaien terwijl ik mijn koffer door de schuifdeuren achter me aan trok. Maar ik zwaaide niet naar Paul.

Enkele minuten later zat ik met mijn hoofd vol ernstige overwegingen in de bar te wachten tot mijn vlucht zou worden omgeroepen. Ik haalde mijn ticket voor de dag en nipte van mijn cocktail.

Uit de luidsprekers aan het plafond klonk een muziekbehangversie van 'Should I Stay or Should I Go?' van de Clash. Hoe vind je die? De muziekbehangers hadden mijn jeugd ontdekt.

Het was maar goed dat ik me zo manisch en luchthartig voelde, omdat dat besef me er gewoonlijk toe bracht me oud en terneergeslagen te voelen.

Ik tikte met het ticket tegen mijn lippen om het vervolgens theatraal doormidden te scheuren. Daarna sloeg ik de cocktail in één teug achterover.

Met een servetje droogde ik de tranen die in mijn ogen stonden.

Ik zou overstappen op plan B.

Het zou een hoop moeilijkheden geven, dat stond vast. Trubbels zonder bubbels.

Het kon me niet schelen. Paul had me te vaak genegeerd.

Ik belde om door te geven dat ik mijn vlucht moest annuleren.

Vervolgens rolde ik mijn koffer weer naar buiten, stapte in de eerste de beste taxi die vrij was en gaf de chauffeur mijn huisadres.

De eerste regendruppels vielen op de ramen toen we wegreden, en plotseling zag ik iets enorms wegduiken in donker water, iets monumentaals dat traag en reddeloos wegzonk. Dieper, dieper, dieper.

Of misschien toch niet? Heel misschien dook ik voor het eerst sinds lange tijd juist op.

HOOFDSTUK 3

De regen gutste neer toen ik mijn donkere, lege huis binnen stapte. Na mijn natte mantelpak te hebben verruild voor een oude trui en een spijkerbroek, voelde ik me wat beter.

En ik voelde me een heel stuk beter toen ik mijn iPod inschakelde en Stevie Ray Vaughan opzocht om me gezelschap te houden.

Ik besloot de lichten uit te laten en een stoffige doos met naar lelies geurende kaarsen uit de kast in de hal te halen.

Het duurde niet lang voor het huis eruitzag als een kerk, of misschien, door de manier waarop de gordijnen door de kamer wapperden, als een maffe videoclip van Madonna. Dat spoorde me aan naar 'Dress You Up' van de pophoogheid te scrollen en het geluid nog wat harder te zetten.

Twintig minuten later ging de bel: het lamsvlees dat ik vanuit de taxi had besteld, was gearriveerd.

Ik nam de papieren zak van de bezorger van de FreshDirect aan en liep ermee naar de keuken. Ik schonk een glas Santa Margherita voor mezelf in, sneed de citroen en hakte de knoflook. Nadat ik de rode aardappels voor het knoflookgerecht had opgezet, dekte ik de tafel.

Voor twee.

Het glas Santa Margherita nam ik mee naar boven.

Toen pas kreeg ik het hardnekkig knipperende rode lampje van mijn antwoordapparaat in het oog.

'Ja hallo, Lauren. Dr. Marcuse hier. Ik sta op het punt mijn praktijk te verlaten, maar wilde je nog even laten weten dat de uitslagen van je onderzoek nog niet zijn binnengekomen. Ik weet dat je erop wacht. Ik bel je meteen als we iets van het lab horen.'

Het apparaat liet een klikje horen en terwijl ik mijn haar naar achteren trok, tuurde ik in de spiegel naar de rimpeltjes op mijn voorhoofd en bij mijn ooghoeken.

Ik was drie weken over tijd. Wat in de regel niets zorgelijks inhield.

Behalve dan dat ik onvruchtbaar was.

De uitslagen waarop mijn altijd attente gynaecoloog dr. Marcuse doelde, betroffen een echo en een bloedonderzoek waarop hij had aangedrongen.

Het was op dat moment een wedren geweest. Een nek-aan-nekrace, bergaf.

Wat zou als eerste falen? dacht ik toen ik het glas opnam.

Mijn huwelijk of mijn gezondheid?

'Vriendelijk dank voor de boodschap, dr. Marcuse,' zei ik tegen het antwoordapparaat. 'Uw timing is onberispelijk.'

HOOFDSTUK 4

Op dat punt begon mijn hart op hol te slaan. Diner voor twee –
en geen van tweeën was Paul.

Na mijn glas wijn te hebben leeggedronken, ging ik naar beneden en deed het enige verstandige wat ik in de gegeven omstandigheden kon doen. Ik pakte de fles en nam die mee naar
boven.

Toen ik mijn glas voor de derde keer had gevuld, nam ik het,
samen met mijn trouwfoto, mee naar mijn bed.

Ik ging zitten, dronk en staarde naar Paul.

Aanvankelijk had ik nogal berustend gereageerd op Pauls veranderde gedrag na zijn laatste, met veel stress gepaard gaande
promotie. Het had mij erg ongezond voor hem geleken de hele
tijd aan zo veel spanningen bloot te staan, maar ik wist ook
dat hij zich met investeringsfinancieringen bezighield. Dat was
waar hij goed in was, liet hij me altijd weten. Dat was zijn leven.

Dus liet ik de zaak op zijn beloop. De afstand tussen hem
en mij. De manier waarop hij me van de ene dag op de andere
tijdens het eten en in de slaapkamer negeerde. Hij had al zijn
aandacht en energie voor zijn werk nodig. En het was maar tij-
delijk, hield ik mezelf voor. Als hij eenmaal op streek was zou
hij het rustiger aan doen. Of hij zou onverhoopt falen. Dan zou
ik zijn wonden likken en werd alles weer normaal. Ik zou die
kuiltjes weer te zien krijgen, die lach. We zouden weer elkaars
beste maatjes zijn.

Ik trok de la van het nachtkastje open en haalde er mijn bedelarmband uit. Die had Paul voor mijn eerste verjaardag na ons huwelijk, en nota bene bij Limited Too, een winkel met spulletjes voor kinderen tot tien jaar, voor mij gekocht. Er zaten intussen zes bedeltjes aan. Het eerste en in mijn ogen mooiste bedeltje, was een hartje van bergkristal waarin 'voor mijn liefste' was gegraveerd.

Ik heb geen idee waarom, maar elk jaar betekende zo'n prullig, kinderachtig bedeltje duizend keer meer voor mij dan het diner in een chic restaurant waarop hij me ook altijd trakteerde.

Dit jaar had Paul me meegenomen naar Per Se, het nieuwe en onvoorstelbaar populaire restaurant in het Time Warner Center. Maar zelfs na de crème brûlée volgde er geen cadeautje.

Hij was vergeten een bedeltje voor mijn armband te kopen. Hij was het vergeten of had het opzettelijk nagelaten.

Dat was het eerste signaal dat er echte problemen ophanden waren.

Het knipperende billboard dat me duidelijk maakte dat ik diep in de narigheid zat, kwam in de vorm van de blonde vrouw van in de twintig voor zijn kantoor in Pearl Street – de vrouw die hij had meegenomen naar het St. Regis.

De vrouw waarover Paul mij glashard in mijn gezicht had voorgelogen.

HOOFDSTUK 5

Ik was in de keuken en legde de roze stukjes vlees in de sissende boter toen er hard op het raam van de achterdeur werd geklopt. De vlinders in mijn buik vlogen op en formeerden zich. Ik keek op de klok van de magnetron.

Op de kop af elf uur.

Daar was het, daar was hij, dacht ik. Met een theedoek bette ik het zweet van mijn voorhoofd en ik liep naar de deur. Het gebeurde echt.

Hier en nu.

Ik haalde diep adem en ontgrendelde de achterdeur.

'Hoi, Lauren.'

'Ook hallo. Wat zie je er pico bello uit. Super.'

'Voor iemand die doorweekt is, bedoel je zeker, hè?'

De regen die naar binnen zwiepte veroorzaakte een constellatie van donkere, natte sterren op de bleke plavuizen van de keukenvloer.

En toen stapte hij mijn huis binnen. Een hele entree, dat kun je wel zeggen.

Zijn grote gestalte leek de hele ruimte te vullen. In het kaarslicht zag ik dat zijn haar, daar waar het tot dicht op de hoofdhuid geschoren was, de kleur had van nat wit zand.

De gierende wind voerde zijn geur tot diep in mijn neusgaten: eau de cologne, regen en het leer van zijn motorjack.

Oprah zal waarschijnlijk wel enkele uren hebben besteed aan hoe je tot dit punt komt, dacht ik terwijl ik wanhopig zocht naar iets om te zeggen. Onschuldig flirten op het werk dat leidt tot verliefdheid, tot een heimelijke vriendschap, tot… Ik wist nog steeds niet hoe ik dit moest noemen.

Ik had enkele gehuwde vrouwelijke collega's die het onschuldige geflirt in het bloed zat, maar ik bouwde altijd een muur om me heen zodra ik op mijn werk met mannen te maken kreeg, vooral als het ging om knappe, leuke mannen zoals Scott. Het voelde gewoon niet goed als ik me op dat terrein waagde.

Maar Scott had de muur die ik om me heen had opgetrokken op de een of andere manier geslecht en was mijn verdedigingszone binnengedrongen. Misschien kwam dat doordat hij ondanks zijn lengte en knappe voorkomen iets onschuldigs had. Of misschien kwam het doordat hij me bijna formeel tegemoet trad. Ouderwets in de positieve zin van het woord. Of doordat zijn aanwezigheid in mijn leven in dezelfde mate toenam als waarin de kloof tussen Paul en mij breder en breder werd.

En alsof dat nog niet genoeg was, was Scott bovendien op een aangename manier mysterieus, op een hele subtiele manier die me aantrok.

Het was Scott die de stilte tussen ons verbrak. 'Dus je bent echt hier,' zei hij. 'Wacht even, zou ik het nog bijna vergeten.'

Nu pas viel me de natte, voddige bruine papieren zak op die hij bij zich had. Hij bloosde toen hij er een klein knuffeldier uit haalde. Het was een Beanie Baby, een die ik nooit eerder had gezien, een kleine geelbruine pup. Ik keek naar het naamplaatje: 'Badges'. Toen keek ik naar de geboortedatum: 1 december.

Ik sloeg een hand voor mijn open mond.

Mijn geboortedatum.

Ik had er altijd al een met mijn geboortedatum gezocht. Scott wist dat en had hem gevonden.

Ik keek naar de pup. Toen moest ik eraan denken dat Paul het bedeltje voor mijn armband vergeten was. Op dat moment voelde ik binnen in me iets breken, zoals een dun laagje ijs breekt, en ik kon mijn tranen niet bedwingen.

'Lauren, nee,' zei Scott paniekerig. Hij hief zijn armen op om me te omhelzen, maar stokte toen alsof hij tegen een onzichtbare muur was gelopen.

'Luister,' zei hij. 'Het laatste wat ik wil is jou pijn doen. Dit is allemaal te veel. Ik besef dat nu. Ik… ik ga gewoon weer, oké? Ik zie je morgen op het werk, zoals altijd. Ik neem de koffie mee en jij de kaneelsnoepjes en dit is nooit gebeurd. Oké?'

De achterdeur ging weer open en Scott loste op in duisternis.

HOOFDSTUK 6

Terwijl ik mijn tranen met de theedoek wegveegde, luisterde ik met een nogal melodramatisch gemoed naar het sudderende vlees in de pan. Waar was ik toch mee bezig? Was ik niet goed bij m'n hoofd? Scott had gelijk. Wat had ik me erbij voorgesteld? Zwijgend keek ik naar de spetters op de vloer die er nog maar net lagen.

Als in een opwelling draaide ik het vuur uit, greep mijn handtas, gooide de deur open en rende de duisternis in.

Hij stapte juist op zijn motor, die hij een eindje verderop in de straat had geparkeerd, toen ik hem, intussen zelf ook doorweekt, bereikte.

Bij een huis van een van de buren ging een licht aan. Mevrouw Waters was zo ongeveer de grootste roddelaarster van de hele wijk. Wat zou ze wel niet rondbazuinen als ze mij zou zien? Scott zag hoe ik nerveus naar het verlichte venster keek.

'Hier,' zei hij, mij zijn helm aanreikend. 'Niet over nadenken, Lauren. Gewoon doen. Zet op.'

Ik liet de helm over mijn hoofd zakken en rook zijn geur nog heviger. Hij startte zijn rode Ducati. Het leek wel alsof er iets explodeerde.

'Stap op,' riep hij zijn arm uitstrekkend. 'Snel!'

'Is het niet gevaarlijk in de regen te rijden?' vroeg ik.

'Schandalig gevaarlijk,' zei hij met een onweerstaanbare grijns terwijl hij de gashendel opendraaide.

Ik stak mijn hand uit, klom achter Scott en sloeg mijn armen om zijn middel.

Ik kon nog net mijn hoofd tussen zijn schouderbladen leggen voor we bulderend als een raket de heuvel van mijn doodlopende straat op vlogen.

HOOFDSTUK 7

Het zou goed kunnen dat mijn nagels nog in Scotts leren jack staan, zo krachtig had ik me aan hem vastgegrepen. Telkens als we over een hobbel reden zonk mijn maag in een peilloze diepte weg om het volgende moment tegen mijn schedeldak te beuken als we door een kuil gingen. De van regen glanzende wereld leek te smelten terwijl we erdoorheen suisden.

Toen we met slippend achterwiel de oprit naar de Saw Mill River Parkway op raasden, kon ik mezelf wel voor mijn kop slaan dat ik geen euthanasieverklaring had opgesteld. Op dat moment draaide Scott het gas pas echt open!

Na eindelijk weer een keer adem te hebben gehaald, keek ik voorzichtig om me heen. We verlieten de Henry Hudson Parkway en reden Riverdale binnen, een dure wijk in de Bronx.

We reden met hoge snelheid een heuvel af en namen pas gas terug toen we een laan in reden met aan weerszijden donkere herenhuizen die door hekken werden omgeven. In het licht van een bliksemschicht zag ik de zilveren afgrond van de Hudson onder ons, met daarin het grimmige, verbrijzelde oppervlak van de steile kliffen aan de overzijde.

'Kom, Lauren,' zei Scott nadat hij opeens stil had gehouden en was afgestapt. Hij gebaarde mij hem te volgen. We liepen een uit kinderkopjes bestaande oprit op naar een pand dat de omvang had van een bouwmarkt.

'Woon je hier?' vroeg ik toen ik de helm had afgezet.

'Zoiets,' zei hij en hij gebaarde opnieuw.

'Zoiets?'

Ik volgde hem naar een vrijstaande garage waarin drie auto's stonden. Alleen die garage was al zeker zo groot als mijn hele huis. Ik zag een Porsche en een Bentley, en een Ferrari die dezelfde kleur had als Scotts motor.

'Die zijn niet van jou!' zei ik geschokt.

'Was het maar waar,' zei Scott een trap op lopend. 'Het zijn eigenlijk meer kamergenoten. Ik pas alleen maar op dit huis voor een vriend. Kom maar, ik pak even een paar handdoeken.'

Ik liep achter hem aan het kleine, zolderachtige appartement boven de garage in. Hij trok een paar blikjes bier open en zette een Motown-cd op voor hij naar de badkamer liep. In het enorme raam dat uitkeek op de baai, lag de door de storm geteisterde Hudson als door een reclamebord ingekaderd.

Na mij een zachte handdoek te hebben toegeworpen die naar citroen geurde, stond Scott op de drempel van de badkamer naar me te kijken. Of ik heel mooi was of zoiets.

Op zijn gezicht lag dezelfde blik waarop ik hem op het werk soms betrapte als hij in een gang, in de parkeergarage of in het trappenhuis naar me keek.

Een soort smekende blik in zijn amandelvormige bruine ogen.

Voor het eerst stond ik mezelf toe zijn blik te beantwoorden. Ik nam een slok van het koude bier.

Ik liet het blikje uit mijn hand vallen toen ik opeens besefte waarom ik me zo tot hem aangetrokken voelde. Het was eigenlijk heel idioot. Toen ik op de middelbare school zat, ontmoette ik tijdens de zomervakantie bij Spring Lake een jongen. Hij runde het fietsenverhuurbedrijf op de promenade en ik kan je verzekeren dat Lance Armstrong die zomer minder uren op de fiets zat dan ik.

Toen, op een vrijdagavond, tot op dat moment de belangrijkste vrijdag in mijn leven, nodigde hij me uit voor mijn eerste strandfeest.

Elk leven zal wel een gouden moment kennen, denk ik zo. Een episode waarin de luister van het leven en je eigen plekje daarin kortstondig en op een magische manier samenvallen.

Dat strandfeest was mijn moment.

Daar was ik. Mijn allereerste blikje bier, de oceaan bulderend op de achtergrond en daarboven de turquoise avondhemel. De knappe jongen die een paar jaar ouder was dan ik, nam zonder een woord te zeggen mijn hand in de zijne. Ik was zestien jaar. Ik droeg geen beugel meer, mijn huid begon eindelijk bruin te worden. Ik was doordrongen van het gevoel dat de mogelijkheden onbeperkt waren en ik was ervan doordrongen dat mijn buik zo strak was dat je er een muntstuk op kon laten stuiteren.

Kijkend in de lichte ogen van Scott besefte ik dat het die herinneringen waren die hij in mij wakker riep – Mike, de jongen van de fietsen aan de kust van Jersey, was gekomen om me mee te nemen naar het eindeloze strandfeest, naar die wereld zonder stressbanen, zonder medische tests en zonder ontrouwe echtgenoten met aantrekkelijke blondjes aan hun arm.

En ik denk dat ik op dat ogenblik, in die verwarrendste en akeligste periode in mijn leven, het liefst met hem naar daarginds was teruggekeerd. Om weer dat zestienjarige meisje te zijn.

Scott zat op zijn knieën voor me en veegde het gemorste bier op. Ik haalde diep adem, strekte mijn arm naar hem uit en gleed met mijn vingers door zijn haar. 'Je bent lief,' fluisterde ik.

Scott stond op en nam mijn gezicht in zijn handen. 'Nee, jij bent hier de lieverd,' zei hij. 'En je bent ook nog eens de mooiste vrouw die ik ken, Lauren. Kus me. Ik smeek het je.'

HOOFDSTUK 8

Ooit hadden Paul en ik een hartstochtelijk seksleven. In het begin waren we onafscheidelijk geweest. Op onze huwelijksreis, die we op Barbados doorbrachten, werden we zelfs volwaardige leden van de Mile High Club door tijdens de vlucht de liefde te bedrijven.

Maar het bed in duiken met Scott?

Dat was levensbedreigend.

Bijna een uur lang kusten en streelden we elkaar. Mijn ademhaling en hartslag stegen bij elk openspringend knoopje, bij elk rukje aan mijn kleding, tot gevaarlijke waarden. Toen Scott uiteindelijk mijn shirt omhoogtrok en zijn gezicht tegen mijn buik drukte, beet ik bijna een stukje uit mijn onderlip.

Toen opende hij de knoop van mijn spijkerbroek. Uit mijn keel kwam een geluid dat niet eens meer menselijk te noemen was. Ik kon elk moment het bewustzijn verliezen, en ik genoot ervan.

We wankelden van de ene kamer naar de andere terwijl we elkaar de kleren van het lijf trokken. We omklemden elkaar en naar adem snakkend persten we onze lichamen tot een eenheid samen. Ik had hier al zo lang naar verlangd, vooral naar de aanrakingen, de strelingen, misschien alleen de aandacht.

Hoe we precies op het bed belandden, kan ik me niet goed herinneren. Ergens aan het eind, herinner ik me, sloeg in de achtertuin de bliksem in zodat het in zijn sponning rinkelende raam gelijke tred hield met het geklepper van het hoofdeinde.

Misschien probeerde God me iets te zeggen.

Maar zelfs als het dak van het huis zou zijn gerukt, geloof ik niet dat we hadden kunnen stoppen.

Naderhand lag ik sidderend als een gewond dier op het dekbed, wangen en nek hevig bezweet, naalden in mijn longen. De wind huilde tegen het venster toen Scott zijn gloeiende lichaam van het mijne tilde. 'Jezus, Lauren. Allemachtig…'

Ik was bang dat hij op zou staan en zou aanbieden mij naar huis te brengen en voelde me opgelucht toen hij lepeltjesgewijs achter me ging liggen en zijn kin op mijn schouder liet rusten. Al knuffelend in het donker zag ik niets anders voor me dan zijn ogen, zijn vriendelijke, bijna kastanjekleurige ogen.

'Ik denk dat ik nu wel een warme douche kan verdragen,' zei hij uiteindelijk. Zijn lange, gespierde benen leken te beven. 'Moet je dat zien. Ik moet aan het infuus.'

'Als je me naar huis brengt, zou je op de terugweg even langs het ziekenhuis kunnen rijden,' zei ik lachend.

Ik had nog net genoeg energie om mijn hoofd op een kussen te tillen toen Scott uit het bed stapte en naar de badkamer liep. Hij knipte het licht aan en ik kon hem in de spiegel zien. Hij zag er goddelijk uit. Echt goddelijk.

Zijn spierbundels groeven zich een weg in zijn flanken en zijn gebruinde rug. Hij kon zo op een reclamebord van Calvin Klein.

Het was… volmaakt geweest, dacht ik. Beter dan ik ooit had kunnen vermoeden. Ontegenzeggelijk gepassioneerd, maar ook teder. Ik had niet verwacht dat Scott zo hartstochtelijk kon zijn, dat het tussen ons zowel gevoelsmatig als lichamelijk zo kon klikken.

Ik moest dit laten gebeuren, besefte ik. Me eerst heet voelen en daarna warm. Het was heerlijk weer eens echt te lachen en me aan het hart te laten drukken van en door iemand die me graag mocht en die maakte dat ik me bijzonder voelde.

En ik weiger me schuldig te voelen, mijmerde ik, luisterend naar een volgende donderslag.

We zijn allemaal maar mensen, en dat geldt dus ook voor de wanhopige huisvrouw. Zelfs als dit de rest van mijn leven niet meer zal gebeuren – en misschien zou het nooit meer, mócht het nooit meer gebeuren – dan nog keek ik op elke seconde terug als op een kostbaar kleinood.

HOOFDSTUK 9

In de duisternis die zich samenpakte in zijn Toyota Camry, die een halve straat ten noorden van het appartement boven de garage tegen de stoeprand stond, staarde Paul Stillwell bij een volgende bliksemschicht als verlamd naar Scotts glimmende rode motor.

Van zo'n zelfde Ducati had hij, als een lichtend voorbeeld van onmogelijk duur jongensspeelgoed, zelfs een keer een grote foto gezien in het tijdschrift *Fortune*. Een fantoom dat alleen werd gekocht door een filmster of door de een of andere door een minderwaardigheidscomplex geteisterde erfgenaam van een grote Europese rederij.

En door mazzelende klootzakken als Scott, dacht Paul, kijkend naar de jachtvliegtuigachtige lijnen, rood en glimmend als lipgloss in het grillige licht.

Het leek of zijn keel werd dichtgeknepen toen hij zijn ogen met moeite van de motor had losgemaakt en weer begon te scrollen door de fotobestanden op zijn gsm.

Hij hield stil bij een opname van Scott die hij vorige week had gemaakt toen hij hem van zijn werk naar huis was gevolgd. Op de foto stond Scott met zijn Italiaanse motorfiets stil voor een verkeerslicht, zijn integraalhelm tot zijn voorhoofd omhooggeschoven. Slank, krachtig en even zelfingenomen als de motorfiets tussen zijn benen.

Paul klapte het mobieltje dicht en tuurde door de regen naar het verlichte raam boven de garage.

Achter zich tastend zocht hij op de vloer naar de Ping 3. De golfclub beschikte over een uitstekende grip en balans.

Het was een drastische oplossing, wist hij, terwijl hij naar het zware, vuistdikke metalen clubblad keek. Maar had je een andere keus als iemand je huis binnen drong en zich toe-eigende wat van jou was?

Alles stond nu op het spel, hield hij zichzelf nadrukkelijk voor. Alles waarvoor hij had gezwoegd, dreigde nu uit zijn vingers te glippen.

Misschien had hij het niet zover moeten laten komen. Misschien had hij veel eerder moeten ingrijpen. Maar voor misschien en had-ik-maar was het nu hoe dan ook te laat, zo was het toch? Er resteerde nog slechts de vraag of hij deze hele zaak op zijn beloop zou laten.

Nee, dacht Paul toen hij de sleutel uit het contact trok. Er is maar één manier om er definitief een punt achter te zetten.

De regen kletterde op het dak van de Camry. Hij stak de gsm in zijn zak en haalde diep adem. Langzaam, met een bijna ceremoniële omzichtigheid, klemde hij zijn in een zwarte handschoen gestoken hand om de grip van de volmaakt uitgebalanceerde golfclub.

De extreem harde manier, dacht hij. Hij opende het portier van de auto en stapte de stromende regen in.

HOOFDSTUK 10

'Zo, en nu?' zei Scott toen hij uit de badkamer kwam en over zijn blote bovenlichaam zijn motorjack aanschoot.

'Verras me maar,' zei ik. 'Ik hou van verrassingen. Ik ben dol op verrassingen.'

Scott boog zich over me heen en pakte mijn onderarm. Ik begon dubbel te zien toen hij zijn lippen teder op mijn pols drukte.

'Wat vond je daarvan?' zei hij glimlachend.

'Een aardig begin,' zei ik toen mijn longen eindelijk weer functioneerden.

'Jij wacht hier en ik ga even naar de nachtwinkel. Ik heb geen verse basilicum meer en de olijfolie is op,' zei hij. 'Je hebt er toch geen bezwaar tegen als ik nog even een feestmaaltje voor ons in elkaar draai? Ik heb gisteren op Arthur Avenue een paar mooie lapjes kalfsvlees gekocht. Ik maak er de saus van mijn moeder bij. Die is stukken beter dan die van Rao's.'

Het is niet te geloven, dacht ik, me Scott voorstellend met een schort voor. Een man die echt voor me gaat koken!

'Dat zou ik waarschijnlijk wel kunnen verdragen,' zei ik na een paar keer flink te hebben geslikt.

Scott was al in de deuropening toen hij plotseling bleef staan, zich omdraaide en me aankeek.

'Wat is er?' zei ik. 'Heb je je bedacht wat dat koken betreft?'

'Ik…' bracht hij uit. 'Ik denk dat ik gewoon blij ben dat we dit vanavond hebben gedaan, Lauren. Ik was er niet zeker van of je het wel wilde. Ik ben blij dat het zo gelopen is. Echt heel blij.'

Toe maar, het kan niet op, dacht ik, glimlachend naar de gesloten deur. Ik keek door het raam naar de door de storm in beroering gebrachte Hudson. Scott zag de zaken wellicht op de juiste manier. In het moment leven. Altijd jong zijn. Zorgeloos. Misschien zou ik hieraan kunnen wennen.

Ik wierp een blik op mijn horloge. Even na enen. Waar hoorde ik nu te zijn? In bed in een of ander benauwd hotelkamertje.

Het spijt me, Paul, dacht ik. Maar vergeet niet dat jij ermee bent begonnen.

Ik besloot hem te bellen om het definitieve einde van ons huwelijk aan te kondigen. Dit was misschien wel het beste moment om de confrontatie aan te gaan en de beroering te doorstaan. Paul hield toch zo van vertoningen, zo was het toch?

Dat spelletje beheers ik ook wel, dacht ik. Ik rolde het bed uit en ging op zoek naar mijn tas en mijn mobieltje.

HOOFDSTUK 11

Daar is de man die ik zoek, dacht Paul toen Scott Thayer de zijdeur van de garage opende. Ha die Scotty.

Van top tot teen in het zwart gekleed en weggedoken in de schaduwen langs de door klimop bedekte muur naast de motor van Scott, wist Paul dat hij niet zou worden gezien. Bovendien kwam de regen met bakken uit de hemel.

Paul greep de golfclub nog steviger vast toen Scott over de oprit kwam aangelopen en de donkere straat in liep. Het was tijd om die ellendige klootzak zijn misstap te laten inzien.

Scott was nog een meter of vijf van hem verwijderd. Nog twee.

Toen opeens, uit het niets, klonk er gruwelijke, schallende muziek. Die kwam van hem! Uit zijn jaszak! Zijn mobiele telefoon ging af!

Nee! dacht Paul, terwijl hij snel in zijn jaszak graaide om die domme 'Tainted Love'-ringtone het zwijgen op te leggen. Waarom had hij dat vervloekte ding niet in de auto achtergelaten?

Hij friemelde om de telefoon met zijn vrije hand uit te zetten toen Scott Thayer rennend tegen hem op liep. De adem werd Paul benomen toen hij achterover in de modder viel.

Hij keek omhoog, recht in Scotts opengesperde ogen.

'Jij!' zei Scott geschokt. De golfclub verdween uit Pauls hand toen Scott er met zijn motorlaars een trap tegen gaf. Scott trok Paul omhoog en gaf hem vervolgens een enorme duw. Paul schreeuwde het uit toen hij met zijn rug tegen iets hards viel.

Het was de Ducati. De motor en hij kwamen samen als een meelijwekkende hoopje op de grond terecht.

'Als ik niet beter wist zou ik denken dat u mij vanavond iets wilde aandoen, meneer Stillwell,' zei Scott, die niet eens zwaar ademde. Hij pakte de golfclub op en liep langzaam op Paul af.

'Met zoiets als dit kun je iemand behoorlijk verwonden,' zei Scott, zwaaiend met de ijzer 3 als met een berispende vinger. 'Let goed op, ik zal het je laten zien.'

HOOFDSTUK 12

Ik stond als aan de grond genageld, met mijn neus tegen de ruit waar de regen tegenaan sloeg en ik tuurde naar de oprit voor de garage.

Ik kon mijn ogen niet geloven. Dit is niet waar, dacht ik. Dit kan niet waar zijn.

Was Paul hier?

En hij en Scott waren op straat aan het vechten. Echt aan het vechten!

Ik was naar het raam gelopen toen ik de motor had horen omvallen. Ik kon me niet bewegen, kon daar alleen maar staan en naar het onwaarschijnlijke tafereel kijken.

Natuurlijk was Paul hier, dacht ik. Het duizelde me. Wat was ik toch een idioot! Scott en ik waren niet bepaald voorzichtig geweest. We hadden elkaar e-mails gestuurd. Ik had Scotts nummer zelfs in mijn mobieltje gezet. We hadden het Paul gemakkelijk gemaakt om onze gangen na te gaan.

Ik werd door schuldgevoelens belaagd. En door angst.

Wat had ik gedacht?

Wekenlang had ik mezelf gekweld en Paul met zijn blonde liefje voor me gezien. Elke nacht had ik me voorgesteld hoe die twee de liefde bedreven in hun suite in het St. Regis. Ik had me gewenteld in de pijn die alleen voelbaar is voor een echtgenote die weet dat ze wordt bedrogen. Het was gewoon zielig.

Maar je iets voorstellen was één ding.

Uit wraak precies hetzelfde doen was iets anders.

Ik had me verdomme gewoon in een avontuurtje gestort!

Hulpeloos keek ik toe hoe Paul en Scott elkaar te lijf gingen. Toen werd mij het zicht op de vechtenden ontnomen door een muur met woekerende klimop aan de overkant de straat. Er waren alleen nog de schaduwen van de twee mannen. Gewelddadige schaduwen die elkaar sloegen en trapten. Wat gebeurde er nu?

Ik wist niet wat ik moest doen. Uit het raam schreeuwen in een poging ze te laten ophouden?

En dit was nog maar het begin. Het zou nog erger worden als de strijd gestreden was en Paul naar binnen zou komen en ik hem onder ogen moest komen.

Ik wist niet hoe ik dat moest doen.

Opeens klonk er een enorme klap, als een honkbal die vol werd geraakt, en ik hoefde er niet meer over na te denken.

Geen van de schaduwen bewoog nog.

Een van de twee stortte ter aarde. Hij stuiterde daadwerkelijk nog even op van de grond voor hij volkomen onbeweeglijk bleef.

Wie was er gewond? Wie was er uitgeschakeld? Ik vroeg me dat met een soort verbijsterde nieuwsgierigheid af. Toen diende zich de huiveringwekkendste vraag van allemaal aan. Een vraag die me bijna de adem benam toen hij als een koud scheermes door mijn hart sneed.

Wie wilde ik dat het zou zijn?

HOOFDSTUK 13

Een angstaanjagende minuut lang bleef alles doodstil. De scha-
duwgestalten buiten. Mijn ademhaling. Zelfs de regen leek zich
in te houden. De stilte was zo absoluut dat ze oorverdovend
leek.

Toen klonk er in de verte een bonk uit op. En nog een. Bonk,
bonk, bonk. Ik dacht even dat het mijn eigen hart was waarvan
het geluid door mijn angst werd versterkt, maar toen werd de
duisternis door een zilveren schijnsel doorsneden.

Het onmiskenbare gedreun van aanzwellende rapmuziek
sloeg tegen mijn trommelvliezen. Er passeerde een gepimpte
Acura die aan het einde van de straat op een oprit tot stilstand
kwam.

Een ogenblik lang hadden de krachtige xenonlampen de overkant van de straat verlicht en het onvoorstelbaar meedogenloze
schouwspel onthuld.

Het had slechts een milliseconde geduurd, maar dat was meer
dan genoeg geweest om het beeld voor altijd in mijn geheugen
te etsen.

De staande schaduw was onmiskenbaar Paul. Hij ademde
zwaar en hield Scotts motorhelm als een golfclub in zijn hand.

Scott lag aan zijn voeten, een golfclub in de buurt van zijn
hand, zijn hoofd in een plas zwart bloed.

Dat is wat er gebeurt als je bedrog pleegt, fluisterde een stem
in mijn oor.

Dan krijg je dit.

Onwillekeurig deed ik op dat moment het beste wat ik kon bedenken. Ik dook weg bij het raam en verborg mijn gezicht in mijn handen.

Scott lag op de grond en hij bewoog niet meer.

Door mij.

Mijn lichaam was als verlamd. Die nieuwe en verpletterende feiten drongen traag tot me door, maar er drong zich nog een andere gedachte op de voorgrond.

Was Paul uitzinnig genoeg om ook mij iets aan te doen?

Overdonderd door de noodzaak te zien waar Paul nu was, keerde ik terug naar het raam.

Wat gebeurde er verdomme toch?

Direct achter Scotts omgevallen motor stond de auto van Paul geparkeerd. Met afgrijzen zag ik hoe Paul Scott op de achterbank sleurde. Ik meende te zien dat Scotts hoofd tegen een van de portieren bonkte en ik hoorde hem kreunen.

Wat was Paul in godsnaam van plan?

Ik rende de kamer uit en vloog de trap af. Ik kon dit niet zomaar laten gebeuren. In mijn hoofd doorliep ik de reanimatieprocedure. Mond-op-mondbeademing. Ik was al bijna bij de deur toen ik besefte dat ik nog helemaal naakt was. Ik rende weer naar boven.

Ik trok mijn t-shirt over mijn hoofd en stond met mijn spijkerbroek te klungelen toen ik hoorde dat de kofferbak van de auto werd dichtgeslagen. Kort daarna hoorde ik het geluid van slippende banden.

Opnieuw vloog ik naar het raam en ik zag Pauls auto nog net wegscheuren.

Ik stond te trillen op mijn benen en had een brandend gevoel in mijn borst. Toen ik de achterlichten van zijn auto in de duisternis zag verdwijnen, had ik nog een vraag voor Paul.

Waar ga je in vredesnaam met Scott naartoe, Paul?

HOOFDSTUK 14

Het duurde nog zeker twee minuten voor ik goed besefte wat er gebeurd was. Twee minuten waarin ik als verdoofd met mijn hoofd tegen het koude, door de regen gegeselde raam geleund stond. Ik glimlachte toen de zoete logica zich plotseling aandiende. Voor de eerste keer die avond daalde mijn hartslag tot een bij benadering menselijk aantal slagen per minuut.

Paul bracht Scott naar het ziekenhuis.

Natuurlijk. Paul was weer bij zinnen gekomen. Zeker, hij was gedurende enkele minuten door het dolle heen geweest. Wie zou dat niet zijn bij een confrontatie met de man die met zijn vrouw het bed had gedeeld? Maar toen Scott het onderspit had gedolven, was Paul weer zichzelf geworden.

Ze moesten onderweg zijn naar de eerste hulp van het dichtstbijzijnde ziekenhuis.

Ik belde een taxi en betrad veertig helse minuten later mijn huis in Yonkers. Ik gooide de deur open en keek naar de klok van de magnetron in het stille huis.

Waar was Paul? Had hij intussen niet terug moeten zijn? Wat was er gaande?

Ik nam aan dat Scott door Paul naar het Lawrence Hospital zou zijn gebracht, ongeveer tien minuten van Scotts appartement verwijderd. Maar er was nu al meer dan een uur verstreken. Ik ontving taal noch teken. Was er iets gebeurd wat nog verschrikkelijker was? Misschien was Paul wel gearresteerd.

Ik controleerde het antwoordapparaat op nieuwe berichten,

maar behalve het bericht van mijn gynaecoloog over mijn gebrekkige gezondheid stond er niets op. Na nog eens vijf minuten, die ik vulde met het in het oog houden van de lege straat, overwoog ik Pauls mobiele nummer te bellen. Het probleem was alleen dat ik niet precies wist hoe ik een en ander moest verwoorden.

Hoi, Paul? Ja, ik ben het, Lauren. Hoe gaat het met de man met wie ik achter jouw rug om een nummertje heb gemaakt? Komt het weer goed met hem?

Uiteindelijk besloot ik dat ik uit de eerste hand aan de weet moest komen wat er loos was. Van dit wachten werd ik knettergek.

Het werd tijd de feiten het hoofd te bieden.

Ik moest naar het ziekenhuis. Ik pakte mijn pistool, stopte het in mijn handtas en rende de deur uit.

HOOFDSTUK 15

Goddank dat er ABS bestaat, dacht ik toen ik met mijn Mini Cooper enkele centimeters voor de blinkende ambulance tot stilstand kwam die voor de afdeling spoedeisende hulp van het Lawrence Hospital geparkeerd stond.

'Waar ligt het slachtoffer van de vechtpartij?' riep ik tegen de opgepoetst uitziende roodharige verpleegster achter de met plexiglas omgeven balie.

'Mijn hemel! Bent u geslagen?' vroeg ze. Het blad *People* gleed van haar schoot op de grond toen ze opstond.

Ik keek de wachtkamer rond. Die was leeg. Vreemder nog, hij was schoon. Er kwam kalmerende klassieke muziek uit de luidsprekers aan het plafond. Bronxville, de extreem rijke oosterbuur van Yonkers, was een van de duurste buitenwijken in Westchester, herinnerde ik mij. Het Lawrence hield zich voornamelijk bezig met de blessures die de beoefenaren van het balspel lacrosse opliepen, met de incidentele gevallen waarbij er sprake was van een overdosis oxycodon en met jonge amazones die van hun paard waren getuimeld.

Geïrriteerd door mijn eigen onnozelheid liep ik de parkeerplaats weer op.

Natuurlijk kon er geen anoniem en bebloed slachtoffer bij het Lawrence zijn afgeleverd, anders was hier beslist de hele politiemacht van Bronxville aanwezig geweest. De vraag was dus nog steeds waar Scott door Paul naartoe was gebracht.

Weer reed ik de natte weg op en ik probeerde me naarstig een ander ziekenhuis in de buurt voor de geest te halen. Ik kwam uit op het Our Lady of Mercy Medical Center, ten zuiden van de Bronx River Parkway.

Terug in de echte Bronx. De Bronx zonder de *ville*.

Na tien minuten jagen over de snelweg zag ik dat de oude houten gebouwen die de weg vroeger flankeerden, door stenen appartementencomplexen waren vervangen. Steve McQueen zou trots zijn geweest op de manier waarop ik de auto slippend tot stilstand had gebracht voor ik de spoedeisende hulp van het Our Lady of Mercy aan East 233rd Street binnen stormde.

Er klonk van alle kanten gemor toen ik mij door de lange rij wachtenden die in de groezelige wachtkamer stond opgesteld een weg naar voren baande.

'Zijn er in het afgelopen uur anonieme slachtoffers van een vechtpartij binnengebracht?' riep ik naar de eerste de beste verpleegster die ik in het oog kreeg.

Voor ze haar blik op mij richtte, verwijderde ze eerst de van bloed doordrenkte theedoek die om de hand van de Spaanse vrouw die naast haar zat was gewikkeld en waaruit een barbecuevork omhoogstak.

'Die bevindt zich in drie,' zei ze geïrriteerd. 'Maar wie bent u eigenlijk?'

Het morren zwol nog aan toen ik zonder antwoord te geven door de openstaande deur achter haar glipte. Ik vond nummer 3 en rukte het groene plastic gordijn opzij.

'Nooit van kloppen gehoord, teef?' vroeg de zogoed als naakte zwarte jongen agressief, terwijl hij zich probeerde te bedekken met de hand die niet met een handboei aan een stang van het bed was vastgeklonken. Er zat een groot wit verband om zijn hoofd en aan het voeteneinde zat een grote blanke geüniformeerde politieman.

Ik voelde het verschuiven van de steen in mijn maag.

Als Scott niet hier was, dacht ik, waar was hij verdomme dan wel? En waar was Paul?

'Joehoe… Aarde aan dame,' zei de met zijn vingers knippende politieman. 'Wat is er aan de hand?'

Ik probeerde een uitvlucht te verzinnen, maar zijn portofoon produceerde opeens twee luide piepsignalen. Hij verlegde voor een ogenblik zijn aandacht naar het apparaat. De woorden waren te onduidelijk om alles te verstaan, maar ik ving iets op over een blank mannelijk slachtoffer en er werd een adres geroepen. St. James Park. Fordham Road en Jerome Avenue.

Blanke man? dacht ik. Onmogelijk. Moest toeval zijn.

Ik sloot mijn opengevallen mond toen de politieman zijn argwanende blik weer op mij richtte.

'U wilt dus zeggen dat ik mijn urinemonster hier niet moet afgeven?' zei ik achteruitlopend.

Enkele minuten later reed ik in zuidelijke richting over de Bronx River Parkway. Ik rij er gewoon even langs, zei ik tegen mezelf, en met hoge snelheid nam ik de afslag bij Fordham Road. Eigenlijk overbodig en in feite te dwaas voor woorden. Scott kon zich immers onmogelijk op de plaats van een misdrijf in de Bronx bevinden omdat hij nu ergens in een ziekenhuis lag waar hij werd behandeld aan een paar vleeswonden en kneuzingen. Geen ernstige vleeswonden en kneuzingen, hield ik mezelf voor.

Ik reed door Fordham Road en passeerde een kapotte lantaarnpaal waarboven een bord hing met de tekst: DE BRONX IS TERUG. Waar was hij dan geweest? vroeg ik me af. Ik keek naar de neergelaten stalen rolluiken van de Spaanse kledingboetieks, hier en daar onderbroken door een Popeye's Fried Chicken of een Taco Bell.

Ik maakte een scherpe bocht naar rechts, Jerome Avenue op.

En met twee voeten trapte ik uit alle macht op het rempedaal van de Mini.

HOOFDSTUK 16

Ik had nog nooit zo'n overweldigend aantal politieauto's bij elkaar gezien. Ze stonden op het trottoir, onder de viaductweg en bumper aan bumper, als een uit het beton opgeschoten wagenpark, in St. James. Al hun blauwe, rode en oranje zwaailichten blikkerden op volle toeren. Er was zo buitensporig veel geel afzetlint gebruikt dat het leek of Christo het plan had opgevat om de hele Bronx in te pakken.

Gewoon doorrijden, fluisterde een stem achter in mijn hoofd. Een of andere eerstehulparts is op dit moment bezig Scotts wonden te hechten. Of, wie weet? Misschien had Paul hem al naar huis teruggebracht.

Zorg dat je als de bliksem van deze ellendige plek vandaan komt, ging de stem verder. Je krijgt de grootste moeilijkheden als je hier nog langer blijft.

Maar ik kon hier niet weg. Ik moest eerst zekerheid hebben. Ik diende mijn verantwoordelijk te nemen. Met onmiddellijke ingang.

Ik reed rechtstreeks op de commotie af.

De ogen van de magere, grijze politieman die het verkeer rond de lichtshow stond te regelen, straalden blinde paniek uit toen ik mijn auto bijna op zijn schoenen tot stilstand bracht.

Ik gooide het portier open en viel bijna uit de auto. De politieman tastte naar zijn handboeien, maar zodra ik in mijn handtas begon te graaien, veranderde hij zijn aanpak en deed een greep naar zijn dienstpistool.

Ik was hem echter voor.

Ik haalde mijn badge te voorschijn.

De gouden legitimatiepenning die ik kreeg toen het NYPD mij tot rechercheur promoveerde.

'Christus,' siste de agent opgelucht, terwijl hij het gele lint achter zijn rug omhooghield en gebaarde dat ik kon doorlopen.

'Waarom zei u niet gewoon dat u op de zaak zit?'

HOOFDSTUK 17

Ik was nu zeven jaar bij de politie in dienst, de laatste anderhalf jaar als rechercheur eerste klas op Moordzaken. Mijn collega Scott Thayer werkte dus ook bij de politie: rechercheur derde klas, Bronx-narcoticabrigade.

Hoe zal ik het zeggen...

Ook bij de politie van New York komen liefdesrelaties tussen collega's voor.

Ik dook onder het gele lint door en liep op de verblindende schijnwerpers af die door de technische recherche midden op de parkeerplaats waren neergezet. Misschien begon de afmatting me parten te spelen, want hoewel ik maar al te vertrouwd was met plaatsen waar misdrijven hadden plaatsgehad, zag ik er nooit eerder een waar het er zo uitzinnig aan toe ging en waar zoveel gespannen politiemensen rondliepen. Wat was hier in godsnaam gebeurd?

Ik liep langs een roestend klimrek en een met graffiti bezaaide muur, en even voorbij de plek waar de schijnwerpers hun licht op een fontein wierpen die zo oud en gehavend was dat het ooit groene graniet wel zwart leek.

Aan het rijkelijk versierde voetstuk van de fontein zelf was een blauw zeildoek gebonden dat voor een deel in het water dreef en iets aan het oog onttrok. Wat bevond zich onder dat canvas?

Ik kon me niet voorstellen dat er hier in de Bronx binnenkort een nieuw kunstwerk zou worden onthuld.

Het scheelde weinig of ik maakte een sprongetje toen een grote, warme hand zich om de achterkant van mijn nek sloot.

'Wat doe jij hier, Lauren?' zei rechercheur Mike Ortiz met zijn brede lach.

Mike, sinds een jaar mijn directe partner, was halverwege de veertig en ongeveer even kalm als hij lang was. Hij werd voortdurend voor The Rock aangezien, en ik denk dat hij daar het zelfvertrouwen aan ontleende om kalmpjes of wat dan ook te zijn.

'Hoor jij niet in Quantico te zijn om adviezen te geven, ik bedoel te krijgen op de FBI-academie?' vroeg Mike.

De studiebijeenkomst in Virginia, een door het NYPD betaalde opfriscursus over de nieuwste onderzoekstechnieken, zou worden verzorgd door enkele gedragswetenschappers van de FBI.

'Ik heb het vliegtuig gemist,' wist ik uit te brengen. 'Ik neem morgenochtend een vroege vlucht.'

Mike klakte met zijn tong en duwde mij vooruit het schijnwerperlicht naast de fontein in. 'Ik heb zo het gevoel dat je zou willen dat je je vliegtuig wel had gehaald,' zei hij.

Mijn partner wierp me een paar rubberlaarzen en handschoenen toe toen we bij de gekrulde rand van de fontein kwamen. Ik trok ze langzaam aan, zwaaide mijn benen over de rand en stapte het water in.

Het ijzige water drong door tot het merg van mijn onderbenen.

Ik bewaarde mijn twijfelachtige evenwicht en waadde voorwaarts door me te concentreren op de weerkaatsing van de zwaailichten in de regendruppels. Het zag eruit als minivuurwerk, vond ik. Kleine rode en blauwe bloesems van licht. Nogal onwerkelijk, zoals al het andere op deze avond.

Dit was ronduit idioot, overwoog ik terwijl ik nog dichter naar het doek klotste.

Omdat zich een drugsdealer onder het canvas zou bevinden. Of gewoon een of andere junk. Uiteindelijk liep het daar toch altijd op uit. Waarom zou het vanavond anders zijn?

Eindelijk stond ik naast het blauwe doek en in de gloeiende, meedogenloze felheid van de schijnwerpers. Geen uitstel meer mogelijk. Ik kon nu niet meer terug, hoe graag ik dat ook zou willen. Mike Ortiz bevond zich vlak achter mij. 'Aan jou de eer, Lauren,' zei hij.

Ik hield mijn adem in.

En trok het canvas weg.

HOOFDSTUK 18

Godchristus, help mij, dacht ik.

Mijn volgende gedachte was zo mogelijk nog dwazer.

Toen ik zeven jaar was, kreeg ik bij een softbalmatch een loeihard geslagen bal tegen mijn borst. Dat was tijdens de jaarlijkse barbecue van de Ierse buurt in de Bronx. Daarbij nam het NYPD het op tegen het FDNY. Die onfortuinlijke gebeurtenis vond plaats toen ik mijn vader – sergeant van de verkenningseenheid en de werper van 'ons' team – stond aan te moedigen. Ik herinner mij niet eens dat ik door de bal werd geraakt. Ik herinner mij eigenlijk helemaal niks van het voorval. Naderhand hoorde ik dat ik een hartstilstand had gehad. Mijn vader had hartmassage moeten toepassen tot er een ambulance met een defibrillator arriveerde. Ik kan mij geen licht aan het einde van de tunnel herinneren. En ik zag ook geen beschermengelen die mij met vriendelijke gezichten wenkten en uitnodigden hen maar naar de hemelpoort te volgen. Er was alleen pijn en de traag bewegende monden van de volwassenen die vanachter een buitengewoon massief stuk glas op me neerkeken.

Terwijl ik naar beneden keek, werd ik overvallen door datzelfde gevoel volstrekt van de rest van de wereld losgekoppeld te zijn.

Ik zag warme bruine ogen die door een wolk van bloederig regenwater naar me staarden.

Bijna had ik Scott daar en op dat ogenblik in mijn armen

genomen. Ik had mij bijna naast hem in het water laten zakken en hem aan mijn borst gedrukt.

Het was alleen dat ik niet bij machte was me te bewegen.

Ik herinnerde me onze eerste ontmoeting, in het 48ste district onder de Cross Bronx Expressway. Ik werkte over op de afdeling Moordzaken op de eerste etage en Scott beneden bij de narcoticapolitie. De frisdrankautomaat in de koffiekamer weigerde mijn dollar. Scott gaf me er een van hem en toen ik op de knop sloeg, produceerde het apparaat twee blikjes cola.

'Maak je geen zorgen,' zei hij lachend. De klik was bijna hoorbaar toen we elkaar aankeken. 'Ik zal Interne Zaken er niet van op de hoogte stellen.'

Ik slikte. Het regende nog altijd en ik keek naar de kleine kringen die er boven Scotts dode ogen door werden gemaakt.

'Iemand van het bureau heeft zijn identiteit vastgesteld. Hij heet Scott Thayer,' zei Mike. 'Hij is rechercheur bij de narcoticabrigade. Een van ons, Lauren. Zo erg kan het worden. Iemand heeft een politieman vermoord.'

Mijn handen reikten omhoog naar mijn lekkende ogen. Ik overwoog ze uit te rukken.

'Hij is op een verschrikkelijke manier in elkaar geslagen,' ging mijn partner verder. Het leek of hij vanaf Mercurius tot mij sprak.

Ik knikte. Vertel me iets wat ik niet weet, dacht ik.

Dat was wat Mike vervolgens deed.

'Hij is tot moes geslagen,' zei hij, en er sloop woede in zijn stem, 'en daarna heeft iemand hem doodgeschoten.'

HOOFDSTUK 19

Doodgeschoten?

'Zie je die wond in zijn kaak, links?' zei mijn aangeslagen partner zacht.

Ik keek, knikte. Ik kon het niet vatten dat ik de wond, die eruitzag als een verkeerd gepositioneerde navel, niet meteen had gezien. Ik huiverde toen ik opeens werd overvallen door de herinnering aan Scotts stoppels tegen mijn buik.

'En het hoornvlies.'

Ik knikte opnieuw. Na het intreden van de dood wordt het hoornvlies vaak na enkele uren troebel. Scotts hoornvlies was echter helder en dat duidde erop dat het tijdstip van zijn dood nog niet ver achter ons lag.

'Hij heeft een enkelholster, maar het pistool ontbreekt,' zei Mike. 'Het is een kleine holster, dus ik ben er niet zeker van of hij hem voor zijn dienstwapen gebruikte... of misschien voor een extra wapen omdat hij al vreesde bij een gevaarlijke schietpartij betrokken te raken. Weten wij veel wat hij hier deed. Hoe dan ook, beter mee verlegen dan om verlegen, zal hij gedacht hebben. Maar het lijkt erop dat Scott zijn dag in de rechtszaal zal mislopen. God sta hem bij.'

Dat was een van de redenen waarom het beter was geen intieme relaties met collega's aan te gaan, dacht ik toen ik enkele minuten later uit het bassin stapte. Stevig in mijn laarzen stond ik niet, want ik viel achterover tegen de koude, natte rand.

Mijn brein deed het beste wat het in de gegeven omstandigheden kon doen: het fixeerde zich op één woord. Dat woord kaatste tegen de binnenkant van mijn schedel als een gevangen vogel die naar een uitweg zocht.

Waarom?

Waarom? Waarom? Waarom?

Scott had nog geleefd. Ik had hem horen kreunen toen Paul hem in de auto had gewerkt. Ik was rechercheur op Moordzaken en je zou dus kunnen zeggen dat ik een ervaringsdeskundige was. Scott had nog geleefd.

Ik keek van het blauwe canvas naar de grond tussen mijn voeten en weer terug. Na een tijdje merkte ik op dat het in werkelijkheid geen stuk canvas was maar een picknickkleed.

Ik schudde mijn hoofd vol ongeloof. Ik herinnerde me duidelijk het tripje naar de Stop & Shop waar ik dat kleed voor Paul kocht om het in de kofferbak van zijn auto te leggen.

Paul, idiote hufter, dacht ik, en er gleden gloeiende tranen over mijn wangen.

Stomme idiote hufter.

'Ik weet het, Lauren,' zei Mike die naast me ging zitten.

'Voor hetzelfde geld had jij daar gelegen,' zei hij. 'Of ik. Stel je voor, alles waar hij altijd voor heeft gewerkt. Alles waarvan hij ooit genoot. De plannen die hij maakte.'

Mike schudde ontzet zijn hoofd.

'Als zwerfafval gedumpt in een fontein in de Bronx.'

Een ogenblik lang voelde ik het verpletterende gewicht van de schuldenlast. De gedachte alles op te biechten hing als een lawine boven mijn hoofd. Het enige wat ik doen moest, was mij tot mijn partner richten en alles naar buiten gooien. Hem alles vertellen en daarmee een begin maken met het einde van mijn leven zoals ik dat kende.

Maar ik kon geen woord uitbrengen. In elk geval niet nu. Was het de instinctmatige behoefte Paul te beschermen? Mijzelf te beschermen? Ik weet het niet, ik weet het echt niet.

Maar ik vertelde mijn partner niets en het moment ging voorbij.

Ik hield mijn overwegingen voor me en begon schokschouderend te huilen.

HOOFDSTUK 20

Ik depte nog altijd mijn tranen toen er voor mijn rubberlaarzen een paar zware zwarte schoenen verschenen.

Ik keek op en zag mijn baas, hoofdinspecteur Pete Keane. Ier, bleke huid, babyface, knokig. De supervisor van de afdeling Moordzaken van de Bronx kon, op zijn spijkerharde grijze ogen na, doorgaan voor een wat op jaren geraakte misdienaar.

'Lauren,' zei hij. 'Zeker toevallig in de buurt toen de slechte tijding kwam, hm? Komt mij goed uit. Scheelt mij een telefoontje. Ik wil dat jij het verdere onderzoek leidt. Jij en Mike zijn er geknipt voor. Bij jullie kan ik altijd terecht, waar of niet?'

Ik keek naar Pete Keane. Alles ging duizelingwekkend snel. Ik was nog nauwelijks bekomen van het drama van Scotts dood en nu wilde mijn baas dat ik de leiding over de zaak op mij nam?

Ik vroeg me plots af of Keane iets kon hebben opgevangen van de affaire tussen Scott en mij. Christus. Misschien koesterde hij de verdenking dat ik meer wist van Scotts dood en stelde hij me op de proef. Was dat het?

Nee, dacht ik. Dat was onmogelijk. Niemand op het werk had er weet van. Scott en ik hadden ons de grootste moeite getroost om dat te voorkomen. Bovendien was er behalve wat geflirt en een paar etentjes nooit iets tussen ons geweest. Tot vanavond dan natuurlijk.

Voor mijn gevoel was er deze avond tussen Scott en mij alles geweest wat maar denkbaar was.

Het enige was dat Pete Keane mij gewoon graag met grote

zaken opzadelde, begreep ik na een diepe ademtocht die alle muizenissen uit mijn hoofd verdreef. Er waren in ons team wel rechercheurs die hoger op de ladder stonden dan ik, maar ik, zijn 'vrouwelijke, juridisch onderlegde smeris', zoals hij me graag noemde, was een perfectioniste. Ik schonk de vruchten van mijn rechtenstudie aan de afdeling Moordzaken. Ik ging methodisch en volgens het boekje te werk, en ik was grondig, gestructureerd en had een groot aantal zaken tot een bevredigend einde gebracht. Hulpofficieren van justitie vochten bijna om de zaken die ik voorlegde, omdat ze mijn rapporten vrijwel onveranderd als tenlastelegging konden gebruiken.

Bij zaken van een dergelijke omvang, die bovendien politiek gevoelig liggen, zou het voor een groot deel om rapporten draaien, begreep ik. Rapporten die praktisch elk uur naar de mensen aan de top zouden moeten worden gestuurd.

Ik wilde niets liever dan me als de wiedeweerga uit de voeten maken. Ik had tijd nodig om na te denken, om de brokstukken van mijn geëxplodeerde leven te onderzoeken.

Ik voelde een steen in mijn maag rondwentelen. Uiteindelijk kwam het erop neer dat ik niet in staat was een plausibel excuus te verzinnen om me aan de opgelegde taak te onttrekken. Vooralsnog kon ik er in elk geval de woorden niet voor vinden.

'Wat jij wilt, Pete,' hoorde ik mezelf zeggen.

Mijn baas knikte.

'Scott Thayer,' zei hij en vermoeid schudde hij zijn hoofd. 'Hij was godverdomme pas negenentwintig. Onvoorstelbaar. Kenden jullie hem eigenlijk wel?'

Mike blies in zijn koffie en schudde zijn hoofd.

Mijn baas draaide zich naar mij toe.

'En jij, Lauren?' vroeg hij.

Ik kon toch onmogelijk zeggen dat ik Scott niet had gekend, dacht ik. Nog maar enkele uren geleden had hij me in de ogen gekeken en had hij met zijn handen door mijn haar gestreken. In zijn bed. Nu lag hij daarginds, steenkoud en met een van pijn vertrokken uitdrukking op zijn gezicht die uitsluitend is voorbehouden aan de beklagenswaardige stakkers die helemaal alleen sterven.

Metrotrein 4 kwam met veel geraas over de viaductbaan boven Jerome Avenue achter ons. Het blauwwitte licht van de opspattende vonken wierp zich tegen de donkere gevels van de omliggende gebouwen.

'De naam komt me wel bekend voor, geloof ik,' loog ik, terwijl ik me van de rubberen handschoenen ontdeed.

Mijn eerste leugen, dacht ik, uitkijkend over de in een flitsend vuurgevecht verwikkelde zee van zwaailichten.

Het vermoeden bekroop me dat het niet mijn laatste zou zijn.

HOOFDSTUK 21

'Laat horen wat je tot nu toe hebt,' zei Keane. 'De hoofdcommissaris is net de Whitestone afgedaald. Ik heb gegevens nodig om hem tevreden het bos in te sturen – en blijf ze aanleveren. Hoe luidt jouw eerste lezing van het gebeurde? Je eerste indrukken – wat dan ook?'

'Ernstige verwondingen en bloedingen aan het gezicht,' zei Mike. 'En in elk geval een schotwond onder de linkerkaak. Misschien zijn er meer, maar we moeten het rapport van de lijkschouwer afwachten.'

'Kaliber?'

'Middelgroot. Mogelijk een achtendertig,' schatte Mike schouderophalend.

'Dienstwapen of badge aangetroffen?'

Mike schudde wrevelig zijn hoofd.

'De eerste indruk is dat iemand Thayer op een verschrikkelijke manier in elkaar heeft geslagen, vervolgens op hem heeft geschoten en hem daarna hier heeft gedumpt. Iemand die behoorlijk door het lint moet zijn gegaan.'

'Mee eens, Lauren?' vroeg mijn baas.

Ik knikte en schraapte mijn keel.

'Daar heeft het inderdaad alle schijn van,' zei ik.

'Waarom hebben jullie het over "dumpen"?' vroeg Keane. 'Volgens jullie is het tamelijk zeker dat hij niet op deze plek is vermoord?'

'De hoeveelheid bloed die in de fontein is aangetroffen, was niet erg groot. Bovendien zit zijn kleding onder de modder en vol grasvlekken,' zei Mike. 'In dit park is er sinds het vertrek van de indianen geen gras meer gesignaleerd.'

'Begin onmiddellijk met het onderzoek,' zei Keane. 'Praat met de lijkschouwer en het forensisch onderzoeksteam en stort je daarna meteen op Thayers kantoor en ga na aan welke zaken hij werkte. Zoek uit waar hij mee bezig was. Met de andere leden van zijn brigade wordt op dit ogenblik contact opgenomen. Praat met hen zodra ze komen opdraven. Spreek met iedereen van de eenheid.'

Keane draaide zich om toen er onder de viaductweg vanuit het zuiden een colonne van vier auto's arriveerde. Hij gaf me een vaderlijk klopje op mijn rug.

'Ze zullen waarschijnlijk proberen deze zaak in handen te geven van die prima donna's van Zware Misdaad, maar dat zal ik niet toestaan. Dit is in onze achtertuin gebeurd. Zorg dat ik trots op jullie kan zijn.'

HOOFDSTUK 22

Trots? dacht ik moedeloos toen Pete Keane wegwandelde.

Daar zou het een en ander voor nodig zijn.

Wacht eens, dacht ik. Waar was Paul? Ik was er zo op gefocust kwaad op hem te zijn, dat ik er niet eens aan had gedacht uit te zoeken hoe hij eraan toe was. Die ijzingwekkende gedachte drong nu pas tot me door.

Het zou toch kunnen dat ook hij was neergemaaid! Dat inzicht maakte me eindelijk iets doelgerichter.

Om te beginnen belde ik zijn mobiele nummer. Ik werd wee in mijn maag toen de voicemail van zijn telefoon reageerde.

Ik moest weten of met Paul alles in orde was.

'Shit,' zei ik terwijl ik het mobieltje tegen mijn voorhoofd sloeg en naar mijn partner keek. 'Je zult het niet geloven, maar ik kon vannacht absoluut de slaap niet vatten en ben toen opgestaan om iets te bakken. Dat staat verdomme nu nog in de oven. Ik moet even naar huis, Mike. Denk je dat het je lukt voor een halfuurtje de honneurs waar te nemen?'

'Hè?' zei Mike hoofdschuddend. 'Onze grootste zaak ooit en dan… Wat wilde je eigenlijk bakken?'

'Chocoladecake.'

'Oké, Mien Bakgraag,' zei Mike met een dommig knikje. 'Ik zal hier de boel in de gaten houden. We moeten toch wachten tot de lijkschouwer er is. Als iemand iets vraagt, zal ik zeggen dat je even naar Scotts kantoor bent. Maar schiet wel op want ik denk niet dat Keane het erg op prijs zal stellen als hij terugkomt en jij nergens te bekennen bent, zelfs niet als je naderhand iets lekkers voor hem meebrengt.'

Ik deed wat me was opgedragen. Dankzij mijn loden voet en het zwaailicht dat altijd in mijn Mini lag, wist ik mijn huis in precies acht minuten te bereiken.

Maar toen ik de doodlopende straat in reed en Pauls auto op de oprit zag staan, en bovendien zag dat het licht in onze slaapkamer brandde, nam ik gas terug. Er trok een golf van opluchting door me heen.

Paul was in elk geval thuis.

HOOFDSTUK 23

De auto bracht me op een idee. Eindelijk begon mijn brein weer te functioneren. Ik doofde de lichten, trok het zwaailicht van het dak en reed langzaam verder in de richting van het huis alsof ik op het punt stond een inbraak te plegen. Ik moest zoveel mogelijk aan de weet zien te komen voor ik Paul zou treffen. Ik parkeerde de auto halverwege de straat en legde de rest te voet af.

De deuren van de Camry waren afgesloten, maar door het stuk bandijzer dat ik uit de kofferbak van mijn Mini had gepakt, was die hindernis slechts van tijdelijke duur. Ik verstijfde toen ik de deur links voor opende en de lucht in mijn neus drong. Dennengeur en bleekmiddel. Er was iemand flink aan het schrobben geweest. Ik schudde de emoties van me af, haalde diep adem en klikte mijn zaklamp aan.

Het enige wat ik aantrof waren een paar druppels bloed op de mat onder de passagiersstoel.

Het kostte me drie minuten voor ik het kogelgat had gevonden.

Het zat onder de hoofdsteun van de chauffeursstoel. De kogel was er aan de andere kant niet uit gekomen. Met mijn zakmes wurmde ik in het gat tot ik er iets hards mee raakte. Na enig wrikken viel het paddenstoelvormige stuk lood uit het gat en recht in mijn hand.

Ik stopte het in mijn handtas, sloot mijn ogen en drukte het gat in de hoofdsteun zo goed mogelijk dicht.

Paul moest hebben gereden toen Scott, liggend op de achterbank, weer bij was gekomen. Gedesoriënteerd en vrezend voor zijn leven had hij waarschijnlijk het pistool uit de enkelholster gehaald en een schot op Paul gelost. Dat schot moet de hoofdsteun hebben geraakt.

Paul zal zich hebben omgedraaid in een poging het pistool uit Scotts handen te trekken. Het moet toen nog eens zijn afgegaan.

In Scotts kaak. Jezus. God.

Ik zoog een bijtende teug bleekmiddellucht in mijn longen voor ik mijn reconstructie vervolgde.

Paul moet in paniek zijn geraakt. Zelfs al was het zelfverdediging geweest, hij begreep dat een dode politieman niet in het niets zou oplossen. Dus had hij snel een plan bedacht om het beste te doen wat hij kon doen. Scott was politieman. Wie doodden politiemensen? Drugsdealers doodden politiemensen. Paul was dus naar de Bronx gereden en was niet gestopt voor hij een gebied had gevonden waar stevig werd gedeald. Daar had hij Scott gedumpt, was terug naar huis gereden en had de auto schoongemaakt.

Ik schudde mijn hoofd toen de tranen in mijn ogen opwelden. Vijf minuten lang zat ik gebogen over de plek waar Paul Scott had gedood en ik huilde tot mijn ogen er pijn van deden.

Het was niet eerlijk. Het was niet rechtvaardig. Eén beoordelingsfout en drie levens waren volkomen verwoest. Ik veegde mijn tranen weg, stapte uit de auto en liep naar het huis. En naar Paul.

Maar eerst maakte ik nog een kleine omweg.

HOOFDSTUK 24

Ik werk als rechercheur op Moordzaken en ik versta mijn vak behoorlijk goed. Het duurde niet lang voor ik Scotts badge en pistool vond in het schuurtje in onze tuin.

Het kost een hoop werk en schoonmaakmiddelen om alle sporen uit te wissen op de plek waar een misdaad is gepleegd. Ik had geen duidelijke sporen gevonden in onze vuilnisbak voor de garage en dus was ik naar de volgende voor de hand liggende plek gelopen waar je dingen kon verbergen. Achter de schuurdeur bevond zich een plastic tas van de Stop & Shop die we voor afval gebruikten. De tas zat boordevol bloedrode papieren handdoekjes.

En onder de tas lagen Scotts badge en het pistool waarmee Paul hem had gedood.

Het was een Colt .38 met een korte loop, een speciaal wapen voor rechercheurs. Speciaal was het zeker. Ik gebruikte een van de papieren handdoekjes om het op te pakken. Ik drukte het magazijn naar buiten en keek naar de twee donkere gaten waar de kogels ontbraken.

Behoedzaam legde ik het wapen terug onder de tas en duwde de schuurdeur achter me dicht. Ik liep over de oprit aan de voorkant van het huis toen mijn gsm begon te trillen.

In het licht van het raam uit de slaapkamer keek ik wie er belde. Ik perste mezelf in het reepje schaduw naast de garagedeur.

Het was Paul.

Wat wilde hij? Moest ik opnemen en met hem praten? Had hij me gezien? Ik koos de weg van de minste weerstand en liet de reactie over aan mijn voicemail. Enkele seconden later speelde ik zijn boodschap af.

'Hoi, Lauren. Ik ben het. Ik ben thuis. Ik had wat problemen met mijn vlucht. Leg ik je later wel uit. Had jij met jouw vlucht ook een probleem?' vroeg Paul. 'Ik zag dat je auto er niet stond. Ben je op je werk? Bel me even zodra je er gelegenheid voor hebt, oké? Ik maak me zorgen om je.'

Zorgen om *mij*? dacht ik opkijkend naar het raam. Waarom? *Ik* had niemand vermoord.

Kon het allemaal nog zonderlinger worden? Hij was in elk geval ongedeerd, dacht ik en ik liet de telefoon in mijn zak glijden.

Hoe het mentaal met hem gesteld was wist ik niet, maar lichamelijk was hij ongedeerd.

Bij de trap naar de veranda haalde ik diep adem. Ik bereidde mij voor eindelijk naar binnen te gaan en hem onder ogen te komen toen mijn telefoon opnieuw begon te trillen.

Maar deze keer was het niet Paul.

Het was mijn partner die belde. Snel liep ik terug naar de reep schaduw bij de garage voor ik opnam.

'Mike?'

'Je tijd is om, Lauren,' zei hij. 'Keane is onderweg. Het zal me niet lukken hem lang aan het lijntje te houden. Je moet nu terugkomen.'

'Ben al onderweg,' zei ik.

Ik wierp nog een blik op het raam. Waar wachtte ik in godsnaam nog op? Waarom sloop ik in het donker om mijn eigen huis heen? Ik moest naar binnen om met Paul te praten. Enig crisismanagement in werking stellen. Een goede advocaat bellen. De dingen rationeel aanpakken. Volwassen zijn. Op de een of andere manier grip krijgen op de hele situatie.

Het ging er slechts om Paul in de ogen te kijken en te zeggen:

'Ja, ik heb je bedrogen. Ja, ik ben vanavond met een andere man naar bed geweest, en nu zullen we ons bezig moeten houden met de afschuwelijke consequenties van wat jij hebt gedaan.'

Daar stond ik over na te denken terwijl de regen nog steeds neerviel.

Het lag niet in mijn aard zaken op de lange baan te schuiven, maar ik besloot voor deze ene keer een uitzondering te maken.

Ik bleef zoveel mogelijk in de schaduw terwijl ik in looppas naar de Mini terugkeerde.

HOOFDSTUK 25

Ik liet de auto achter op het Grand Concourse en liep als verdoofd verder in een poging enig licht te krijgen in deze ramp. Ik vond Mike aan de zuidzijde van het park, bij de ingang die ver verwijderd was van de plek op Jerome waar de bazen bezig waren een commandocentrum op te zetten.

Ik zag onmiddellijk de busjes van een stuk of zes nieuwszenders die er geparkeerd stonden. Geweldig. Het publiek heeft er recht op te weten wat er aan de hand is. Hoezo? vraag ik. Hoezo eigenlijk?

'Heeft iemand gemerkt dat ik weg was?' vroeg ik Mike bij wijze van groet.

Er verscheen een gekwelde uitdrukking op zijn gezicht. 'Slecht nieuws, Lauren. De commissaris was zo'n tien minuten geleden hier en hij was woest omdat jij er niet was.'

Ik voelde steken in mijn maag.

'Maar je kent mij,' zei Mike. 'Ik heb hem duidelijk te verstaan gegeven zijn armetierige voorkomen onmiddellijk op te bergen in die donutkraam van hem, waar hij thuishoort.'

Ik gaf mijn grapjurk van een partner een stomp tegen zijn arm. Eerlijk gezegd voelde het prettig even contact te maken.

'Ik ben je heel dankbaar, Mike,' zei ik. Hij had geen idee hoe dankbaar.

Het regende nog altijd toen we op weg gingen naar de gebouwen aan Creston Avenue ten oosten van het park. Als je twee betonnen handbalplaatsen, verroeste basketbalkorven en door pitbulls aangevreten schommels een park kon noemen.

Ik heb geen idee waar James de patroonheilige van was, maar in elk geval niet van de marihuana, cocaïne en heroïne die in de aan het park grenzende oude gebouwen werden verhandeld. Gelet op de jonge, verveeld kijkende mannen onder de rode luifel van een bodega op de hoek, had onze aanwezigheid een nadelige uitwerking op de verkoop.

'Kom met wat goed nieuws over het buurtonderzoek, brigadier,' zei Mike tegen een gedrongen zwarte politieman die in de deuropening van zijn dubbelgeparkeerde politiebus een rapport zat op te stellen.

Hij keek op. Er stond teleurstelling op zijn gezicht te lezen.

Mooi, dacht ik. Teleurstelling was goed.

'We hebben een zekere Amelia Phelps, een tachtigjarige Afro-Amerikaanse dame die in dat krot daarginds woont,' zei de brigadier, wijzend op een vervallen victoriaans hoekpand.

'Ze zegt een auto te hebben gezien die voor haar oprit werd geparkeerd,' vervolgde de brigadier, 'en dat een man iets wegdroeg dat hij uit de kofferbak had gehaald.'

'Blank, zwart, Spaans?' vroeg Mike. Hij werd door luid geschreeuw onderbroken.

'JA, DAT KRIJG JE DAN!'

Het was een van de jongemannen onder de luifel van de bodega. Hij hield zijn armen omhoog en zijn vingers uitgestrekt.

'5-0! EINDELIJK KRIJGEN ZE WAT ZE VERDIENEN!' schreeuwde hij weer. 'WERD TIJD OOK!'

Mike liep zo snel de straat op richting de bodega dat ik moest rennen om hem bij te houden.

'Dat hoorde ik zeker niet goed?' zei hij, zijn hand achter zijn oor houdend terwijl hij onder het afzetlint door dook en op de mannen onder de luifel afliep.

De meerderheid van het verkooppersoneel van St. James had zich wijselijk een eind verderop in de straat teruggetrokken, maar de schreeuwlelijk, een magere Spanjaard met een bleke huid en groene ogen, wilde van geen wijken weten. Hij moest even in de twintig zijn.

'Wat nou? Wil je de waarheid niet horen?' zei hij terwijl hij zijn kleine hanenkop schuins naar Mike gekeerd hield. 'Doe er dan wat aan, windbuil.'

Mike tilde een metalen vuilnisvat van het trottoir en als ging het om een basketbalpass wierp hij dat gevaarte met twee handen naar de kerel toe. De schreeuwlelijk werd door de stalen rand geraakt en belandde op zijn rug in de goot. Mike tilde het vat omhoog en keerde het om, waarna de jongen onder de inhoud verdween.

'Wat dacht je daarvan?' zei hij.

'Hij is het niet waard,' fluisterde ik mijn partner toe toen ik hem had ingehaald. 'Je wilt toch geen douw krijgen vanwege die mafketel? Denk even na, Mike. De bazen zitten overal.'

Mike wreef over de kloppende ader bij zijn slaap toen hij zich uiteindelijk door mij liet meevoeren.

'Je hebt gelijk. Je hebt gelijk, partner,' mompelde hij met gebogen hoofd. 'Ik verloor even mijn hoofd, sorry.'

Toen herinnerde ik me weer het een en ander.

Ook Mikes vader was een politieman geweest die tijdens het uitoefenen van zijn functie de dood had gevonden. Hij werkte bij de spoorwegpolitie en toen hij op een dag in de metro stapte was er een verkrachting gaande. Hij kreeg een kogel door zijn hoofd toen hij wilde ingrijpen. Het was een van de weinige moorden op politiemensen van het NYPD die nooit werden opgelost.

Er was dus wel iets waardoor zelfs mijn onverstoorbare partner tot razernij kon worden gebracht, dacht ik toen ik hem meetrok naar het huis van de getuige.

Een dode politieambtenaar.

Alles werd beter en beter.

HOOFDSTUK 26

Daar was onze getuige. En wat had ze precies gezien?

Amelia Phelps, klein, bejaard en zwart, was als lerares Engels verbonden geweest aan de Bronx High School of Science.

'Wilt u misschien thee?' vroeg ze duidelijk articulerend toen ze ons haar stoffige salon vol sleetse huisraad binnen voerde. Overal lagen boeken die tot borsthoogte waren opgestapeld, als vuilnis op een stortplaats.

'Nee, dank u, mevrouw Phelps,' zei Mike die zijn bifocale bril voor de dag haalde en opzette.

'Mejuffrouw Phelps,' corrigeerde ze hem.

'Neemt u me niet kwalijk,' zei Mike. 'Mejuffrouw Phelps, zoals u weet is er een politieman in het park gevonden. Wij zijn van de recherche en onderzoeken de zaak. Kunt u ons van dienst zijn?'

'De auto was een Toyota,' zei juffrouw Phelps. 'Een Camry, als ik het wel heb, en een tamelijk nieuw model. De man die uitstapte was blank, middelgroot postuur zou ik zeggen. Hij droeg een bril en donkere kleding.

Aanvankelijk dacht ik dat hij hier om dezelfde betreurenswaardige reden was als de meeste Kaukasiërs die onze wijk bezoeken, namelijk het kopen van verboden middelen bij de jongens in deze buurt. Maar toen zag ik hem, heel eigenaardig, het achterportier openen, waarna hij er iets groots, dat in een blauw laken was gewikkeld, uit te voorschijn haalde. Het kan heel goed een lichaam zijn geweest. Ongeveer vijf minuten later keerde hij met lege handen terug en reed weg.'

Toen ik een vluchtige blik op Mike wierp, zag hij er even opgetogen uit als ik mij vertwijfeld voelde.

Want deze getuige, deze voormalige lerares, behoorde tot een zeldzame soort. Wij onderzochten overvallen op benzinestations die op klaarlichte dag hadden plaatsgevonden maar waarbij niet één van de twintig mensen die in de buurt waren geweest ook maar iets had gezien. Moordaanslagen tijdens trouwerijen, waarbij geen van de leden van beide families iets had gezien of gehoord. Nu hadden we te maken met een lijk dat midden in de nacht in een drugswijk was gedumpt, doorgaans een moordzaak die hoogstzelden werd opgelost, en stuiten we op een omaatje met een fotografisch geheugen.

'Hebt u misschien een aantekening gemaakt van het kenteken van het voertuig?' vroeg Mike hoopvol.

O God, huiverde ik. God in de hemel, zorg dat ze nee zegt.

'Nee,' zei juffrouw Phelps.

Ik moest mezelf dwingen mijn ingehouden adem onhoorbaar uit te blazen.

'Was het te donker?' vroeg Mike teleurgesteld.

'Nee,' zei juffrouw Phelps, terwijl ze naar hem keek alsof hij een jochie was dat vergeten was zijn hand op te steken. 'Er zaten geen kentekenplaten op de auto.'

'Hebt u de politie gebeld om door te geven wat u gezien hebt?' vroeg ik.

Mejuffrouw Phelps gaf me een klopje op m'n knie.

'In deze buurt is het van levensbelang je niet met andermans zaken te bemoeien.'

'Maar waarom hebt u dan tegen de politieman die bij u aanbelde gezegd dat u iets had gezien?' vroeg Mike nieuwsgierig.

'Ze vroegen me ernaar,' zei juffrouw Phelps met een nuffig knikje. 'En ik ben geen leugenaar.'

Nee, u niet, dacht ik.

'Gesteld dat die man met een aantal andere mannen in een rij stond opgesteld, zou u hem dan herkennen?' vroeg ik met een gespannen glimlach.

'Zonder enige twijfel, rechercheur,' antwoordde juffrouw Phelps.

'Geweldig,' zei ik en ik overhandigde haar mijn kaartje. 'We nemen nog contact met u op.'

'Daar kunt u op rekenen,' voegde Mike eraan toe.

HOOFDSTUK 27

Mike had zijn bril op zijn hoofd geschoven toen we de woning van Amelia Phelps verlieten en terugliepen naar het park. Hij liep opgewonden in zichzelf te mompelen terwijl hij de notities doorlas die hij tijdens het vraaggesprek had gemaakt. Hij moest het gevoel hebben dat we de moordenaar op het spoor kwamen. Een geweldig gevoel, wist ik. Voor een rechercheur, voor een vertegenwoordiger van degenen die aan de goede kant staan.

Het was een schrijnende gewaarwording dat ik het niet kon delen.

Ik vond het vreselijk Mike en de andere politiemensen die in de regen rondzwierven een rad voor ogen te draaien. Als een collega iets overkwam, voelden we dat allemaal. Uiteraard is er de verontwaardiging, maar daaronder woelt de angst. Was het een vergissing dit gevaarlijke beroep te kiezen? Is 't het waard ervoor te sterven?

Dat mijn vrienden en collega's door vrees werden gekweld, besefte ik maar al te goed. Ik zou de spanningen kunnen wegnemen door de waarheid te vertellen. Ik werd misselijk bij de gedachte dat er nog iemand iets zou overkomen.

Ik sloot mijn ogen en hoorde het geluid van de politieradio's en van de striemende regen in de bomen.

Ik stelde niemand op de hoogte van wat ik wist, van wat er daadwerkelijk met Scott was gebeurd.

Ik hield me op de vlakte, mijn mond verzegeld.

Pas toen er bij de fontein commotie ontstond, opende ik mijn ogen weer.

Enkele tientallen geüniformeerde agenten waren bezig zich in parallelle rijen op te stellen tussen het fonteinbekken en de zwarte stationcar van de lijkschouwer die onder de verroeste viaductweg op Jerome stond.

'Hij wordt er nu uit gehaald,' hoorde ik een agent zeggen die voor me langs rende om zijn plaats in de rij in te nemen.

Een erewacht van zes politiemensen stapte voorzichtig in het bekken en nam van het team van de lijkschouwer de groen-zwarte lijkzak met het lichaam van Scott over. Ze droegen hem als een slachtoffer dat nog in leven was. Mijn God, als dat eens waar kon zijn. Ik wenste dat ik elke seconde van deze avond en nacht kon terugdraaien.

Iemand in de erehaag hief op heldere en ontroerende toon 'Danny Boy' aan.

Een definitie van troosteloosheid? Wat dacht je van zes agenten die in de gutsende regen met trage pas een van hun doden door een donkere gebouwenvallei in de Bronx dragen. Even meende ik het klagende geluid van een doedelzak te horen. Was Scott eigenlijk wel Iers? Ik wist het niet. Waarschijnlijk zijn alle dode politiemensen Iers, dacht ik.

Ik zag de regen als gesprenkeld wijwater op de lijkzak spatten toen de processie mij passeerde. Alle agenten beweenden hem openlijk en zelfs de commissaris die naast de lijkwagen stond, sloeg een hand voor zijn ogen.

Een overrazende metrotrein liet een krijgshaftige roffel horen toen Scott in de lijkwagen werd geschoven, als een dossier in een la.

Mijn ogen traanden alsof ze wedijverden met de regen.

HOOFDSTUK 28

Uit een ooghoek zag ik een witte vlek opdoemen en een ogenblik later werd ik door een muur van warme Tyvek omgeven.

'O, Lauren,' fluisterde Bonnie Chesnik, een jaargenoot van de academie, in mijn oor terwijl ze me naar zich toe trok en omhelsde.

'Dit is zo afgrijselijk. Die arme jongen.'

Bonnie had medicijnen gestudeerd aan de universiteit van New York voor ze haar studie had opgegeven om bij de politie te gaan. Ze werkte intussen bij de technische recherche. Als de enige twee vrouwen die de opleiding deden met een groep die voornamelijk bestond uit tweeëntwintigjarige jongemannen uit Long Island met gladde gezichten, sloten we snel een pact. Ik bleef zo vaak overnachten op de etage van 'de Bonster' en haar vriend aan St. Mark's Place, dat ze de logeermatras naar mij noemden.

Bonnie viste een Kleenex uit de zak van haar jasje en depte er haar ooghoeken mee en reikte mij vervolgens ook een tissue aan.

'Moet je ons nou zien,' zei ze met een lach. 'Keiharde politiemensen, hè? Hoe lang is het nu geleden? Een jaar? Je hebt iets met je haar gedaan. Staat je goed.'

'Dank je,' zei Mike die tussen ons in kwam staan. 'Ik heb het net gewassen. En jij bent?'

'Bonnie, deze bal gehakt is mijn partner, Mike,' zei ik ze aan elkaar voorstellend. 'Ik dacht dat jij altijd overdag werkte?'

'Toen ik het nieuws hoorde, ben ik onmiddellijk hiernaartoe gekomen, net als alle anderen,' zei Bonnie. 'De laatste keer dat ik zoveel politiemensen bijeen zag was bij de paardenraces. Of bij Ground Zero.'

Ze ontdeed zich van de diepvriestas die naast verscheidene camera's voor haar borst hing.

'En ik ben blij dat ik dat gedaan heb, Lauren. Ik ben echt blij. Volgens mij heb ik iets gevonden.'

Ik nam de diepvriestas van haar aan en hield hem omhoog.

Elke lamp in het park en daarbuiten leek plotseling met een withete helderheid op te lichten. De regen leek rechtstreeks door me heen te vallen.

Ik draaide het zilveren montuur van Pauls bril langzaam in mijn hand rond.

'Die zat in het kleed waarin Scott was gewikkeld,' zei Bonnie. 'Ik heb al een van de jongens van Narcotica gebeld. Scott droeg geen bril. Als het een door een oogarts voorgeschreven bril is, kunnen we de kaartenbakken van alle oogartsen in New York doorzoeken en die brildragende klootzak aan het kruis nagelen.'

Ik voelde een tinteling achter mijn linkeroog toen Mike opsprong en met Bonnie een high five uitwisselde.

Het volgende moment klonken er opgewonden stemmen uit Mikes portofoon.

'Het is de baas, Lauren,' zei hij. 'De commissaris is de donutkraam binnen gegaan en wil het strijdplan doornemen.'

'Alles in orde, Lauren?' vroeg Bonnie terwijl ze een hand op mijn schouder legde. 'Je ziet nogal bleekjes.'

Ik keek naar haar, naar de bezorgdheid in haar ogen. Christus, hoe ik ernaar verlangde alles op te biechten. Bonnie was een vriendin, een vrouw en een collega. Van iedereen die ik kende was zij degene die de situatie waarin ik verzeild was geraakt het beste zou begrijpen. Zeg me wat ik moet doen. Help me.

Maar wat kon ik haar zeggen? Ik had een liefdesverhouding

met de overledene, die overigens door mijn echtgenoot om zeep is geholpen? Ik wendde mijn ogen van haar af. Niemand kon me helpen, begreep ik. Ik stond er volstrekt alleen voor.

'Ik voel me prima,' loog ik.

'We zijn allemaal nogal over onze toeren,' zei Mike tegen Bonnie en hij leidde me in de richting van het mobiele commandocentrum. 'Zelfs een paar van die dealers bij de bodega barstten in tranen uit toen die roodharige agent "Danny Boy" zong.'

Mike hield tijdens het lopen zijn arm om me heen. Hij was toch echt een fijne kerel.

'Onze vriend maakt er een rommeltje van, Lauren,' zei hij. 'Ik dacht eerst dat we het konden schudden. Jij weet net zo goed als ik hoe moeilijk die dumpgevallen zijn op te lossen. Maar moet je nou zien. De ene misser na de andere. We hebben met een amateur te maken. Ik zie hem bijna voor me. Hij denkt zijn sporen uit te wissen, maar hij begint door te slaan en maakt er een puinhoop van, waardoor wij hem dichter en dichter op de nek zitten. Een van die kleerkasten van Sam Adams zegt dat we hem morgen rond deze tijd in de tang zullen hebben. Zullen we wedden?'

Ik schudde mijn hoofd en had de grootste moeite om op de been te blijven, om door te lopen naar de bus.

'Nee, laat maar zitten, Mike,' zei ik. 'Ik wed niet met gehaktballen.'

HOOFDSTUK 29

Korte tijd later dwong ik mezelf overeind te blijven in het verblindend steriele interieur van het mobiele commandocentrum.

Overal zaten politiemensen achter laptops. Bazen in witte overhemden blaften in mobieltjes. Een plattegrond van het gebied werd in breedbeeld op een PowerPointscherm geprojecteerd. De hele situatie leek op het zenuwcentrum van het Pentagon, of misschien van de tv-serie *24*.

Ik voelde mijn hart als een razende diep in mijn oren bonken, achter mijn ogen.

En Paul was de vijand.

'Commissaris,' zei mijn baas op een formele toon die ik hem niet zou hebben toegedicht. 'Dit is rechercheur Stillwell. Zij leidt het onderzoek.'

Een grote hand schudde de mijne en ik keek in het beroemde, vaderlijke, zwarte gelaat van de hoofdcommissaris van politie van New York, Ronald Durham.

'Aangenaam kennis te maken, rechercheur Stillwell,' zei Durham op een warme, van honing doortrokken toon. 'Ik heb enkele rapporten van uw hand onder ogen gehad. U levert uitstekend werk.'

Mijn God, dacht ik, opnieuw duizelig. Een eerste pluim van de hoofdcommissaris. Ik moet mijn trofeeënkast van een extra schap voorzien.

Even later maakte ik de keiharde landing van de cocaïnejunk

die drie dagen en nachten boven de grond heeft gezweefd toen ik dacht aan het allesverzengende bewijsstuk van Pauls bril.

De hüttenkäse in mijn koelkast zal minder snel bederven dan mijn carrière.

'Dank u, meneer,' hakkelde ik.

'Vertel eens wat u tot nu toe heeft,' zei Durham. Zijn grote ogen boorden zich in die van mij.

Ik nam alles met hem door. Scotts wonden, de perfecte beschrijving van Paul en zijn auto door Amelia Phelps, de bril die we net hadden gevonden. De volledige receptuur voor mijn eigen ondergang.

Toen ik klaar was met mijn opsomming, tikte de hoofdcommissaris zijn wijsvinger tegen zijn lippen. Anders dan de meeste hoge pieten was Durham in het verleden zelf rechercheur geweest.

'Zoekt u al in onze bestanden naar hem?' vroeg de commissaris.

'Daar heb ik nog geen gelegenheid voor gehad, meneer. Dat staat als volgende op onze lijst.'

Durham knikte.

'U zit hem al aardig op de hielen,' zei hij. 'Alleen door uiterst doeltreffend te zijn, kunnen we de klap hier voor iedereen enigszins verzachten.'

Niet voor iedereen, dacht ik.

'Rechercheur,' zei de hoofdcommissaris glimlachend.

Ik wist dat hij nog iets voor me in petto had. Ik had er geen idee van wat het kon zijn, maar ik wist eenvoudig dat je, nadat je door een baas van het NYPD was geprezen, een dreun in je maag kon verwachten.

'Meneer?' zei ik, verwoed en vergeefs proberend de nervositeit in mijn stem te onderdrukken.

'Ik moet u eraan herinneren dat u de familie van Scott Thayer nog van het verlies op de hoogte dient te stellen.'

De spieren in mijn kaken verstrakten en het verbaasde me dat mijn gebit niet werd verbrijzeld. Jezus christus, daar had ik niet eens bij stilgestaan! Omdat mij de leiding over deze zaak was toebedeeld, was het ook mijn taak de familie in te lichten.

Scott had me verteld dat zijn moeder en jongere zus ergens in Brooklyn woonden. Hoe smartelijk zou het overbrengen van dat bericht worden? Mocht ik in plaats daarvan misschien mijn hand in een hakselmachine steken?

'Natuurlijk, meneer,' zei ik.

Hoofdcommissaris Durham gaf me een vaderlijk klopje op mijn schouder en zei: 'Het is het zwaarste onderdeel van je ambt, dat besef ik. En ik vind dat het gedaan moet worden vóór de pers met Scotts naam aan de haal gaat. Ook denk ik dat het beter is dat de tijding door iemand van hetzelfde bureau wordt gebracht. Ik kan dan iets later arriveren om het leed zo mogelijk enigszins te lenigen.'

'Ik begrijp het,' zei ik.

De hoofdcommissaris zuchtte.

'Al weet ik dat het, hoe we het ook aanpakken, ronduit verpletterend zal zijn voor Scotts vrouw,' zei Durham ernstig. 'Om nog maar te zwijgen van zijn drie jonge kinderen.'

HOOFDSTUK 30

Scott was getrouwd?

Door pure wilskracht slaagde ik erin overeind te blijven op benen die ik niet eens meer voelde.

Gehuwd? Vader van drie kinderen?

Ik wist absoluut zeker dat hij daar met geen woord van had gerept.

Niet van een echtgenote. Niet van kinderen. Wat hij me wel had verteld, was dat hij als de meest begeerde vrijgezel van het NYPD werd beschouwd.

'Ik weet het,' zei de hoofdcommissaris. 'Het wordt alleen maar erger en erger. Ons wacht een ware tragedie. Scotts vrouw, Brooke, is pas zesentwintig, en ze hebben een kind van vier, een van twee en een baby.'

Een volgend klopje op mijn schouder gaf aan dat onze bijeenkomst was beëindigd. Ik kreeg het gevoel dat het talent om vaderlijke schouderklopjes uit te delen de kans om bij het NYPD promotie te maken aanzienlijk verhoogde.

'Je inspecteur heeft het adres,' zei de hoofdcommissaris. 'Doe wat er gedaan moet worden, rechercheur. Ik wens je veel sterkte.'

Een minuut of twintig nadat we het commandocentrum hadden verlaten, stopten we in het midden van een lange straat voor een van de fraaie Hollandse huizen in koloniale stijl.

Alle ramen van het huis van de Thayers waren donker. Het pad van leisteen dat door het keurig verzorgde gazon kronkelde, was aan weerskanten met kleurige bloemen omzoomd.

Aan het einde van de korte oprit stond een basketbalbord van Fisher-Price. Ik moest er mijn ogen van losscheuren. Ik keek op mijn horloge. Het was bijna vier uur in de ochtend.

Wacht eens even, dacht ik vertwijfeld. Moest ik dat huis echt binnengaan? Ik zou gewoon weg kunnen lopen, toch? Alles kunnen laten voor wat het was. Dat ik politieambtenaar was. Dat ik echtgenote was. Ik bedoel, waarom zo conventioneel zijn? Ik was rijp voor een ander leven. Misschien zou ik een plaatsje kunnen vinden in een klooster en me op het maken van kaas kunnen storten.

'Ben je er klaar voor, Lauren?' vroeg Mike die naast me stond.

'Nee,' antwoordde ik, maar ik opende desondanks de tochtdeur en liet de koperen deurklopper enkele keren tegen de metalen knop stoten.

Mooi, was mijn eerste gedachte toen ik in het versufte gezicht van de kleine brunette keek die de deur opende.

Waarom zou Scott zo'n lieftallige jonge vrouw bedriegen? De moeder van zijn kinderen.

'Ja?' zei Brooke Thayer die haar ogen verder opende en van mij naar Mike en weer terug naar mij keek.

'Hallo, Brooke,' zei ik en ik hield haar mijn badge voor. 'Mijn naam is Lauren. Ik ben rechercheur, een directe collega van Scott.'

'God, nee,' zei Brooke meteen helemaal wakker en heel snel pratend. 'Gaat het om Scott? Nee toch, hè? Wat is er gebeurd? Is hij gewond? Hij is gewond?'

Overlijdensberichten worden op verschillende manieren overgebracht, waarvan er niet één plezierig is. Sommige rechercheurs menen dat onverbloemde eerlijkheid het beste is, maar er zijn er ook die proberen de klap te verzachten door de aankondiging van hun overlijden vooraf te laten gaan door de mededeling dat het slachtoffer ernstig gewond is.

Voor het eerst in mijn leven koos ik deze keer voor de eerste manier.

'Hij is neergeschoten, Brooke. Het spijt me heel erg. Hij is dood.'

Ik zag haar ogen verdwijnen. Dat is iets waaraan je nooit went. Iemand die recht voor je staat te zien verdwijnen. Wegzinken in zichzelf.

Vervolgens zette ze enkele onvaste stappen achterwaarts om uiteindelijk op haar knieën te vallen.

'Nee!' gilde Brooke Thayer.

Ik liet me naast haar in de donkere hal op mijn knieën zakken en wreef met mijn hand – mijn duivelse, verraad plegende, verwerpelijke hand – over haar smalle rug terwijl zij harder en harder gilde.

'NEEE! NEEE! NEEE!'

'Ik weet het,' fluisterde ik in haar oor. 'Ik weet het.'

'JIJ WEET GODVERDOMME NIKS!' schreeuwde ze recht in mijn gezicht en ze begon wild om zich heen te slaan. Ik probeerde haar af te weren en deinsde achteruit. Met een van haar lange nagels bezorgde ze me een krab die diagonaal over mijn voorhoofd liep. Toen viel ze op haar zij op de vloer.

'Jij weet niks!' schreeuwde ze in de hardhouten vloer. 'Helemaal niks! Niks!'

HOOFDSTUK 31

Mike tilde Brooke Thayer van de grond en droeg haar naar de bank in de woonkamer. Nadat ik de voordeur had gesloten, zag ik een blond meisje in een roze pyjama met Disneyfiguurtjes. Ze stond boven aan de trap en keek op me neer.

'Hallo, liefje,' zei ik. 'Met je moeder komt alles weer goed. Ik heet Lauren.'

Het schattige meisje zei niets. Ze bleef me strak aankijken met haar grote blauwe ogen.

'Misschien moet je nog even gaan slapen, schatje,' zei ik en ik stapte de eerste traptrede op.

Toen begon ze te gillen. Op een toon zo hoog en schril dat ik mijn hoofd moest afwenden en mijn oren moest dichthouden.

Brooke schoot langs me heen de trap op. Het gegil hield onmiddellijk op toen het meisje door haar moeder werd opgetild.

Ik stond nog steeds op de onderste tree en Brooke hield haar dochtertje wiegend in haar armen. Op een bijzettafel in de woonkamer zag ik een foto van Scott in zijn uniform. Hij hield zijn arm om de zwangere Brooke. De foto moest ergens in een park zijn gemaakt. De zon scheen uitbundig.

Toen Brooke en haar dochter op dezelfde toonhoogte jammerden, moest ik opeens denken aan het pistool in mijn tas. Ik visualiseerde het wapen. De manier waarop het gladde staal in het licht als chroom blonk. De bijna vrouwelijke vormen. Ik stelde me de loop voor die koel tegen mijn slaap drukte, de kleine trekker tegen het tweede kootje van mijn rechterwijsvinger.

Ik stond in het huis van Scott en dacht aan mijn pistool, en aan wat ik had gedaan, en ik vroeg me af hoeveel ellende ik nog kon verdragen.

Je bent geen slecht mens, probeerde ik mezelf voor te houden. Dat was je in elk geval niet vóór deze avond en nacht.

HOOFDSTUK 32

De arme Brooke wiegde haar vierjarige dochtertje nog steeds toen er ergens op de bovenverdieping een baby begon te huilen.

Langzaam besteeg ik de trap.

'Zal ik even naar de baby kijken?' vroeg ik Brooke.

Brookes ogen keken dwars door me heen. Ze zei niets, geen woord.

'Probeer een adresboekje te vinden, ligt waarschijnlijk in een la in de keuken, en bel een familielid. Er moet hier iemand naartoe komen,' riep ik naar beneden naar Mike.

Ik passeerde Brooke en liep af op het geluid van de baby aan de achterzijde van het huis.

Boven de wieg hing een mobile waaraan kleine honkbalhandschoenen en -knuppels bungelden, en er was een nachtlampje van de New York Mets.

De baby kon nog geen zes maanden oud zijn. Ik tilde de kleine, schreiende zuigeling uit zijn wiegje.

Zijn hele lichaampje beefde bij elke uithaal, een geluid dat veel te hard leek voor zijn nietige omvang. Ik drukte hem tegen mijn borst en hij stopte vrijwel onmiddellijk met huilen. Ik ging in de schommelstoel zitten en hield hem dicht tegen me aan, dankbaar me voor een ogenblik te kunnen onttrekken aan het geluid dat van beneden kwam.

Zelfs onder die droevige omstandigheden viel het me op hoe heerlijk hij geurde. Hoe zuiver. Ik moest even slikken toen hij eindelijk zijn grote ogen opende. Zijn grote, warme bruine ogen.

Hij leek als twee druppels water op Scott.

Toen was ik degene die begon te huilen. De baby die ik in mijn armen hield had geen vader meer, dacht ik.

Zo klein nog, zo klein.

'Geef hem aan mij,' blafte Brooke die opeens met een flesje de kamer binnen stormde. De baby leek naar me te lachen toen ik hem in zijn moeders armen legde. Brooke huilde nog steeds, maar ze leek over de eerste schok heen.

'Zal ik iemand voor je bellen?' bood ik aan.

'Ik heb mijn moeder al gebeld,' antwoordde ze. 'Ze is onderweg.'

Ze keek me voor het eerst recht aan. Haar bruine ogen stonden verrassend vriendelijk.

'Luister,' zei ze. 'Ik heb je gekrabd. Het spijt me zo. Ik…'

'Alsjeblieft,' zei ik snel. 'Maak je om mij geen zorgen. Je hoeft je niet te verontschuldigen.'

'Ik wil het uit jouw mond horen,' zei Brooke na een korte stilte.

Ik keek haar met opengesperde ogen aan. Haar gelaatstrekken werden door het nachtlampje sterk benadrukt, haar ogen een leegte van schaduw.

'Wat?' vroeg ik.

'Ik wil van jou horen wat er met mijn man is gebeurd. Ik waardeer je eerlijkheid van daarnet. De mannen zullen alleen maar proberen me te ontzien. Ik moet precies weten wat er is gebeurd om het te kunnen verwerken. Ik moet het omwille van de kinderen kunnen verwerken.'

'Wij weten het ook nog niet echt, Brooke,' zei ik. 'We troffen hem neergeschoten aan in een park, St. James Park in de Bronx. Een plek waarvan we weten dat er wordt gedeald.'

Haar gezicht vertrok, haar lippen beefden. Er begon een spiertje te trillen bij haar linkeroog.

'Ooooh! Ik wist het,' zei ze uiteindelijk, hevig schuddend met haar hoofd. "Politieman in burger worden is een promotie, Brooke. En ze geven me altijd rugdekking." Toch niet altijd blijkt nu, hè, godverse idioot.'

Ik zocht naarstig naar woorden om de stilte die volgde te doorbreken. De muren leken op me af te komen. Ik moest hier weg. Er begon zich weer iets te roeren in mijn maag. Ik had frisse lucht nodig.

Wat zou ik gewoonlijk hebben gezegd in geval van een onderzoek waarvan ik niet al te veel wist? Ik haalde mijn notitieboekje voor de dag.

'Wanneer heb je Scott voor het laatst gezien?' vroeg ik haar in een poging op een gewone rechercheur te lijken.

'Hij is gisteravond rond acht uur weggegaan. Zei dat hij nog een paar uurtjes moest werken. Hij draaide de gekste uren. Scotty was de laatste tijd bijna nooit thuis.'

'En hij heeft zeker niet gezegd waar hij precies heen ging, neem ik aan? Werd hij gebeld voor hij hier vertrok?'

'Niet dat ik me nu kan herinneren. Nee, ik geloof niet dat er telefoon is geweest.'

Brooke begon opeens weer luid te jammeren.

'O, god. Zijn arme moeder en zus… ze stonden elkaar zo na. Ze zullen… Ik denk niet dat ik in staat ben hen te bellen. Nee, ik… Zou jij…? Zou u… rechercheur…?'

'Lauren.'

'Zou jij haar kunnen bellen, Lauren? Scotty's moeder, bedoel ik. Wil jij haar bellen?'

'Natuurlijk,' zei ik.

'Ben jij van zijn eenheid?'

'Nee,' antwoordde ik. 'Ik ben van de afdeling Moordzaken.'

'Kende jij Scotty?' vroeg ze toen.

In de stilte luisterde ik naar Scotts zoon die smakkend het laatste restje melk uit de fles zoog.

'Nee,' zei ik. 'We werkten vanuit hetzelfde bureau, maar van een rechtstreekse samenwerking is het nooit gekomen.'

'Het spijt me wat er met Taylor is gebeurd. Mijn dochtertje van vier,' zei Brooke. 'Ze kan niet goed tegen vreemden in huis. Ze is autistisch.'

Mijn keel werd dichtgesnoerd.

Dat was de druppel die de emmer deed overlopen.

'Ik hoop niet dat ik haar heb laten schrikken,' hoorde ik mezelf zeggen terwijl ik de kamer bijna uit rende. 'Mag ik even gebruikmaken van het toilet?'

'Rechts, aan het eind van de gang.'

Even voor ik het toilet had bereikt, baande het braaksel zich een weg naar buiten. Ik draaide beide kranen van de wastafel open om het geluid van mijn kokhalzen te verdoezelen. Ik liet het water stromen om ook de theeketelhoge gilletjes te verhullen die aan mijn keel ontsnapten.

Ik moest de hele rol papier gebruiken om de boel weer toonbaar te krijgen. Toen ik op de met roze stof beklede deksel van de closetpot was gaan zitten, had ik nota bene mijn pistool nog uit mijn tas gehaald. Ik vroeg me af of de lijkschouwer 'Dood door schuld' op mijn akte zou invullen. Uiteindelijk borg ik het pistool op en ging ik naar beneden. Niet omdat ik mezelf niet meer van het leven wilde beroven. Ik vond gewoon dat de omstandigheden waarin Brooke Thayer zich bevond al erg genoeg waren.

Terug in de keuken bood Mike aan de moeder op de hoogte te stellen.

'Laat maar, Mike,' zei ik met een dwaas lachje terwijl ik het nummer draaide dat in het openliggende adresboekje stond. 'Waarom breken met een traditie?'

Ik hield de hoorn van mijn oor af na Scotts moeder te hebben verteld dat haar zoon dood was. Ik keek Mike in de ogen terwijl we luisterden naar het geweeklaag uit de hoorn.

Mike haalde een tekening van de koelkast die daar onder een blauwe magneet op zijn plaats was gehouden. Een van de kinderen had met kleurpotloden een tweekoppige draak getekend.

'Zorg dat degenen die hiervoor verantwoordelijk zijn gepakt worden,' zei Brooke tegen me toen we enkele minuten later naar buiten liepen. De tweejarige jongen was intussen ook uit bed. Hij klemde zich vast aan het been dat door het vierjarige meisje was versmaad. De baby in Brookes armen begon weer te huilen.

'ZOEK HEM!' riep ze ons na. 'VIND DE MOORDENAAR VAN SCOTTY!'

HOOFDSTUK 33

Afgezien van Brookes woorden die in mijn oren naklonken, heerste er tijdens onze rit terug naar de Bronx een doodse stilte.

De leden van Scotts narcoticabrigade wachtten onze komst af op de tweede verdieping van het bureau van het 48ste district. Mijn afdeling bevond zich op de vierde verdieping. Terwijl ik de trap op liep, keek ik opzettelijk niet naar de gang die naar de koffiekamer leidde, waar Scott en ik elkaar voor het eerst hadden ontmoet.

De jongens van Scotts eenheid zagen er niet uit als politiemensen. Heel even dacht ik dat ik verkeerd moest zijn gelopen en nu een bijeenkomst van de skateboardclub verstoorde.

Het hoofd van de brigade, Jeff Trahan, was lang en had het tamelijk lange blonde haar van een al wat oudere surfer. Scotts voornaamste ruggensteun of 'hondenriem' zoals ze hem noemden, de van oorsprong Aziatische rechercheur Roy Khuong, had zo'n kinderlijk gezicht dat hij waarschijnlijk moeite zou hebben een pakje sigaretten te kopen. Rechercheur Dennis Marut had het voorkomen van een Aziatisch wonderkind, maar dan rijzig, zwart en van top tot teen in leer gestoken en met goud omhangen. Het laatste teamlid, Thaddeus Price, leek meer op een lijfwacht van een gangstarapper dan op een agent van de narcoticabrigade – wat hem wellicht tot eer strekte.

Ik stond onder de zoemende tl-buizen en verschrompelde bijna onder de starende blikken van de mannen.

Maar ik besefte weldra dat de uitdrukking die op hun gezichten lag overeenstemde met die die ik de hele nacht had gezien, de uitdrukking van een geleden verlies vermengd met woede en verbijstering. Feitelijk ongeveer wat ik zelf voelde – althans een deel van wat ik voelde.

Het verlies van een agent was voor de narcoticabrigade een nachtmerrie die werkelijkheid was geworden. Zoals de meeste mensen die door moord een familielid, vriend of collega verliezen, zagen ook zij eruit alsof er zojuist een bom was ontploft; ze waren de draad kwijt en zochten naar iets om zich aan vast te klampen, iets om zich nuttig mee te maken.

'Wij zijn hier om jullie op elke manier die ons ter beschikking staat te steunen,' zei Trahan ernstig toen alle plichtplegingen waren uitgewisseld. 'Zeg me gewoon wat we voor Scott kunnen doen.'

Hoe lang zou ik deze schertsvertoning nog vol kunnen houden? vroeg ik me af toen ik mijn blik van de pijn van de groep naar de vochtplekken op het plafond liet gaan. Een passerende zware vrachtwagen liet in de hoek van de ruimte een ruit rammelen.

'Waar werkte Scott precies aan?' vroeg ik.

HOOFDSTUK 34

Trahan haalde diep adem en begon. 'Scott was onze belangrijkste undercoveragent in een zaak tegen een aantal ecstasydealers uit Hunts Point, de gebroeders Ordonez,' zei hij. 'De oudste broer is piloot bij de luchtmacht en vliegt ladingen heen en weer tussen Duitsland en Amerika. Gebleken is echter dat zijn vrachtvliegtuig, een C-130, bij terugkeer nauwelijks lading aan boord heeft. Scott heeft een aantal middelgrote deals met hen gedaan. We hadden voor volgende week een grote deal van een kwart miljoen dollar gepland waarbij we ze zouden inrekenen.

'Had Scott onlangs nog contact met hen?' vroeg ik.

'Hij heeft melding gemaakt van een telefoongesprek dat hij drie dagen geleden met hen voerde,' zei Roy Khuong. 'Maar het kan zijn dat hij vanavond is gebeld – buiten diensttijd.'

'Zou Scott een ontmoeting met iemand gehad kunnen hebben zonder dat hij jullie daarvan op de hoogte stelde?' vroeg ik.

'Niet als hij daar gelegenheid voor zou hebben gehad,' zei Roy. 'Maar undercover werken is altijd gevaarlijk, dat weet u ook. Soms krijg je de kans niet de anderen in te schakelen.'

'Wat je dus zegt is dat Scott onaangekondigd door iemand benaderd zou kunnen zijn die hem uitnodigde hem te vergezellen, en dat Scott wel op die uitnodiging moest ingaan om geen argwaan te wekken,' zei Mike.

'Precies,' zei Thaddeus Price. 'Dat komt voor.'

Trahan voegde nog een ander gezichtspunt toe. 'Het kan zelfs zijn dat Scott is benaderd door iemand die bij een andere deal betrokken was. Iemand die hij achter de tralies heeft gekregen maar die intussen weer vrij rondloopt. Dat is je grootste angst zodra je op straat bent. Dat je met je zoontje naar een Burger King wandelt en dan iemand tegenkomt die je in het verleden hebt opgepakt.'

Ik hoorde mijn partner bij Trahans woorden grommen. Zo beschouwd waren er honderden verdachten die Scott konden hebben vermoord.

'Wat er nu eerst moet gebeuren is het oppakken en verhoren van die gebroeders Ordonez,' zei Mike. 'Het ging bij die deal om een smak geld. Ze kunnen Scott in een vroeg stadium hebben overvallen om hem te beroven. Scott heeft zware klappen te verduren gehad. Mogelijk is hij dus gemarteld om hem te laten zeggen waar die kwart miljoen dollar was opgeborgen. We moeten die lui oppakken. Weten we waar die gasten uithangen?'

'De thuisbasis van Mark, die luchtmachtpiloot, is Lakehurst Naval Air Station in South Jersey. We kunnen ervoor zorgen dat de politie aldaar contact opneemt met zijn superieuren en zijn appartement in Toms River doorzoekt,' zei Trahan. 'Maar Victor, de jongere broer, heeft wel drie of vier adressen in Brooklyn en de Bronx. Vriendinnetjes en verwanten. Ik trek er een paar uur voor uit om vast te stellen om welke adressen het precies gaat. We leggen onze oren te luisteren, wie weet levert dat iets op.'

'Intussen,' zei Thaddeus, 'zal ik de dossiers verzamelen van de arrestaties waarbij Scott in het verleden betrokken was. En ik zal nagaan of er onlangs mensen uit de gevangenis zijn ontslagen die door hem werden opgebracht.'

'Dat zijn heel wat dossiers,' zei Trahan hoofdschuddend. 'Scott had honderden arrestaties op zijn naam staan. Hij was een van de beste undercoveragenten waar ik ooit mee heb gewerkt.'

Hij had mij in elk geval een rad voor ogen gedraaid, dacht ik, denkend aan zijn vrouw en kinderen.

Ik wendde me af van de pijn in Trahans bloeddoorlopen ogen. Het had er meer van weg dat hij een goede vriend had verloren dan een collega.

'Wacht eens,' zei rechercheur Marut. 'Is Scotts familie ingelicht? Grote God, hoe zal die klap bij Brooke aankomen? Al die kinderen. Ik geloof vier.'

'Drie kinderen. We komen net terug van de kennisgeving,' zei ik. 'En de klap is aangekomen zoals je kon verwachten.'

Het leek of er een pistool werd afgevuurd toen Scotts partner, Roy Khuong, plotseling een trap gaf tegen de zijkant van zijn bureau. Overal vloog papier rond toen hij met een krachtige armbeweging alle spullen die op zijn bureau lagen wegmaaide en de deur uit stormde.

Mike schudde zijn hoofd, haalde zijn mobieltje voor de dag en begon een nummer in te toetsen.

'Wie ga je bellen?' vroeg ik.

'De officier van justitie,' zei hij. 'Hij moet zorgen dat we de gegevens van zijn mobiele en vaste telefoons kunnen opvragen.'

De schrik sloeg me om het hart. Dat zou een lijst opleveren met alle nummers die door Scott waren gebeld en die hem hadden gebeld.

Waaronder dus al die keren dat hij mij had gebeld!

Vijf minuten later, toen we op weg waren naar onze eigen afdeling, hield Mike op de trap zijn pas in.

'Lauren, je ogen zien grijs,' zei hij.

'Waar heb je het over? Ik heb blauwe ogen,' zei ik.

'Ik bedoel je oogwit,' zei Mike. 'Je bent al in touw vanaf het begin van deze hele misère. We zitten nu in een fase waarin we weinig kunnen doen. Het duurt zeker nog de hele nacht voor we echt aan de slag kunnen. Je woont hier tien minuten vandaan. Scheur even naar huis en ga een paar uurtjes liggen. Ik sta voor deze dienst gepland. Ik let wel op de winkel.'

Een deel van mij zag er niets in van de zijde van mijn partner te wijken en misschien iets van de ontwikkelingen te missen.

Wie kon zeggen wat er nog zou volgen? Maar door het smerige raam achter Mike zag ik hoe de straatlantaarns soms meters van hun plaats dreven. Ik was uitgeput.

Wie het ook was die gezegd heeft dat verhuizen en scheiden de twee gebeurtenissen zijn die de meeste stress opleveren, ze kan geen echtgenoot hebben gehad die haar geliefde over de kling had gejaagd.

Met instorten zou ik niks opschieten, besloot ik.

'Oké, Mike,' zei ik. 'Maar bel me zodra je iets hoort. Wat het ook is.'

'Ga nu maar, Lauren.'

'Oké, ik ga. Ik ben al weg.'

HOOFDSTUK 35

Ik parkeerde mijn Mini in de garage en terwijl ik uitstapte hoorde ik iets vreemds in de hoek rechts achterin. Ik was kennelijk nogal schrikachtig want het volgende moment had ik mijn Glock getrokken, die ik op de gestalte die daar zat richtte.

Tot het tot me doordrong dat het Paul was.

Voor ik mijn wapen wegstopte, klikte ik eerst het licht aan.

Paul zat te snurken in de tuinstoel naast zijn werkbank. Op de betonnen vloer naast hem stond een fles Johnnie Walker. Er zat misschien nog net één glaasje in.

Paul droeg trouwens helemaal geen kleren. Hij was spiernaakt.

Hij was ook volledig buiten westen. Stomdronken. Laveloos. Toeterzat.

Hoe slecht ik me het afgelopen etmaal had gevoeld was nog niets vergeleken met wat Paul had moeten doorstaan, besefte ik, terwijl ik naar de gekwelde uitdrukking op zijn gezicht keek.

Ik sloeg het restje whisky dat nog in de fles zat achterover voor ik hem probeerde wakker te schudden. Geen reactie.

Een van zijn ogen ging open toen ik aan zijn oorlel trok. Ik trok aan zijn rechterhand tot hij op zijn benen stond.

Hij mompelde iets waaruit ik niets zinnigs kon opmaken en met alle kracht die ik nog in me had, leidde ik hem het huis binnen. Ik had hem nog nooit zo dronken gezien.

Het kostte me bijna mijn rug hem in de richting van de slaapkamer te krijgen. Na hem eindelijk op het bed te hebben gelegd, haalde ik een emmer voor het geval hij zou moeten kotsen.

Ik slaagde er nog net in de badkamer te bereiken, maar toen zocht alle spanning die ik had opgekropt zich in de vorm van wild gesnik een weg naar buiten.

Waar moest dit godverdomme allemaal op uitlopen? Waar dacht ik mee bezig te zijn, verstoppertje spelen in het onderzoek? Dit was geen spelletje. Scott Thayer was dood. Er zijn maar weinig dingen waar met een kritischer oog naar wordt gekeken dan naar een moord op een politieman van het NYPD. Dacht ik me hier een weg doorheen te kunnen bluffen? Had ik mijn verstand verloren?

Ik dacht opnieuw aan Brooke Thayer. Aan haar autistische dochtertje. Aan de andere twee kinderen. Ik voelde me vergiftigd. Slecht. Ik wilde mezelf aangeven. Op dit punt gekomen wilde ik niets liever dan mezelf van deze loden last verlossen.

Maar ik zou niet degene zijn die ervoor zou worden gestraft.

Dat was Paul.

Dus, wat moest ik in godsnaam doen?

HOOFDSTUK 36

Ik was er nog steeds niet uit toen ik drie minuten later onder de douche letterlijk instortte.

Het ene moment stond ik mijn haar te wassen en het volgende moment zat ik op het harde, koude porselein in het spetterende water.

Ik drukte mijn voorhoofd tegen de natte tegels terwijl de gebeurtenissen van die avond en nacht door me heen druppelden. Het was moeilijk te bepalen wat me het misselijkst maakte. Dat ik Paul had bedrogen? Het kijken in het dode gezicht van Scott? Het aankijken van zijn vrouw?

Mijn ogen sluitend verlangde ik hevig dat het water me zou oplossen en me met een gorgelend geluid in de afvoer zou laten verdwijnen.

Na een minuut waarin dat niet gebeurde, tilde ik mijn hoofd op van de tegel en opende ik mijn ogen.

Dit zou niet allemaal vanzelf verdwijnen, dat was wel duidelijk. Ik moest iets ondernemen. Maar wat?

Ik overwoog de mogelijkheden die er waren.

Allereerst, wat gebeurde er als ik Paul zou aangeven?

Ik kende het in de Bronx gehanteerde rechtssysteem door en door. Als een winkelier die veelal te maken had met reusachtige voorraden, was de officier van justitie van de Bronx altijd bereid het met wetsovertreders op een akkoordje te gooien, recht te laten wedervaren tegen een gereduceerd tarief. Maar ik besefte dat de grote belangstelling die de zaak rond Scott Thayer zou wekken, door de eisende partij als een uitstekende mogelijkheid voor een carrièrestap zou worden aangegrepen. Het zou Paul versus het systeem worden, en het systeem zou alles in het werk stellen om deze zaak met overmacht te winnen.

Ik dacht aan de torenhoge rekeningen van advocaten. Aan de torenhoge borgsom voor Paul. Vooropgesteld dat hij al op borgtocht zou worden vrijgelaten.

Zelfs met een onbetwist beroep op zelfverdediging zouden we in het beste geval worden geconfronteerd met doodslag, vijf jaar gevangenisstraf. Ik schudde mijn hoofd. Vijf jaar. Telkens als ik een gevangene bij Rikers afleverde, verlangde ik er na vijf minuten al naar om honderd baantjes te trekken in een zwembad gevuld met antiseptische zeep. Ik huiverde bij de gedachte aan de mensonterende inspectie die de bezoekers van de gevangenen moesten ondergaan. Het geluid van huilende baby's en van seks onder de tafel.

Ik stelde me Paul voor terwijl hij mij, vanaf de andere kant van een onooglijke tafel, met van afkeer vervulde zwarte ogen aankijkt.

'Wat is er mis, Lauren?' zou hij zeggen. 'Ik dacht dat je juist zo van vluggertjes hield.'

En of die gruwelijkheid nog niet genoeg was, was er nog de pers van New York. Wat was er smeuïger voor de roddelbladen dan een misgelopen driehoeksverhouding waarbij twee politiemensen waren betrokken? Waarvan er intussen een dood was! We zouden duurzame afkeer oogsten.

Ongewenste roem.

Een door de massamedia voltrokken en vanzelfsprekend breed uitgemeten vernedering.

En laten we niet vergeten wat er met Scotts gezin zou gebeuren. Op dit moment werd Brooke beschouwd als de vrouw van een held. Maar als aan het licht kwam dat Scott werd vermoord door de echtgenoot van de vrouw waarmee hij zijn eigen vrouw bedroog, was het gedaan met het huilen op de schouder van de hoofdcommissaris, was het gedaan met Brooke, was het gedaan met de kinderen.

Mijn ogen puilden bijna uit hun kassen toen ik al die aspecten overwoog.

Het zou ook gedaan zijn met de financiële ondersteuning van het gezin Thayer!

Ik zag Brooke voor me die haar deerniswekkende dochtertje wiegde. In plaats van van Scotts pensioen te genieten, zou ze in een kraakpand de eindjes aan elkaar moeten knopen.

Ik stond op van de douchevloer en probeerde weer normaal adem te halen.

Mijn kleine inventarisatie van de mogelijkheden was verdaagd.

Als het louter om mij ging, zou ik mezelf aangeven. Ik zou nu naar mijn kamer lopen, me aankleden en zonder omwegen naar het kantoor van mijn baas gaan. Ik zou alles opbiechten.

Maar het ging niet louter om mij. Het ging om Paul. Het ging om Brooke.

En het ging bovenal om de drie vaderloze kinderen.

Wie hield ik voor de gek? Ik had geen keus, in elk geval niet nu.

Ik moest alles weer in orde maken.

Het water bulderde als de donder in mijn oren toen ik mijn hoofd onder de straal stak.

Maar hoe kon ik alles weer in orde maken?

HOOFDSTUK 37

Paul snurkte nog steeds toen ik het huis verliet om naar het bureau te gaan. Ik had graag met hem gesproken. Dat we ons om een hoop dingen dienden te bekommeren was nog zacht uitgedrukt. Maar aangezien ik veronderstelde dat de gevangenis geen relatietherapie zou aanbieden, besloot ik dat het in plaats van hem te wekken prioriteit nummer een was naar het werk te gaan om te zien of ik mijn man uit de gevangenis kon houden.

Mike was bezig Scotts naam op een kaartje van Moordzaken te schrijven toen ik binnenkwam.

Ik was min of meer aangenaam verrast toen ik bemerkte dat niemand argwanend naar me keek. Ik vermoed dat een overdaad aan adrenaline en blinde paniek gemakkelijk voor uitgeslapen pienterheid kunnen worden gehouden. Door de vuile glazen wand van het kantoor verderop zag ik dat hoofdinspecteur Keane in de hoorn van de vaste telefoon sprak en ondertussen een nummer koos op zijn mobiel.

'Wat hebben we?' vroeg ik terwijl ik Mike een van de bekers koffie aanreikte die ik bij een bodega had gehaald. Starbucks moest zijn opwachting in deze buurt nog maken.

'Shit,' zei Mike toen hij het dekseltje van de beker wipte. 'Geen spoor van de gebroeders Ordonez. Blijkt dat de piloot woensdag pas weer dienst heeft, en in zijn appartement was hij niet. Van de jongere en nog ploertiger broer Victor weten we helemaal niet waar hij zit.'

Mike overhandigde me een dossier.

'Blader maar eens door het familiealbum.'

De gebroeders Ordonez waren de enige kinderen van immigranten uit de Dominicaanse Republiek. Over de iets oudere broer Mark, de luchtmachtpiloot, was verrassend weinig te vinden. Hij was een keer opgepakt voor mishandeling toen hij eenentwintig was. Maar het lange strafblad van de jongere broer Victor leverde boeiende lectuur.

Vanaf zijn zestiende had hij met grote regelmaat vastgezeten en de misdaadstatistieken opgedreven. Inbraak, drugshandel, poging tot verkrachting, mishandeling van medegevangenen, verboden wapenbezit.

Maar voor mij was er een aanklacht die in het oog sprong alsof er met een gifgroene markeerstift nadruk aan was verleend.

Poging tot moord op een politieambtenaar.

Het uittreksel beschreef hoe Victor zich op zeventienjarige leeftijd tegen zijn arrestatie had verzet en een .380 halfautomatisch geweer op de politieman had gericht en de trekker diverse keren had overgehaald. Nadat hij tegen de grond was gewerkt, bleek dat het wapen niet was afgegaan omdat de jonge Victor, nog een nieuweling in de wondere wereld van de halfautomatische wapens, vergeten was de eerste patronen in het magazijn handmatig door te laden. Om de dwaalwegen aan te geven waarlangs het juridische systeem van New York zich tijdens de crackepidemie van de vroege jaren negentig bewoog, volstaat het te melden dat Victor slechts een jaar in hechtenis zat.

Vol ongeloof gleden mijn ogen over de tekst.

Victor Ordonez voldeed zo uitstekend als de moordenaar van Scott dat ik er bijna van overtuigd raakte dat hij de dader moest zijn.

Ik maakte een hoofdgebaar naar de stapels dossiers die op onze bureaus en op de grond lagen toen ik ging zitten.

'Scotts eerdere zaken?' vroeg ik.

Mike knikte nors. Hij wierp zijn leesbril op het bureau en wreef in zijn ogen.

'Ik ga me daar niet mee vermoeien voor we een gesprekje hebben gehad met onze vrienden uit de Dominicaanse Republiek,' zei hij. 'Het enige goede nieuws is dat mijn verzoek om de telefoongegevens op te vragen is ingewilligd. Die worden op dit moment verzameld en zullen hier over een minuut of tien via de fax binnenratelen.'

HOOFDSTUK 38

Ik zat bewegingloos achter mijn bureau en probeerde te bevatten wat ik zojuist had gehoord. De tl-buizen boven mijn hoofd zoemden in mijn oren als een in beroering gebrachte bijenkorf.

Hoe vaak had Scott me de afgelopen maand gebeld? Een keer of twintig? Dertig keer misschien? Hoe zou ik me daar ooit uit kunnen redden? Ik zag de verwarring op het gezicht van mijn partner al voor me als hij mijn nummer steeds weer op de lijst zou zien staan.

Mike bewoog de muis van zijn computer om zijn screensaver met de tekst 'Wie heeft er in jouw genetisch materiaal gezeken?' te laten verdwijnen. Het klonk alsof er iemand op een stuk noppenfolie trapte toen hij een draaiende beweging maakte met zijn hoofd.

'Mike, wat doe je?' vroeg ik uiteindelijk.

'Ik begin maar eens aan die DD5'jes. Keane moet ze zo dadelijk in drievoud hebben. Moet je hem daar zien zitten.'

DD5'jes waren de verslagen die wij voor Scotts dossier moesten schrijven. Ik trok mijn wenkbrauwen op.

'Eh, hallo? Aarde aan Mike,' zei ik. 'Die verslagen worden echt gelezen hoor, Shakespeare. Jij bent de schoonheid, weet je nog? Ik ben het brein. Trouwens, waarom ga jij boven niet even op de stretcher liggen. We moeten zorgen dat jouw hoofd helder is voor het geval we er een deur mee moeten inbeuken. Ik zorg wel dat die verslagen er komen zonder dat er represailles voor ons volgen, en als die telefoongegevens binnenkomen, begin ik vast met sorteren. Wat dacht je daarvan?'

Mike keek me met bloeddoorlopen ogen en een overdreven van pijn vertrokken gezicht aan. Hij gaapte.

'Ja schat,' zei hij opstaand.

Ik hield mijn adem in terwijl hij naar de deur liep. Maar net toen hij de deur opende weerklonk er een lage, valse beltoon.

Ik draaide me om. Het was het faxapparaat.

De bel klonk nog eens en werd nu gevolgd door een elektronisch piepje. Een van de witte vellen papier gleed met trage stootjes uit het apparaat.

Gewoon doorlopen, partner, dacht ik, zonder naar hem te kijken. Alsjeblieft. Voor mij.

Maar vanuit een ooghoek zag ik dat Mike zich omdraaide.

Mijn gezicht gloeide. Hij zou het direct zien. Keer op keer mijn nummer! En wat zou ik kunnen zeggen? Er schoot me niets te binnen. Hoe moest ik me hieruit redden?

Ik keerde me helemaal om toen Mike het eerste vel papier opnam. Ik zag hem naar de nummers turen, zag zijn hand naar zijn voorhoofd gaan.

Toen viel me zijn leesbril op die naast me op het bureau lag.

Ik dacht niet na maar handelde alleen maar.

Ik opende de bovenste bureaula en met een van de dossiers veegde ik de bril de la in, die ik vervolgens geluidloos dichtduwde.

Ik deed alsof ik niet op Mike lette tot hij op zijn bureau naar zijn bril begon te zoeken.

'Heb ik je niet opgedragen even een uiltje te knappen?' zei ik geërgerd. 'Je hebt toch niet weer een momentje van geheugenverlies, of toch?'

Met een diepe zucht staakte hij het zoeken naar zijn bril. Hij gooide de telefoongegevens in mijn schoot.

'Hier, ga je gang, meid,' zei hij zwakjes. 'Met de complimenten van moeder Bell. Zie je straks.'

HOOFDSTUK 39

Gedurende twee volle minuten liet ik mijn potlood als een majorettestokje tussen mijn vingers draaien. Het hout van mijn oude bureaustoel kraakte terwijl ik al schommelend naar de telefoongegevens van Scott keek.

Ik draaide me om en tuurde door het raam van het kantoortje naar mijn genadige baas die nog altijd druk bezig was. Vervolgens keek ik weer naar de acht met nummers gevulde vellen papier die voor me lagen.

Het feit dat ik het klaarspeelde mijn handen te leggen op Scotts telefoongegevens was fenomenaal, maar na ze snel te hebben doorgebladerd, besefte ik dat ik nu met een nieuw probleem werd geconfronteerd.

Ik stak het potlood tussen mijn tanden en begon erin te bijten.

Hoe kon ik mijn nummer op die papieren laten verdwijnen?

De drieëndertig keer dat het voorkwam!

'Lauren,' zei een stem.

Ik beet bijkans het gummetje van het potlood toen ik opkeek. Mijn baas was zonder dat ik het had gemerkt uit zijn kantoor gekomen. Hij plantte zijn handen op mijn bureau en boog zich naar me toe, waarbij zijn nagels het stapeltje faxpapier bijna raakten. Was hij in staat de nummers ondersteboven te lezen?

'Hoe staat het met die DD5's?' zei Keane. 'Borough en de hoofden van het rechercheteam willen ze zo spoedig mogelijk inzien. Is dat een probleem?'

'Geef me een uurtje, baas,' zei ik terwijl ik het formulier op mijn computerscherm liet verschijnen.

'Je krijgt een halfuur,' zei hij over zijn schouder toen hij wegliep.

Ik boog me over mijn toetsenbord, terwijl ik probeerde de indruk te wekken druk bezig te zijn en tegelijkertijd te verbergen wat ik aan het doen was.

Mijn ogen sprongen van het scherm naar de telefoongegevens. Van de telefoongegevens naar het scherm, in afwachting van een briljant idee.

Wonderbaarlijk genoeg diende het zich aan.

De telefoongegevens waren opgesteld in een gangbaar lettertype. Times New Roman.

Een ogenblik later wist ik wat me te doen stond.

Ik opende Microsoft Word. Ik had geen seconde te verliezen.

Om te beginnen zocht ik het nummer dat door Scott het vaakst was gebeld. Het netnummer was 718 maar het abonneenummer zei me niets.

Ik doorzocht mijn aantekeningen en stelde vast dat het de vaste aansluiting bij hem thuis betrof.

Ik typte het nummer in, klikte op 'print' en vergeleek het resultaat met de nummers op het faxpapier. Het bleek een tikkeltje te groot. Ik selecteerde het nummer en wijzigde de tekengrootte van twaalf naar tien, printte het uit en vergeleek het resultaat nog eens.

Perfect, dacht ik. Dat moest lukken.

Ik kopieerde het nummer drieëndertig keer en klikte voor de derde keer op 'print'. Wie weet? dacht ik en ik haalde schaar en plakband uit mijn bureaula en stak die in mijn zak. Ik nam de telefoongegevens van mijn bureau en pakte de afgedrukte vellen papier van de printer.

Dit zou kunnen slagen.

Het kostte me vijf minuten van analoog knippen en plakken in het achterste hokje op de damestoiletten om het nummer van mijn mobieltje af te dekken met het nummer van Scotts huistelefoon.

Jong geleerd, oud gedaan, dacht ik toen ik de snippers wegspoelde.

Een tochtje naar de kopieermachine later – met een korte omweg langs de papiervernietiger – en ik had alles zoals ik het wilde hebben.

Scotts nieuwe en bijgewerkte telefoongegevens.

Toen ik twintig minuten later het kantoor van Keane verliet, na er mijn voltooide rapporten te hebben afgeleverd, wandelde Mike juist de afdeling weer op. Geeuwend keek hij naar de keurige telefoongegevens die ik op zijn bureau had gelegd. Zijn leesbril lag er als een presse-papier bovenop.

'Maak je geen zorgen,' zei ik terwijl ik hem een klopje op zijn brede rug gaf. 'Het doen van een dutje is voor mensen van jouw leeftijd volkomen normaal.'

Ik nam mijn jas van de rugleuning van mijn stoel.

'Waar ga je heen?' vroeg hij.

'Ik ga even een bezoekje brengen aan mijn vriendin Bonnie,' zei ik. 'Probeer jij wat vaart te zetten achter het sporenonderzoek.'

'Kan ik niet beter met je meegaan?' zei Mike.

'Nee, jij moet uitzoeken wie er achter die telefoonnummers zitten die Scott heeft gebeld.'

'Toe,' zei Mike toen ik vertrok. 'Ik zal me goed gedragen. Ik ben niet alleen maar een brute vent, hoor. Ik heb ook een gevoelige kant. Ik ben zelfs lid van Oprah's Book Club.'

'Het spijt me,' zei ik de deur openend. 'Verboden voor jongens.'

HOOFDSTUK 40

Kom op, kom op! Schiet toch eens op!

Ik keek op mijn horloge terwijl de elektronische pieptoon van de kassa al voor de duizendste keer door mijn hoofd kaatste.

Ik had gedacht gauw klaar te zullen zijn bij Duane Reade op de hoek van 57th Street en Broadway. Maar dat was voordat ik de lange rij voor de enige kassa in het oog kreeg.

Tien minuten later was ik nog slechts één klant verwijderd van het beloofde land van de balie toen er een tweede caissière aan kwam lopen. Ze riep: 'Volgende.'

Ik zette de ene stap die nodig was om bij de andere kassabalie te komen, maar werd bijna omvergelopen door een Aziatische man van middelbare leeftijd in een portiersuniform.

'Hé!' zei ik.

Bij wijze van antwoord keerde de voorkruiper me zijn rug toe en mij wegduwend, schoof hij een zak zoutjes naar de caissière.

Het laatste wat ik wilde was een scène maken, maar ik had geen tijd voor bescheidenheid. Ik leunde naar voren, trok de caissière de zoutjes uit handen en wierp de zak over mijn schouder een gangpad in. Grootsteeds probleemmanagement.

'Volgende betekent volgende,' legde ik de man uit die me met open mond aankeek terwijl mijn spullen werden gescand.

Ik wachtte tot ik in mijn dienstauto zat, die ik als een volleerd dubbelparkeerder had neergezet, voor ik de plastic tas opende. Ik trok een paar rubberen handschoenen aan en haalde de leesbril voor mannen uit de verpakking.

Ook deze bril had een rond montuur, net als de bril van Paul die bij Scotts lijk was gevonden. Net als de bril die Bonnie hopelijk nog niet had geanalyseerd.

Ik maakte de bril met alcohol schoon voor ik hem in een speciaal zakje voor bewijsmateriaal liet glijden. Ik stak de bon in brand en wierp de as uit het raam Broadway op. Toen startte ik de motor en scheurde weg.

Volgende adres, het hoofdbureau van politie in Manhattan.

HOOFDSTUK 41

Bonnie zat gebogen over een la van haar bureau toen ik op One Police Plaza haar kantoor op de vijfde verdieping binnen stapte.

'Hé Bonnie,' zei ik.

'Lauren! Wat een leuke verrassing,' zei Bonnie, terwijl ze opstond en met een pak Starbuckskoffie schudde. 'En wat een voortreffelijke timing. Wat dacht je van een mok Franse melange?'

'Zo,' zei ze toen ze even later een gloeiend hete mok voor me neerzette. 'Hoe vorderen de zaken?'

'Dat wou ik net aan jou vragen,' zei ik.

'Nou, je begrijpt dat die zaak van Scott hier prioriteit heeft gekregen, maar het zal desondanks nog even duren. Het enige wat we tot nu toe aan de weet zijn gekomen, is dat het doek waarin Scott was gewikkeld een Neat Sheet was, een picknickkleed dat je in bijna elke supermarkt kunt kopen.'

Ik nam een slokje koffie en knikte. Ik had het kleed bij de Stop & Shop gekocht.

'En de bril?' vroeg ik.

'Nee, het onderzoek is nog niet afgerond, sorry,' zei Bonnie. 'Er zaten geen zichtbare vingerafdrukken op de glazen zelf. Ik heb hem naar het lab gestuurd om te zien of ze daar misschien iets op het montuur kunnen vinden, maar dat zal ook nog wel wat tijd nemen. We moeten maar hopen dat het een bril is die door een oogarts is aangemeten. Ik had net een zekere Sakarov aan de lijn, hij doceert oogheelkunde aan de universiteit. Hij heeft toegezegd de bril te analyseren en ons te helpen bij het verdere onderzoek.'

Ik brandde mijn tong aan een volgend slokje koffie en zette de mok toen op een hoek van haar bureau.

'Zou ik die bril misschien even kunnen zien?' vroeg ik.

Bonnie keek me verbaasd aan.

'Waarom?' vroeg ze.

Ik haalde mijn schouders op.

'Ik weet het niet,' zei ik. 'Om iets meer grip op die kerel te krijgen, misschien. Je weet nooit.'

Bonnie stond grijnzend op.

'Oké, speurneus. Het lab is iets verderop in de gang. Ik haal hem wel even voor je. Stel jij je mysterieuze gaven maar vast scherp. Ik ben zo terug.'

HOOFDSTUK 42

Ik tastte in mijn jaszak naar de bril en keek haar na. Mijn plan was te improviseren, maar hoe moest ik het aanpakken? Moest ik plompverloren zeggen: 'Kijk Bonnie, een vogeltje!' en dan snel de grote wisseltruc uitvoeren?

Ik dronk mijn koffie en probeerde na te denken.

Een minuutje later zag ik een slordig uitziende jongeman op de gang lopen. Ik zag hem zoekend rondkijken, hij wist duidelijk niet waar hij moest zijn. Misschien was hij een goochelaar die me wat vingervlugheid kon leren.

Ik opende de deur.

'Kan ik iets voor je doen?' riep ik.

'Ik ben op zoek naar brigadier Chesnik. Ik moest hier een pakje ophalen voor dr. Sakarov?'

Nee! Hij was hier voor de bril. Ik was te laat gekomen.

Of toch niet? De jongen keek naar me terwijl de mogelijkheden door mijn hoofd flitsten. Ik haalde het zakje met de Duane Reade-bril uit mijn zak, vond op Bonnies bureau een lege envelop, stopte daar de bril in, likte de envelop dicht en gaf hem aan de jongen.

De jongen stak hem in zijn schoudertas en bleef naar me staan kijken. Wat moest hij nou nog? Bonnie kon elk moment terugkomen.

'Verder nog iets?' vroeg ik.

Hij wreef over zijn kin.

'Wat dacht je van je telefoonnummer?' zei hij met een pesterig lachje. 'Dat zou te gek zijn.'

Alsof ik niet genoeg had van jongere mannen. Eens kijken, wat kon ik zeggen om die knaap onmiddellijk te laten opdonderen?

'Hoe denk jij over kinderen?' vroeg ik hem liefdevol aankijkend. 'Mijn vier bloedjes zouden heel goed een vaderfiguur kunnen gebruiken.'

'Hé eh, rustig aan,' zei hij en hij wuifde toen hij eindelijk vertrok.

Bonnie kwam zo'n drie minuten later terug met Pauls bril in een bewijsmateriaalzakje.

'Je hebt geluk,' zei ze. 'Er kan elk moment iemand komen die hem op komt halen.'

'O, nee,' zei ik. 'Er was hier net een jongen, maar ik heb hem weggestuurd. Ik trek even een sprintje, misschien haal ik hem nog in.'

Ik griste de bril uit Bonnies hand en rende naar de uitgang.

'En nog bedankt voor de koffie. Bel me zodra je meer weet,' riep ik over mijn schouder.

HOOFDSTUK 43

Wat me allereerst opviel toen ik de afdeling op kwam was dat mijn baas niet alleen was in zijn kantoor. Ik had net genoeg tijd om mijn jas over de stoel te hangen voor hij de deur opende.

'Lauren,' riep Keane. 'Kun je even komen. Ik moet je onmiddellijk spreken.'

Ik onderdrukte een kreun terwijl ik naar zijn kantoor liep.

Jeff Buslik keek me aan met zijn donkere, heldere, oplettende ogen.

'Goedemiddag, rechercheur,' zei hij.

De afgelopen vijf jaar werkte de onwaarschijnlijk knappe Afro-Amerikaan Jeff Buslik als officier van justitie in de Bronx. Iedereen vond hem een echt genie. Ik had drie keer eerder met hem gewerkt voor hij tot hoofd van zijn afdeling werd benoemd, en drie keer wist hij de jury tot veroordelingen te bewegen. Bronx-juryveroordelingen, waarbij maximale gevangenisstraffen werden opgelegd, vijfentwintig jaar tot levenslang.

Ik wreef in mijn ogen toen ik ging zitten.

'Wat ben je tot nu toe aan de weet gekomen?' vroeg de openbare aanklager. 'Graag een volledig exposé, Lauren.'

'Maak het een beetje, Jeff,' zei ik. 'Mijn rapport ligt voor je neus. Lees het nog eens door, dat gaat sneller.'

Jeff glimlachte breed. Geen wonder dat hij jury's om zijn vinger wond. Hij leek wel een filmster. En Jeff was bovendien nog welbespraakt ook.

'Om mij een plezier te doen,' zei hij.

Dus stak ik van wal.

Toen ik klaar was, leunde hij achterover, op de achterpoten van zijn stoel. Hij vouwde zijn handen om de revers van zijn onberispelijke grijze kostuum en keek naar het vlekkerige plafond. Hij hield zijn oogleden halfgesloten en zijn ogen bewogen heen en weer alsof hij iets las. Ik vroeg me af hoeveel moordzaken hij al op zijn bureau had gehad? Duizend? Tweeduizend?

Hij was al volop aan het analyseren en ordenen, hield de sterke en zwakke kanten van de zaak tegen het licht.

Of misschien las hij mijn gedachten, dacht ik, terwijl ik mezelf dwong mijn voet stil te houden die op eigen houtje ritmisch tegen de vloer was gaan tikken. Jezusmina, hij maakte me nerveus.

'Komt die oudere getuige, Amelia Phelps, geloofwaardig over?' vroeg hij.

Ik knikte. 'Heel geloofwaardig, Jeff.'

'Rapport van de patholoog?'

'Wordt hard aan gewerkt,' zei mijn baas. 'Maar het zal nog zeker een week op zich laten wachten.'

'Hoe kijken jullie aan tegen die twee dealers?' vroeg Jeff. 'De gebroeders Ordonez?'

'Die zouden de oplossing heel goed kunnen bespoedigen,' zei Keane. 'We zijn er alleen nog niet achter waar ze zich ophouden.'

'Denk je dat ze op de terugweg zijn naar de Dominicaanse Republiek? Persoonlijk laat ik die mogelijkheid open.'

Zou dat niet geweldig zijn, dacht ik.

'Wie weet?' zei ik.

'Denken jullie dat die heren onnozel genoeg zijn om het moordwapen nog in hun bezit te hebben?' vroeg Jeff, die de stoel heen en weer liet schommelen, waardoor er een krakend geluid te horen was. Mijn jury's zijn dol op moordwapens. Moordwapens en DNA. Je moet ze tegenwoordig zo ongeveer een gemengde aflevering van CSI en *Law and Order* voorschotelen. Dat weten jullie ook. Als we het wapen vinden, liefst met nog een beetje bloed eraan, zal de zaak al bekeken zijn nog voor hij is begonnen.'

Er schoot een levendige voorstelling van het pistool en de bloederige plastic tas in mijn schuur door mijn hoofd.

'Ik doe dit werk al een tijdje, Jeff,' zei ik achteloos. 'En ik heb geleerd dat je onnozelheid nooit moet onderschatten.'

Jeff schonk me opnieuw zijn uitnodigende brede lach.

'Je lijkt je zaakjes zoals gebruikelijk weer goed voor elkaar te hebben,' zei hij. 'Ik ga terug naar mijn kantoor en begin maar eens met het opstellen van een paar bevelschriften tot huiszoeking. Zodra je een adres hebt kunnen we aan de slag. Misschien kunnen we in dit geval zelfs op de doodstraf mikken.'

HOOFDSTUK 44

Terwijl Jeff Buslik het pand verliet zat ik verslagen achter mijn bureau.

Ik had gedacht deze situatie wel aan te kunnen. Ik had immers de leiding en meende alles voor te kunnen zijn. Nu was ik daar niet langer zeker van. Ik begon er zelfs ernstig aan te twijfelen.

Tot nu toe had ik geluk gehad, maar hoe lang kon dat nog doorgaan? Niet erg lang met een attente Jeff Buslik die over mijn schouder meekeek. Zoals haaien bloed kunnen ruiken, zo rook hij schuld en schuldgevoel.

Twintig minuten later stapte Mike binnen met een zak donuts en een fors kartonnen pak waaruit je nagenoeg eindeloos warme koffie kon tappen.

Wow, een vat vol cafeïne. Bevond ik mij al niet op de toppen van mijn zenuwen?

'In één woord?' vroeg ik.

Mike schudde zijn hoofd.

'Pudding?' zei hij de doos openend. 'Geen mens die iets weet. Het is opschieten en afwachten. Koffie?'

De rest van de dag en een deel van de avond waren we bezig de verslaggevers die elk halfuur belden met een 'geen commentaar' af te schepen en met het doorspitten van de zaken die door Scott onder handen waren genomen.

Al snel ontdekte ik dat Scott echt als een fabelachtige undercoveragent bekendstond. Hij was gedetacheerd geweest bij en ingezet door de FBI en de ATF en hij was zelfs de rechterhand geweest van een kopstuk van het Cali-kartel.

Ik stuitte op een foto van Scott, glimlachend tussen de rest van de leden van diverse diensten, terwijl ze poseerden voor een muur van witte zandzakken vol in beslag genomen cocaïne. O, Scott.

Ik schudde mijn hoofd toen ik het dossier dichtklapte en een volgende opende.

Een geboren nepartiest, dacht ik, en ik had alles voor zoete koek aangenomen en hem geloofd.

Toen ik weer opkeek, zag ik dat het intussen al donker was geworden. Hoe laat was het?

Mike legde de hoorn op de haak en gromde als een beer die twee maanden te vroeg uit zijn winterslaap was gehaald.

'Moet je horen. Die bollebozen van de narcoticabrigade zijn de gebroeders Ordonez op het spoor, en ik citeer: "Ze zijn te vinden in een nachtclub in Mott Haven waarvan ze de mede-eigenaars zijn of in een appartement aan de rand van Brooklyn".'

'Dat is nogal een of,' zei ik.

'Vond ik ook. Waar het op neerkomt is dat er een lange nacht voor ons ligt,' zei Mike. 'Het is jouw beurt een paar uurtjes te gaan pitten. Ga naar huis en kijk eens hoe die man van je er tegenwoordig uitziet. Zorg dat je bereikbaar bent. Zodra ik iets hoor, hoor jij het ook. Ga naar huis.'

HOOFDSTUK 45

Ik hoorde de tv in de werkkamer toen ik de deur opende. Een enkele stem gevolgd door het gelach van het publiek in de studio. Letterman, waarschijnlijk. Geweldig. Hij zal waarschijnlijk weldra met een top tien over Paul en mij komen.

Ik legde mijn sleutels op het schapje onder de caféspiegel en keek naar het blauwe licht van de televisie dat door de kier van de deur op de loper in de gang viel. Van alle moeilijke dingen die ik de hele dag had gedaan, voelde dit nog het moeilijkst.

Een lange dag, besteed aan het verdoezelen van een moord, kon niet beter worden besloten dan met een bekentenis aan je echtgenoot dat je hem bedroog.

Ik zoog mijn longen vol, ademde langzaam uit en duwde de deur open.

Paul lag op de bank onder een deken van de Yankees die hij tot zijn kin had opgetrokken. Hij klikte het toestel uit toen hij me zag staan.

'Hoi,' zei hij met een lach. Hij had nog altijd een leuke lach, zelfs op de ongeschiktste momenten.

Ik keek naar hem. Ik weet niet wat ik had verwacht, maar een vrolijk 'hoi' was het niet. 'Hoi, slet' misschien.

'Ook hallo,' probeerde ik.

Ik wist niet wat de volgende danspas zou moeten zijn. Geen flauw idee. Paul had nooit eerder een minnaar van mij vermoord.

'Hoe was het op je werk?' vroeg hij.

'Ja goed, Paul,' zei ik. 'Maar eh, vind je niet dat we nog wat over gisteravond moeten praten?'

Paul sloeg zijn ogen neer. Heel misschien zou dit nog tot iets leiden.

'Ik was aardig bezopen, hè?' zei hij.

Dat is te verwachten als je in je eentje bijna een hele fles whisky naar binnen giet, wilde ik zeggen. Maar ik moest hem niet tegen me in het harnas jagen, meende ik. Het was van groot belang dat hij me alles zou vertellen, zijn hart zou uitstorten. Me precies zou vertellen wat er was gebeurd. Dat ik zijn kijk op de dingen zou horen.

Dat zou alles veel eenvoudiger maken. Hij kon zich van zijn last bevrijden en ik kon hem zeggen dat hij zich geen zorgen hoefde te maken, dat ik al bezig was alles in goede banen te leiden.

'Wat is er aan de hand, Paul?' fluisterde ik. 'Je kunt het tegen mij zeggen.'

Paul keek me aan, zijn onderlip gevangen tussen zijn tanden.

'Godallemachtig, Lauren,' zei hij. 'Mijn vlucht. Een ware nachtmerrie. Er klonk een luide knal en we begonnen pijlsnel te dalen. Ik was ervan overtuigd dat het om een terroristische aanslag ging. Dat ik dood was. Toen hield het gewoon op. Het vliegtuig won weer hoogte, maar de piloot zette het toestel in Groton aan de grond. Ik ben niet eens in Boston geweest.

Het was net of ik gespaard was, snap je? Zodra ik daar weg kon, heb ik een auto gehuurd en ben ik naar huis gereden. Ik verkeerde waarschijnlijk nog steeds in een shocktoestand toen ik hier aankwam. Ik opende de fles voor een slok die me misschien enigszins tot rust kon brengen. Die slok werd door andere slokken gevolgd. Vraag me niet wat er met mijn kleren is gebeurd. Het spijt me. Het was niet mijn bedoeling je angst aan te jagen.'

Mijn gezicht gloeide in het donker. Waarom loog Paul me voor? Waarom deed hij alsof hij niet wist wat er gebeurd was? Ik

wist echter ook dat moordenaars wel vaker in een ontkenningsfase terechtkwamen. Soms was die zo krachtig dat het leek of
ze er zelf volstrekt van overtuigd waren dat ze de misdaad niet
hadden gepleegd. Was dat het? Was Paul in een shocktoestand
geraakt en zo door schuldgevoelens belaagd dat hij er waan-
denkbeelden voor in de plaats was gaan zetten?

'Paul!' zei ik uiteindelijk. 'Alsjeblieft!'

Hij keek me onzeker aan.

'Alsjeblieft wat?' vroeg hij.

Mijn God, dacht ik. Alsof dit allemaal al niet moeilijk genoeg
was. Speelde hij een spelletje met me? Het leek alsof hij niet
wist dat ik er ook was geweest. Hij leek in de veronderstelling te
verkeren dat Scott alleen was geweest en…

Godallejezus! Dat was het! Ik sloeg een hand voor mijn mond.
Ik kon het niet geloven.

Paul wist niet dat ik er ook was geweest!

Paul was niet gekomen om ons te betrappen, begreep ik. Hij
moest een of twee e-mailtjes hebben gezien, bevroed hebben
wat er aan de hand was en toen naar Scotts huis zijn gereden
om hem via een pak slaag aan het verstand te brengen dat hij
maar beter uit mijn buurt kon blijven. Daarom was hij vertrokken zonder zich om mij te bekommeren! En daarom deed hij
nu alsof hij zich daarvan niet bewust was. Hij deed niet alsof.
Paul was het zich niet bewust!

Paul wist niet dat ik hem had bedrogen.

HOOFDSTUK 46

Dat alles wierp een heel nieuw licht op de zaak, nietwaar? Ik liet mijn blik door de kamer gaan toen Paul de deken optilde.

'Kom bij me liggen, Lauren,' zei hij. 'Je hebt veel te hard gewerkt. Wij allebei trouwens. Kom.'

Paul zo te zien liggen herinnerde me eraan hoe ik een jaar geleden, toen ik op een brandtrap een verdachte op de hielen had gezeten, mijn rug had geblesseerd. Ik had twee volle weken het bed moeten houden en Paul had zijn vakantiedagen opgenomen om mij te verzorgen. Mij echt te verzorgen. Hij maakte drie maaltijden per dag voor ons en die aten we samen op terwijl we televisie keken of een boek lazen. Paul las me voor. Halverwege de tweede week gaf de boiler de geest en ik zal nooit vergeten hoe Paul boven de gootsteen in de keuken mijn haar waste met water dat hij op het gasstel had verwarmd.

Hij was er dus voor mij geweest.

Nu had hij mij nodig. Nu moest ik er zijn voor hem.

Ik haalde diep adem, liep naar hem toe en ging naast hem liggen. Paul knipte het licht uit. Ik zocht in het donker zijn hand en hield die stevig vast.

'Nou, ik ben blij dat het je gelukt is naar huis te komen,' zei ik. 'Al geldt dat dan niet voor je kleren.'

HOOFDSTUK 47

De volgende ochtend kleedde ik me snel aan nadat Paul naar zijn werk was gegaan. Ik had er eerlijk gezegd op gewacht dat hij zou vertrekken. Of beter: ik had niet kunnen wachten tot hij weg was.

Net toen ik mijn handtas in de Mini wilde zetten, herinnerde ik me opeens glashelder wat Jeff Buslik had gezegd over het pistool waarmee Scott was gedood. Dat het absoluut cruciaal was om de zaak rond te krijgen.

Ik keerde me om en liep snel naar de schuur met slechts één gedachte in mijn hoofd.

In welke rivier zou ik het wapen dumpen – de Hudson, de East of de Harlem?

Mijn adem werd afgesneden toen ik de schuurdeur opende. Dit had ik niet verwacht. Zelfs niet in mijn wildste dromen.

Er was niets te vinden op de plek waar de plastic tas met belastende spullen had gestaan! Er was slechts lucht.

Ik keek achter het tuingereedschap, de zak kunstmest, de gieter. Geen pistool. Geen papieren handdoeken vol bloed. Niets.

Wat nu?

Ik keek naar de lege plek en vroeg me af wat Paul met het moordwapen kon hebben gedaan. Had hij zich ervan ontdaan toen hij de huurauto had teruggebracht? En zo ja, waar?

Dat verontrustte me. Heel erg. Het moordwapen dat zich ergens moest bevinden, waarschijnlijk met Pauls vingerafdrukken er nog op.

Ik voelde hoe mijn maag zich roerde toen ik opeens de spade opmerkte. Het onderste deel van het blad was donker. Ik raakte het aan. Het was nat van de modder. Ik nam het ding mee naar buiten en liep er in looppas mee naar de achtertuin.

Waar zou ik een moordwapen begraven als ik Paul was?

Ik zou het ergens dicht in de buurt begraven. Een plek die ik vanuit het raam zou kunnen observeren om te zien of er niet in werd gewroet.

Ik bekeek de achtertuin nauwkeurig. Alleen in de middag kwam er zon, dus alles lag nog in de schaduw. Ik liep de hele tuin door en tuurde wel twintig minuten naar de koele, vochtige grond, maar vond nergens een plek waar onlangs was gegraven. Niet tussen de planten, niet onder de heggen of de azalea's.

Ongeveer tien minuten later zag ik naast de barbecue, naast een stapel stenen die we vorig jaar bij Home Depot hadden gekocht, iets vreemds. Rechts van de stapel zag ik vage afdrukken van stenen in de modder.

De stenen moesten een stukje naar links zijn verplaatst, begreep ik.

Ik begon met het verwijderen van de bovenste rij stenen en plaatste die terug op hun oorspronkelijke plek. Onder de laatste rij was de aarde los.

Ik begon te graven met de spade tot ik er iets mee raakte. Mijn adem stokte maar ik voelde me niettemin opgelucht. Ik zag de plastic Stop & Shop-tas, opende hem en zag de .38 op de bloedrode papieren handdoekjes liggen.

Ik stopte het pistool in mijn tas, bond de plastic tas dicht en stopte die in de kofferbak van mijn Impala, de politieauto waarmee ik doorgaans naar het werk reed. Toen keerde ik terug, gooide het gat dicht en plaatste de stenen zo nauwkeurig mogelijk terug.

Zwetend legde ik de laatste steen terug op zijn plek. Toen hoorde ik iets bij de verre hoek van het huis.

Ik draaide me om.

Mijn hart bleef stilstaan.

Het was mijn partner, Mike.

Mike? Hier bij mijn huis? Nu?

Achter hem zag ik de collega's van Scott, Jeff Trahan en Roy Khuong. Ze waren alle drie tot de tanden gewapend.

Ik voelde het zweet over mijn lichaam gutsen. Dit was het – het spel was uit!

Ze hadden me in de gaten gehouden, dacht ik. Ze wisten precies wat er was gebeurd. Waarschijnlijk al vanaf het begin.

Nu was het voorbij.

Ik zat op mijn knieën en keek de mannen met open mond aan.

'Wat is er, Lauren? Waarom neem je de telefoon niet op?' vroeg Mike en hij trok me omhoog. 'We hebben net van een informant gehoord dat de broertjes Ordonez op dit ogenblik in hun nachtclub zijn. We besloten hier langs te gaan om jou op te pikken. Marut en Price wachten in het busje.'

Hij sloeg de modder van mijn handen alsof ik een stout kind was dat hij bij het spelen in de modder had betrapt.

'Laat je groene vingers zich op een later tijdstip maar om je plantjes bekommeren,' zei mijn opgewonden partner grijnzend. 'Het is nu tijd om een paar moordenaars in de boeien te slaan.'

HOOFDSTUK 48

Achter in een voortrazend busje dat eruitzag of het van een installatiebedrijf was en door de narcoticabrigade voor surveillancedoeleinden werd gebruikt, bestudeerde ik de zwartwitfoto's van de gebroeders Ordonez die Mike bij zich had. De piloot, Mark, was een jaar ouder dan zijn broer Victor, maar beide mannen werden gekenmerkt door koude ogen en een gezichtshuid vol putjes, waardoor ze goed tweelingbroers hadden kunnen zijn.

Ik gaf de foto's terug aan Mike die naast me op zijn knieën zat. Hij was in kevlar gehuld en hield een geweer voor zijn borst. Ook ik droeg een kogelvrij vest dat ongelooflijk zwaar op mijn schouders en rug drukte.

Of misschien was het slechts de last van schuldgevoel en angst.

'Echt twee schoonheden,' wist ik uit te brengen.

'Is je de onwaarschijnlijk bleke huid van Victor opgevallen? Een meter tachtig. Hij voldoet exact aan de beschrijving die Amelia Phelps heeft gegeven. Hij heeft het gedaan, Lauren. Vijftien jaar geleden vermoordde hij al bijna een politieman en uiteindelijk is het hem met Scott gelukt. Die klootzak heeft Scott neergeknald, ik voel het gewoon.'

Ik keek naar mijn partner. Er lag wraakzucht in zijn ogen. 'Die twee zullen wensen dat hun moeder hen bij de geboorte had gewurgd,' fluisterde hij.

Ik kamde mijn haar met mijn vingers naar achteren. Ik herinnerde me weer dat Mikes vader in diensttijd was vermoord. Nu gingen wij achter de moordenaars van politiemensen aan. Ik vroeg me ineens af of dit wel zo'n goed idee was. In feite wist ik dat het dat niet was.

'We zijn er,' riep Trahan en hij minderde vaart. 'Ontgrendelen en doorladen, dames.'

Er hing een bedwelmende metalige geur in het busje. Adrenaline wellicht. Of misschien testosteron. Alles ging veel te snel. Het geklik van de wapens weerkaatste tegen de kale stalen wanden.

We stonden geparkeerd op East 141st Street, ergens in de buurt van Willis Avenue. De projectontwikkelaars van Manhattan hadden deze kant zeker nog niet ontdekt, dacht ik toen ik naar de door onkruid overwoekerde stukken grond en de vervallen gebouwen keek.

Alles om maar niet te hoeven denken aan wat er nu zou gebeuren.

Aan de overkant van de uitgestorven straat wapperde een bord met het opschrift EL DIARIO tegen het skelet van een trappenhuis. De enige gebouwen in de buurt die er nog enigszins bewoonbaar uitzagen, waren de woningen achter ons, aan de overzijde van de op een strook bandstaal lijkende Harlem River.

Trahan wees naar een oud gebouw van vier verdiepingen, een eindje verderop in de straat.

'Daar is het,' zei hij. 'Dat is de nachtclub.'

Een nachtclub? dacht ik verbijsterd. Hoezo een nachtclub? Waar Trahan op had gewezen waren twee met graffiti besmeurde stalen rolluiken met daartussen de duistere ingang van een anoniem uitziende winkelpui. De uitsparingen van de ramen erboven waren leeg. Er waren niet alleen geen mensen te zien, maar ook geen glas of kozijnen.

Trahan zag de verblufte uitdrukking op mijn gezicht.

'Je moet die tent vanbinnen zien,' zei hij, deemoedig schuddend met zijn hoofd. 'Een compleet andere wereld.'

Trahan haalde zijn mobieltje te voorschijn en toetste een nummer in. Na enkele seconden maakte hij een sissend geluid en klapte het toestel dicht.

'Die verrekte informante,' zei hij. 'Ze neemt niet op.'

'Is het een vrouw?' vroeg ik.

'Uiteraard,' zei rechercheur Marut. 'Ze deelde het bed met Mark Ordonez tot hij haar voor een andere vrouw verruilde. Er zijn geen betere informanten dan gedumpte vrouwen.'

'Wanneer heb je voor het laatst van haar gehoord?' vroeg ik.

'Net voor we jou oppikten,' zei Trahan. Gefrustreerd beet hij in de antenne van zijn radio.

'Ik wilde snel toeslaan, knal-bam door de voordeur, iedereen op de grond. Nu ben ik daar niet meer zo zeker van. Volgens mijn tipgeefster moet het er erg druk zijn. We kunnen niet riskeren dat er iemand gewond raakt, zeker wij niet, tenzij vaststaat dat de gebroeders Ordonez binnen zijn. Dan kan die hele puinzooi naar de hel!'

'Hé, wacht eens even,' zei ik. 'We hebben toch een speciale eenheid voor dit soort zaken? Die lui kicken er juist op zulke invallen uit te voeren. Waarom laten we het niet aan hen over?'

'Scott was onze broeder,' sprak Khuong ernstig – zijn ogen hard en donker. 'Dit blijft in de familie.'

Mijn God. Dat beviel me niks. Ik ving van de 'familieleden' louter onheilspellende vibraties op. Die jongens waren veel te gespannen, lieten zich door hun emoties leiden. Deze onderneming had meer weg van een vergeldingsactie dan van een arrestatieprocedure. Wat was er gebeurd met het beleid om mensen van een zaak af te halen als ze er emotioneel te zeer bij betrokken waren? En uitgerekend ik zou hen daar op moeten wijzen?

Met ogen vol twijfel keek ik naar het trooosteloze etablissement en vroeg: 'Heeft iemand gezegd dat er veel volk in die tent zou zijn? Het is bijna negen uur 's ochtends.'

De gouden tand van Thaddeus schitterde. Dat meende ik althans te zien. Hij omklemde zijn 10 mm Smith & Wesson.

'Sommige mensen weten niet van ophouden, meisje,' zei hij.

'Wacht even. Hoe pakken we de verkenning aan?' vroeg rechercheur Marut. 'Als die gasten Scott hebben vermoord, zullen ze uiterst argwanend staan tegenover iedereen die er verdacht uitziet. Wij zijn allemaal bij het surveilleren betrokken geweest. Wie weet herkennen ze ons.'

'Ik heb een idee,' zei ik.

Ik keek naar de nachtclub, die er demonisch uitzag, als een bijzondere toegang tot de hel. Maar het was door mijn toedoen dat we hier waren, en ik kon op dat moment nauwelijks met mezelf leven. Als er nog iemand anders gewond zou raken, zou ik niet meer voor mezelf instaan.

'Geef mij een microfoontje mee,' zei ik.

Trahan schudde zijn hoofd. 'Komt niks van in.'

'Heb je een gaatje in je hoofd?' vroeg Mike. 'Geen sprake van dat jij alleen dat hol in gaat. Ik ga wel.'

Ik keek mijn partner recht in de ogen. Hij meende wat hij net had gezegd. Zoals ik al zei, hij is echt de beste.

'Luister naar me,' zei ik. 'Ik ga naar binnen. Mij kennen ze niet, en een vrouw zullen ze zeker niet verwachten. O, en als dat nog ontoereikend is, bedenk dan dat deze zaak aan mij als hoofdverantwoordelijke is toegewezen. En om je eerste vraag te beantwoorden: ja, kennelijk heb ik een gaatje in mijn hoofd.'

HOOFDSTUK 49

Het kostte Thaddeus Price een kleine tien minuten om een petieterig draadloos microfoontje onder een knoop van mijn jasje te krijgen. Ik had hem wel willen zeggen dat er wat mij betreft geen grote haast geboden was, maar het leek me beter dat niet aan de grote klok te hangen.

'Oké, de situatie is als volgt,' zei hij. 'Die club is door en door verrot, maar geloof het of niet, op vrijdagochtenden bevindt zich er steevast een grote groep feestende kickzoekers uit Manhattan. Klop op de deur en zeg tegen de uitsmijter dat je op zoek bent naar je vriend Lewis, de dj. Maak je geen zorgen, die zal er niet zijn. Maar de uitsmijter zal je waarschijnlijk binnenlaten.'

'Waarom zou hij dat doen?' vroeg ik.

Thaddeus' tand glinsterde opnieuw toen hij naar me lachte.

'Kijk in de spiegel, rechercheur. Mooie blanke meisjes zoals jij hoeven niet op de lijst te staan.'

'Zodra je een van onze vrienden ziet, Mark of Victor,' zei Trahan, 'dan wil ik je duidelijk "code rood" horen zeggen en dat je je vervolgens naar de dichtstbijzijnde hoek begeeft. Dat geldt ook als je op problemen stuit, als je het gevoel hebt dat je gevaar loopt. Wij zullen er zijn voor je weer adem moet halen, oké?'

'Code rood,' zei ik. 'Heb ik.' Ik bevond me verdomme de afgelopen vierentwintig uur al in code rood.

'Goed, en verder?' zei Trahan. 'O ja. Laat je wapen en badge hier achter. Het kan zijn dat de patser die bij de deur staat je wil fouilleren.'

De wanden van het benauwde busje leken plotseling op me af te komen, tot ik het gevoel kreeg in een doodskist te liggen. Mijn eigen doodskist.

Godallejezus!

Mijn Glock en badge kon ik probleemloos in het busje achterlaten.

Maar Scotts pistool, het wapen waarmee Paul hem had gedood, zat in mijn handtas. Dat zou in het busje een paar wenkbrauwen doen fronsen. Wat moest ik nu verdomme doen?

Ik pakte mijn tas en overhandigde Trahan mijn Glock. Toen gaf ik hem mijn gouden badge.

Maar het moordwapen liet ik waar het was, onder mijn portefeuille en een doosje pepermuntjes. 'Wens me succes,' zei ik.

'Code rood,' herhaalde Trahan. 'Hang daarbinnen niet de held uit, Lauren.'

'Geloof me, ik ben geen held.'

De deur van het busje gleed plotseling open en ik stapte naar buiten op de smerige gebarsten stenen van het trottoir. Ik keek om me heen. Ik kon niet uitmaken wat er deprimerender was, de aanblik die de stad op deze plek bood of de geringe kans dat ik deze dwaze voorstelling zou kunnen navertellen.

'Maak je geen zorgen, partner,' zei Mike. 'Wij volgen je op de voet bij elke stap die je zet.'

Tuurlijk, dacht ik, mijn tas over mijn schouder hangend terwijl de deur dichtsloeg.

Dat was precies het probleem.

Ik keek naar het etablissement in kwestie, de zogenaamde club. De stalen rolluiken. De donkere opening ertussen als een verticaal open graf.

Wat stond mij in vredesnaam verder nog te wachten?

Code rood was zo ongeveer mijn geringste probleem.

HOOFDSTUK 50

In het bedompte halletje achter de verveloze deur hing een koord van rood fluweel met daarachter een inktzwarte trap die naar beneden leidde.

De uitsmijter die ernaast stond droeg een champagnekleurige zonnebril en een driedelig pak dat van rode polyesterfolie gemaakt kon zijn. Zwijgend overwoog ik wat me het ongemakkelijkste gevoel gaf toen ik hem naderde, het feit dat hij bijna twee meter lang was of het feit dat hij weerzinwekkend zwaarlijvig was.

Er steeg via de betonnen trap naast hem een gestaag gebonk omhoog, alsof er in de krochten van de aarde ritmische ontploffingen plaatsvonden.

'Draait Lewis vanavond?' vroeg ik.

De uitsmijter schudde bijna onmerkbaar zijn grote hoofd.

Verstond hij me wel? Wist hij instinctief dat ik van de politie was? Ik was er opeens erg opgetogen over dat Mike en de andere jongens heel snel hier konden zijn.

'Is het een besloten feestje, of mag ik naar binnen?' vroeg ik.

Besloten feestje, bad ik, turend in het donkere trapgat. Ik zou er geen moeite mee hebben zonder succes naar het busje terug te keren. We zouden wel iets anders bedenken. Ik zou er wel oren naar hebben even te gaan liggen en mijn ogen te sluiten. Of voor een drieweekse vakantie in het buitenland te vertrekken.

'Hangt ervan af,' zei de uitsmijter eindelijk.

'Waarvan?' vroeg ik.

Hij schoof zijn zonnebril een eindje omlaag en keek me aan op een manier die maakte dat ik erg blij was niet te hebben ontbeten.

'Van hoe graag je naar binnen wilt,' zei hij.

'Heel romantisch,' zei ik terwijl ik me omdraaide. 'Maar er is op deze aarde niets wat ik zó graag wil.'

'Nee, kom maar,' zei de afstotelijke uitsmijter met een bulderende gemene lach, en hij maakte het fluwelen koord aan één kant los. 'Niet zo lichtgeraakt, meisje. Het was maar een grapje. Een uitsmijtergeintje. Welkom in de wonderondergrondse.'

HOOFDSTUK 51

Toen ik het einde van de verraderlijk donkere trap had bereikt, gaf ik bijna toe aan de neiging om Scotts pistool te trekken. In plaats daarvan haalde ik diep adem. Ik liep verder naar de ruimte waarin zich de dreunende luidsprekers moesten bevinden en waarvan ik nog slechts door een kralengordijn was gescheiden.

Aan de andere kant ervan keek ik verbluft naar de plasmaschermen en de kostbare verlichting. In het midden van de ruimte, rond een tapkast die uit zwart glas leek te bestaan, was het een drukte van belang.

De vrouwelijke barkeepers erachter droegen zwarte rubberen bodystockings en nepborsten. Verrek, travestieten natuurlijk. De Bronx was echt terug.

Ik moet toegeven dat ik behoorlijk onder de indruk was. Dit had Manhattan kunnen zijn. De gebroeders Ordonez hadden hun onderzoek van de verwording grondig uitgevoerd.

Een groot deel van de aanwezigen was duidelijk van Latijns-Amerikaanse afkomst, maar er was toch ook een omvangrijk contingent gegoede blanken. Ze transpireerden hevig op de dansvloer. Er lag een dwaze grijns op hun gezichten en ze lieten neonkleurige gloeistaafjes door de vingers van beide handen draaien.

Boven de rondtollende dansers bevond zich in de stalen kooi die aan het plafond was opgehangen, een naakte, van engelenvleugels voorziene lilliputter die met een witte gummiknuppel tegen de tralies beukte. Wie bedenkt toch al die heisa? vroeg ik me af.

'Ik kan jouw energie voelen,' zei een opgeblazen man van middelbare leeftijd, type effectenmakelaar. Hij was struikelend van de dansvloer gekomen en deed pogingen me te omhelzen.

Ik probeerde hem met mijn armen van me af te duwen, maar toen dat niet lukte, gaf ik hem een licht knietje tussen zijn benen.

'Nu misschien nog beter,' zei ik en de man deinsde achteruit. Ik vluchtte naar de bar.

'Twaalf dollar,' zei de barkeeper toen ik een Heineken had besteld.

Kijk aan, dacht ik terwijl ik het bedrag bijeenzocht, ze hanteren zelfs de prijzen van Manhattan.

Een half minuutje later werd ik toegelachen door een kleine, gedrongen latino met een sikje, die zich door de massa een weg naar mij toe baande.

'Ik ben de candyman,' zei hij.

Ik keek hem aan. De candyman? Was dat een nieuw openingszinnetje? Ik was er al een tijdje uit. Nou ja, om de waarheid te zeggen was ik er nooit in geweest, keurig katholiek meisje als ik was.

Hij legde een ivoorkleurige pil in mijn hand. Ik vermoedde dat het geen snoepje was.

'Twintig,' zei hij.

Ik gaf hem de pil terug. Hij haalde zijn schouders op en maakte zich uit de voeten. Die ecstasydealer moest wel voor de gebroeders Ordonez werken, dat leek me duidelijk. Maar ik verloor hem uit het oog toen hij in de caleidoscoop van laserlicht op de dansvloer verdween.

Mijn ogen zochten spiedend naar een van de gebroeders. Ik tuurde naar de vipcabines aan het einde van de dansvloer, achter de dj. De stroboscooplampen en de allesdoordringende bastonen waren bepaald niet bevorderlijk voor mijn concentratie.

Of ik het leuk vond of niet, ik moest dichterbij zien te komen.

Om nog meer ongewenste avances te vermijden, zorgde ik ervoor uit de buurt te blijven van de achterste hoek van de dansvloer. Een van de deuren in de betonnen muur naast me ging open en ik kwam oog in oog te staan met Victor Ordonez. Voor ik me kon bewegen, werd ik door een ijzeren hand in mijn nek gegrepen.

Ik draaide me om en zag mijn maatje van boven, de uitsmijter die zo dringend om een diëtiste verlegen zat. 'Ik ben het maar, dame,' zei hij grijnzend.

'Waarom kom je niet in de viproom?' schreeuwde Victor boven de muziek uit en de ijzeren hand duwde me al naar binnen. 'Een privéparty. Maar ik nodig je uit.'

HOOFDSTUK 52

De viproom was in werkelijkheid een kelderverdieping. Ruwe betonnen muren en vloeren, kozijnen uit B2-blokken, de verroeste kap van een oude boiler. Fraaie inrichting. Een armatuurloos peertje boven een oude, gore keukentafel met daarop een elektronische weegschaal van roestvrij staal.

In een donker deurgat achter de tafel bevond zich een gang waarin iets op de vloer lag.

Ik slikte.

Het was een van vlekken vergeven matras.

'Blijf met je smerige poten van me af,' zei ik, terwijl ik probeerde te ontkomen aan de greep van de uitsmijter.

'Wees kalm, alsjeblieft,' zei Victor op vriendelijke toon toen hij voor me kwam staan. Hij droeg een driedelig wit pak, een wit overhemd en een zwarte das. Ik vroeg me af of Mickey Rourke wist dat een van zijn kostuums zoek was.

'Het betreft hier slechts een beveiligingsroutine,' legde Victor uit. 'Mijn medewerker Ignacio heeft u boven vergeten te controleren. Een kleine onoplettendheid van zijn kant.'

Er begon een alarmbel te rinkelen in mijn hoofd. Ik vroeg me af wat er voor de gewelddadige drugsdealer die voor me stond nog meer onder de term routine werd geschaard.

'Oké,' zei ik. 'Gooi me de zaak maar uit vanwege het schenden van uw regels. Ik dacht er toch al over om bij wijze van diner een ontbijt te gaan eten.'

Victor zuchtte. Toen knikte hij naar de uitsmijter.

Mijn tas werd uit mijn hand getrokken. Ik hoorde hoe de inhoud op de tafel werd uitgestort. Snel keek ik of er nog een andere uitgang te bekennen viel.

Ik kon het niet nalaten naar de matras te kijken. Ook dacht ik aan de poging tot verkrachting die op Victors strafblad vermeld stond.

Moest ik gewoon een greep doen naar Scotts pistool? Hoeveel kogels waren er nog over? Vier? Twee snelle schoten op Victor, een kogel door het hoofd van het monster Ignacio, en dan door dezelfde deur naar buiten als ik hier naar binnen was geduwd.

'Wat mag dit zijn?' vroeg Victor, Scotts .38 oppakkend voor ik dat kon doen.

Ik raakte bijna in paniek. Er werd door de leden van het team meegeluisterd en zij mochten van het pistool niets weten. Ik dacht snel na. 'Dat lijkt mij een code rood,' zei ik langs mijn neus weg.

'Hoe bedoel je, "code rood"?' vroeg hij.

'Dat. Het pistool dat je hebt getrokken en op me richt. Dat ziet eruit als een code rood!' zei ik met luide stem, hopend dat het microfoontje mijn woorden zou oppikken en doorsturen.

Er joeg een pijnscheut door mijn knieën toen Victor me plotseling tegen de vloer smeet.

'Hou je kop, kutwijf! Hoe haal je het in je hoofd hier te komen en naar mij te schreeuwen?' riep hij luid.

'Coño! Zie je het niet?' zei de kleerkast achter me. 'Dat is een politiewapen. Zij is godverdomme van de politie. En Pedro heeft haar de waar al aangeboden!'

'Bek dicht, nutteloze vetberg, laat me nadenken!' gilde Victor.

Ik verstijfde toen de jongere Ordonez opeens het pistool op me richtte. Ik keek in de zwarte loop. In plaats van mijn hele leven voorbij te zien trekken, zag ik alles wat er gebeurd was sinds ik had besloten me met Scott in te laten. Loepzuiver zag ik elke misstap die me van twee avonden geleden naar het hier en nu had gevoerd.

Waar bleven Mike en de anderen? Ik keek naar de dikke muren. Die verrekte kelders! Het signaal werd niet opgepikt.

'Code rood!' schreeuwde ik en ik probeerde naar de deur te komen.

De uitsmijter was verrassend snel voor een berg. Ik kwam slechts halverwege voor hij me bij mijn enkel greep en mijn linkervoet er bijna aftrok.

Toen klonk er een gil – en de deur werd weggeblazen!

De ruimte werd onmiddellijk gevuld met stampende dansmuziek. Mijn ogen, die vanwege het stof en de splinters traanden, zagen het met afstand aangenaamste tafereel dat ik ooit in mijn leven zag.

Mijn partner, Mike, geweer tegen zijn schouder, zeilde op de tegen de grond geslagen deur als op een surfplank de ruimte binnen.

HOOFDSTUK 53

Mike gaf de uitsmijter met de kolf van het geweer een beuk op zijn neus, nog voor het vette monster een vloek kon slaken.

'Waar is Victor?' riep Mike terwijl hij me mijn Glock en handboeien toegooide. 'We verloren het contact met jou. Trahans informant heeft ons verteld dat Victor jou hier naar binnen had gebracht.'

'Ik weet niet waar hij gebleven is, Mike,' zei ik achter me speurend. 'Een seconde geleden was hij nog hier.'

'Klink die ene ergens anders aan vast en geef me dan rugdekking,' zei Mike. Hij richtte zijn geweer op de duistere ruimte waar de matras lag en spoedde zich die kant op. Ik klikte een handboei om de pols van de bewusteloze Ignacio en klonk de tweede vast aan een van de buizen van de boiler.

Ik klonk de bewusteloze Ignacio vast aan een van de buizen van de boiler. Zijn bril was verbrijzeld en zijn druppelende gezicht had intussen de kleur van zijn pak. Een politiegrapje dat ik hem graag had verteld, maar ik rende de gang in, mijn partner achterna.

Ergens voor me hoorde ik een deur slaan.

Waar waren Mike en Ordonez in godsnaam gebleven? Ik stootte mijn schenen tegen de treden van een trap die ik niet gezien had en met mijn Glock als gids holde ik de trap op.

De deur die ik zo ongeveer met mijn gezicht vond kwam uit op een veld met hoog onkruid en vuilnis en gebroken glas. Waar was ik?

Ik knipperde tegen het plotselinge, verblindende daglicht. Ik zag Mike halverwege het verlaten stuk grond. Een eind voor hem sprintte een man in een wit pak over 140th Street. Dat was óf Victor Ordonez óf een ijscoman die voor de marathon trainde.

Ik begon op de twee in te lopen toen Mike Victor al twee straten lang achternazat. Aan de overkant van de derde kruising gingen ze onder een viaduct door en door de poort van een schroothandel. Zou Ordonez ontsnappen? Ik denk dat ik het hoopte. Als het aan mij lag kon hij doorrennen tot hij weer in Santo Domingo was.

Helaas zette Mike de achtervolging voort, vastbesloten de wedstrijd over de hindernisbaan vol platgetrapte dozen en hopen metaal te winnen. Ordonez hoefde zich maar om te draaien en te vuren en het zou gedaan zijn met Mike. Maar zo ging het niet.

Toen ik een wand van roestend blik naderde, hoorde ik een luid geknars van metaal. Vervolgens een dreun van metaal tegen metaal. Wat was dat in vredesnaam?

Een eind verderop, in de verste hoek van de schrootplaats, zag ik Ordonez van de vorkheftruck klauteren waarmee hij tegen het hek was geknald.

Hij liet zich op handen en knieën vallen, kroop door de opening die hij net had gemaakt en verdween uit het zicht.

Twee seconden later verscheen Mike vanachter een stapel buizen en kroop door hetzelfde gat in het hek.

Toen ik de plek hijgend en puffend bereikte, zag ik treinen. Heel veel treinen. Ordonez was van de schrootplaats naar een metro-emplacement gevlucht.

En ik was vergeten mijn MetroCard op te laden, dacht ik toen ik door het gat kroop en alert uit de buurt bleef van de dodelijke stroomleiding.

HOOFDSTUK 54

Ik rende door de nauwe tussenruimte tussen twee stilstaande metrotreinen en zocht bijna hysterisch naar Mike en Ordonez. Opeens hoorde ik een scherpe knal. Shit! Het raam boven mijn hoofd werd verbrijzeld. 'Hé, meisje! Vang!'

Ik draaide me snel om en zag Victor Ordonez, die twee wagens verderop uit het conducteurraam leunde en nog eens vuurde. Ik voelde iets langs mijn oor suizen en hoorde toen het geluid van dun ijs dat breekt.

Ik begon mijn Glock leeg te schieten in Victors richting.

Ik opende het lege magazijn en toen voelde ik pas dat er iets warms in mijn nek liep. Mijn benen leken plotseling op te lossen en ik lag op het grind. Er was iets niet in orde met de zijkant van mijn gezicht.

God, ik was geraakt! Ik voelde me duizelig. Het was alsof ik uit mijn lichaam gleed en van een afstandje naar mezelf keek.

Niet bewusteloos raken, Lauren. Schiet op! Doe iets! Nu! Ik stond wankelend op en begon zo snel als mijn trillende benen me konden dragen dekking te zoeken. Ik drukte de mouw van mijn jasje tegen de plek waar mijn hoofd bloedde.

Voor ik het einde van de trein bereikte, viel ik nog eens op mijn knieën en opnieuw moest ik mezelf dwingen op te staan.

Aan het einde van het treinstel trof ik een geopende deur. Ik trok mezelf op mijn buik naar binnen en rolde onder een paar stoelen.

Op dat moment barstte het vuurgevecht pas echt los! Twee

of drie rijtuigen van mij verwijderd werd er snel achtereen drie keer met een geweer geschoten. Een paar seconden later ging het, nu recht boven mij, nog eens af. Het raam van het rijtuig waarin ik lag, vloog aan diggelen.

Ik lag bloedend en huiverend met opgetrokken knieën op de vieze vloer en opeens hoorde ik Ordonez schreeuwen in de wagen naast mij. Ik kon hem niet zien, maar hoorde hem zeer duidelijk.

'Oké! Oké! Ik geef me over!' riep Victor Ordonez naar iemand.

Toen het geluid van een zwaar object dat op de vloer viel. Scotts pistool?

'Ik wil mijn advocaat spreken,' zei Ordonez.

Een ogenblik lang was alles stil. Te stil. Wat gebeurde er?

Ik hoorde het doorladen van een geweer.

Klik-klak.

'Het enige wat zo'n smerige politiekiller als jij nog nodig hebt,' hoorde ik Mike zeggen, 'is een doodgraver.'

Nee! Schoot het door mijn hoofd. Godallemachtig. Mike. Waar ben je mee bezig? Nee!

Ik draaide me op mijn buik, worstelde om op te staan, mijn mond open om naar Mike te schreeuwen.

'Politiekiller?' hoorde ik Ordonez met een stem vol ongeloof zeggen.

Toen ging het geweer voor de laatste keer af.

151

HOOFDSTUK 55

Ik moet even buiten westen zijn geweest. Het volgende dat ik hoorde was de door iemand geschreeuwde vraag: 'Waar zit je verdomme?' Die woorden kwamen uit Mikes radio die naast mijn hoofd lag. Mike zat op de vloer van de metrotrein en wiegde mijn hoofd in zijn schoot.

'Het komt allemaal weer goed, Lauren,' zei Mike. Er lag een glimlach op zijn gezicht en er stonden tranen in zijn ogen. 'Je bent aan je hoofd geraakt. Vleeswond. Echt waar. Het komt weer helemaal goed met je.'

'Ik ga niet dood?' vroeg ik.

'Vergeet het maar.'

Door de tussendeur zag ik een hand uit een zee van verbrijzeld glas steken. Spetters bloed op een witte mouw.

'En Victor?' vroeg ik. 'Jij...'

Mike legde een vinger op mijn lippen.

'Ik heb op hem geschoten nadat hij op mij schoot. Je herinnert je toch wat er gebeurd is, partner?'

Ik huiverde. Ik kon het niet geloven. Op de een of andere manier was ik vanuit mijn normale leven tot dit punt gekomen.

'Zo is het gebeurd. Hij schoot en toen schoot ik,' herhaalde Mike. 'Zo en niet anders.'

Ik knikte en wendde mijn ogen van Mike af. 'Ik heb je verstaan. Ik begrijp het, Mike.'

'Ze zijn hier,' riep een paniekerige stem naast de trein. 'Ze zijn hier.'

152

'Mijn vader heeft in precies zo'n trein als deze het leven gelaten,' zei Mike met een stem waarin vermoeidheid meeklonk. 'Precies zo een als deze.'

We hoorden een helikopter en even later blaffende honden.

'Hij ging altijd met mij en mijn broertje vissen op City Island,' ging Mike verder. 'Mijn broertje was zo uitgelaten dat we door zijn toedoen een keer omsloegen met de boot. Ik dacht dat mijn vader hem zou vermoorden, maar in plaats daarvan lachte hij alleen maar. Zo was hij. Zo zal ik me hem altijd blijven herinneren. Wij die om zijn sterke nek hangen en hij die ons schaterlachend naar de kant zwemt.'

Er klonk een afschuwelijk kermend geluid op uit Mikes keel. Dertig, veertig jaar van opgekropt verdriet.

'Ik heb altijd geweten dat er zoiets als dit zou gebeuren,' zei hij. 'Vroeg of laat.'

Ik gaf hem klopjes op zijn elleboog.

Het volgende moment werd het aan gort geschoten rijtuig overspoeld door ambulancepersoneel en leden van de narcoticabrigade.

HOOFDSTUK 56

Vandaag zou ik zeker niet doodgaan. Het bleek dat ik geen hechtingen nodig had. Een hulpverlener maakte mijn wond schoon, stelpte het bloed uit mijn wang en linkeroor en deed er een klein verband op. Leunend tegen de ambulance sloeg ik de bedrijvigheid gade en het drong tot me door dat ik op een haar na aan de dood was ontsnapt.

Trahan had uiteindelijk de noodeenheid opgeroepen, de SWAT-jongens van het NYPD en hun dieseltrucks vormden een ruime cirkel rond het treinstel. Er waren K9-eenheden, helikopters en hele pelotons rechercheurs en geüniformeerde agenten. Toen Mike zag dat ik was geraakt, had hij een 10-13 gemeld, 'politiefunctionaris in nood', en het leek wel of de volledige politiemacht, misschien op de havenpolitie na, had gereageerd.

Hoofdinspecteur Keane sprong uit de metrowagen waarin Victor Ordonez nog steeds lag en kwam naar me toe.

'Puik werk,' zei hij. 'Het serienummer op het wapen naast onze vriend, die overigens niet meer onder ons is, stemt overeen. Het is het wapen van Scott. Precies zoals we al dachten. De gebroeders Ordonez hebben hem uitgeschakeld.'

Ik schudde mijn hoofd en kon nauwelijks bevatten wat er was gebeurd. Op de een of andere vreemde manier was het allemaal beter gegaan dan ik had kunnen hopen of dromen. Nu kwam het allemaal weer goed. Ondanks de misleidingen, de omissies, de leugens.

'Is er al een spoor van Mark, de piloot?' vroeg ik.

'Tot nu toe niet,' antwoordde mijn baas. 'Maar geen nood, hij komt ook nog wel aan de beurt.'

'Waar is Mike?' vroeg ik.

Mijn baas rolde met zijn ogen.

'Interne Zaken. De hufterbrigade was hier bijna nog vóór de ambulance-eenheid. Je zou denken dat het feit dat jij gewond bent geraakt zelfs voor die lui verschil zou maken. Maar die strontscheppende klootzakken denken dat jij misschien op jezelf hebt geschoten en het pistool hebt gedumpt.'

Alleen door me intens te concentreren wist ik mijn ademhaling normaal te houden.

Intussen wreef mijn baas over mijn rug als een bokscoach die nog wat tips geeft voordat het gevecht wordt hervat.

'Waarom zeg je niet tegen die jongen dat hij je naar het Jacobi brengt voor de hoofdcommissaris zijn opwachting maakt. Na het ziekenhuis ga je naar huis en trek je de stekker van je telefoon eruit. Ik hou de ratten wel van je lijf tot je weer wat op adem bent gekomen. Bel me morgen maar even. Heb je nu nog iets nodig?'

Ik schudde mijn hoofd. Ik kon zelfs geen begin maken met het bedenken van een antwoord op die vraag.

'Je hebt goed werk geleverd, Lauren,' zei mijn baas voor hij vertrok. 'We zijn allemaal trots op je.'

Ik keek hem na toen hij wegliep.

Het bureau had zijn schutter.

Paul zou waarschijnlijk met rust worden gelaten.

Voor Brooke en haar kinderen zou worden gezorgd, zoals dat hoorde.

Ik keek naar de blauwe NYPD-helikopter die uitsteeg boven het prikkeldraad van het hek om vervolgens het helderblauwe luchtruim te kiezen. Vanuit mijn ooghoek zag ik achter het glasloze raam van het metrorijtuig het flitslicht van een camera van het onderzoeksteam.

Alles was prima verlopen, toch? Dit was het einde van de ellende.

Maar waarom huilde ik dan?

HOOFDSTUK 57

Het was zonnig en koel die volgende maandagochtend.

Terwijl ik in de houding stond op de trappen van de St. Michael aan 41st Street in Woodside, was ik blij met het warme uniform en met de lichaamswarmte van de collega's om me heen.

Hoewel er misschien drie- of vierduizend politiemensen stonden te wachten op de komst van de lijkwagen met het stoffelijk overschot van Scott, was het enige geluid het klapperen van de vlag van de erewacht; de enige beweging het golven van de heldere sterren en strepen.

Het tromgeroffel werd ingezet en de klokken van de kerk begonnen te luiden. Er kwam een contingent van veertig leden van het Emeraldgenootschap van het NYPD de hoek van het stenen kerkgebouw om. De doedelzakken zwegen, de tamboers sloegen een dodenmars op hun met zwarte stof omgeven trommels.

Achter hen reed op paradesnelheid een schier eindeloze rij motoragenten, steeds twee aan twee.

Toen de glimmende, zwarte lijkwagen eindelijk in het zicht gleed, kon je het vormen van de brokken in de kelen van de duizenden aanwezigen bijna horen. Presidenten worden niet met meer egards ter aarde besteld dan een politieman van het NYPD die als ambtenaar in functie het leven heeft gelaten.

Mijn kaakspieren zwollen op terwijl ik uit alle macht probeerde niet te beven, te bewegen of helemaal in te storten.

Uit de limousine die achter de lijkwagen tot stilstand was gekomen, stapten Brooke Thayer en haar kinderen. Ze droeg de baby en haar vierjarige dochtertje in haar armen.

Een lid van de erewacht maakte zich los uit de rij en boog zich met uitgestrekte arm in de limousine. Toen kwam ook Scotts tweejarige zoontje te voorschijn, gekleed in een zwart pak.

Een zwart pak en zijn vaders politiepet.

De eredienst was een marteling. Scotts moeder stortte in tijdens de tweede voorlezing en zijn zus tijdens de lofrede.

Het werd zelfs nog erger toen Roy Khuong, Scotts oudste vriend en partner, een verhaal vertelde over hoe Scott bij een vuurgevecht zijn leven had gered. Hij eindigde door zich van de preekstoel naar het kruisbeeld te wenden en een even eenvoudig als hartverscheurend slotwoord uit te spreken: 'Ik hou van je, Scott.'

Ik weet niet hoe ik de rest heb doorstaan. Mensen slaan zich door de ongelooflijkste dingen heen. Denk maar aan die wandelaar die zijn eigen arm afsneed met een zakmes toen hij beklemd raakte onder een rotsblok. Mensen zijn tot alles in staat, zo is het toch?

Ik in elk geval wel. Ik weet nu dat ik dat ben.

Ze begroeven Scott op Calvary Cemetery op een hoge heuvel die een onbelemmerd uitzicht biedt op Manhattan.

De burgemeester van New York gebaarde naar de stad toen hij zijn grafrede besloot.

'We vragen Scott te doen wat hij tijdens zijn leven zo goed deed. Waak over ons, Scott. We zullen jouw offer nooit vergeten.'

Brooke omhelsde me met de kracht van een bankschroef toen ik mijn roos tussen de honderden rozen had geworpen waaronder de kist bedolven lag. Ze beroerde het verband aan de zijkant van mijn gezicht.

'Ik weet wat je voor me hebt gedaan,' fluisterde ze. 'Wat je voor mijn gezin hebt gedaan. Nu kan ik slapen. Ik dank je daarvoor, Lauren.'

Ik trok de zwarte klep van mijn pet nog wat verder over mijn ogen, knikte dommig en liep verder.

HOOFDSTUK 58

Voor ik Calvary verliet, zat ik alleen in mijn auto. Ik kon de met bloemen overladen kist in de achteruitkijkspiegel zien.

Toen het schrille geluid van de doedelzakken weerklonk, drong de bedwelmende mengeling van eau de cologne, regen en gras opnieuw in mijn neus. Weer voelde ik de intense, koortsachtige warmte van Scotts lichaam toen we in zijn bed lagen. Zijn krachtige kaak op mijn naakte huid. Ik verjoeg die verboden gedachten als demonen toen 'Amazing Grace' boven de grafstenen aanzwol.

Een vergissing, hield ik mezelf voor.

Het was allemaal een afgrijselijke vergissing geweest. Snel als een bliksemschicht en even dodelijk.

Ik wierp een blik op de aangedane politiemensen die terugliepen naar hun auto's. Dat ik de waarheid voor hen verborgen hield, brandde als accuzuur in mijn maag, maar ik getroostte mij de grootste moeite om te geloven dat het gebeurde in de gegeven omstandigheden voor iedereen het beste was.

Wat zou een beter resultaat zijn geweest? overwoog ik. Het onmenselijke, demoraliserende sensatiecircus dat de waarheid was?

Ik keek naar de kist toen Scotts zoontje zijn hand bij wijze van saluut ophief naar de wiebelende pet van zijn vader. Toen keek ik naar het verbluffende silhouet van Manhattan, naar de grafstenen op de voorgrond, als een soort stad op zich.

Mijn ogen waren droog toen ik de motor startte.

Er was één positieve dimensie – onloochenbaar: Paul en ik kregen een tweede kans.

DEEL TWEE

Complicaties

HOOFDSTUK 59

De ochtend na Scotts begrafenis ging om negen uur de telefoon.

We lagen nog in bed en ik hoopte dat Paul zou opnemen. Hij was sinds het vuurgevecht met Victor Ordonez ongelooflijk lief voor me geweest. Hij had zelfs vrij genomen van zijn werk, kookte voor me en zorgde dat ik niet met onbenullige telefoontjes werd lastiggevallen. Hij luisterde naar me als ik ergens over wilde praten. Bovendien leek hij er plezier in te hebben om voor mij de rol van beschermer en genezer te vervullen. Er waren in elk geval geen naakte zuippartijen meer in de garage, dus ik nam aan dat zijn gerichtheid op mij ook op hem een gunstige uitwerking had.

Ik moet eerlijk toegeven dat het voor mij, als de nuchtere, zelfstandige vrouw die ik zijn kan, een verademing was iemand om me heen te hebben die nu eens voor mij zorgde.

De telefoon bleef echter rinkelen en toen ik me omdraaide zag ik dat Paul er niet was.

Ik nam de hoorn van het toestel en ging rechtop zitten.

Ik verwachtte dat het of mijn baas of Mike zou zijn. Misschien Interne Zaken. Maar ik zat er finaal naast.

'Lauren? Hallo, je spreekt met dr. Marcuse. Ik ben blij dat ik je thuis tref.'

Ik huiverde en bereidde mij op het ergste voor.

'Maak je niet ongerust, Lauren,' zei hij. 'De uitslagen van de tests zijn binnen en alles is in orde.'

Er trok een weldadig gevoel van opluchting door me heen.

'Je bent volkomen gezond, Lauren,' ging de dokter verder. 'Nee, beter nog – en ik hoop dat je even kunt gaan zitten – je bent niet alleen niet ziek, je bent… zwanger.'

Er verstreken seconden. Een heleboel eigenlijk. En ze waren tot de nok toe met stilte gevuld.

'Lauren?' hoorde ik dr. Marcuse in de verte zeggen. 'Ben je er nog?'

Ik liet mezelf langzaam terugzinken in de kussens. Het leek een hele tijd te duren voor mijn hoofd de kussens daadwerkelijk raakte.

Zwanger? dacht ik, opeens het gevoel krijgend dat ik bezig was weg te smelten.

Dat kon niet waar zijn. Hoe was dat mogelijk?

Paul en ik hadden jarenlang geprobeerd kinderen te krijgen. Na een uitgebreide ronde langs allerlei specialisten en het doen van tests, kregen we te horen dat er sprake was van onevenwichtige pH-waarden die een nadelige invloed hadden op de conceptie. We hadden van alles geprobeerd, op het slikken van vruchtbaarheidspillen na. Het gebruik daarvan werd me afgeraden aangezien er in mijn familie gevallen van ovariumcarcinoom waren geweest.

'Wat zegt u? Weet u het zeker?' vroeg ik. 'Hoe dan?'

'Dat zou ik je niet kunnen zeggen, Lauren,' zei mijn dokter grinnikend. 'Ik was er niet bij. Denk eens goed na.'

Mijn hoofd tolde. De hele kamer leek te tollen. Natuurlijk, ik had altijd een baby'tje willen hebben.

Maar nu?

'Ik ben zwanger?' vroeg ik nog eens.

'Je bent wat?' vroeg Paul. Hij kwam net met een ontbijtje de slaapkamer binnen.

Mijn mond weigerde dienst, dus drukte ik hem de hoorn in de hand. Ik had geen idee hoe hij zou reageren. Ik was ermee gestopt op Pauls gevoelens te anticiperen. Ik keek in zijn ogen.

Maar ik hoefde niet lang te wachten. Plotseling verscheen er een extatische uitdrukking op zijn gezicht, gevolgd door een glimlach van oor tot oor.

'Een… wat?' zei hij. 'Je bent… O, mijn God…'

Paul liet de hoorn vallen en tilde mij uit bed. Minutenlang bleef hij me omhelzen.

'O god,' zei hij. 'Godallemachtig. Dit is geweldig nieuws!'

Terwijl we elkaar omhelsden begon ik onwillekeurig te rekenen. Wanneer was ik voor het laatst ongesteld geweest? Wat schoot er door me heen? Natuurlijk was het van Paul. Ik was maar één keer met Scott naar bed geweest, en dat was pas zes dagen geleden.

Op dat moment begon er diep in mij iets kouds te veranderen. De hele periode waarin ik bezig was geweest te herstellen en weer op krachten te komen, was er geen uur voorbijgegaan waarin ik niet werd gekweld door gevoelens van schuld en schaamte en duistere schrik.

Maar nu, nu ik door mijn slaapkamer werd rondgedragen door mijn opgewekte, aantrekkelijke echtgenoot, begon er opeens iets verontrustends tot me door te dringen. Paul en ik hadden eenvoudig geprobeerd te krijgen wat iedereen wenste. Een gelukkig huwelijk, een gelukkig gezin. Wij waren goede mensen, vlijtig en bescheiden. Maar vanaf de eerste dag hadden we met tegenspoed te kampen gehad. Met stilstand. Wij waren twee mensen die, wat ze ook probeerden, niet konden uitgroeien tot drie.

Waren we gescheiden? Onze eigen wegen gegaan omdat het ongemakkelijk aanvoelde samen te zijn? Nee. We hadden ons aan elkaar vastgeklampt, alles in het werk gesteld om onze verbintenis tot een succes te maken. We hadden ons er jarenlang voor ingespannen om onze liefde de strijd te laten aanbinden met een of ander onfortuinlijk biologisch wissewasje. We hadden jarenlang geprobeerd de boel bijeen te houden, terwijl onze carrières en de stress van alledag alles in het werk hadden gesteld om ons uiteen te drijven.

Ik begon te huilen toen Paul een beschermende hand op mijn buik legde. Een baby! dacht ik, Pauls hand grijpend.

Eindelijk een teken van hoop.

En van vergiffenis.

Een nieuw leven voor ons allebei.

We kunnen alle ellende achter ons laten, dacht ik. We kunnen dit echt samen tot een goed einde brengen.

'Ik hou van je, Paul,' zei ik. 'Je zult een fantastische vader worden.'

'Ik hou ook van jou,' fluisterde Paul, en hij kuste mijn tranen weg. 'Moedertje.'

HOOFDSTUK 60

Er zaten twee mannen bij mijn baas in zijn kantoor toen ik de volgende maandag eindelijk weer op het bureau verscheen. Vanaf de andere kant van de afdeling wezen hun coupes en donkere pakken al meteen in de richting van leidinggevenden.

Mijn paranoïde brein werkte van het ene op het ander moment op volle toeren. Scott had deel uitgemaakt van de narcoticabrigade, een onderdeel van het ministerie van Defensie. De FBI verzamelde informatie voor datzelfde ministerie. Dat was alles wat ik nu moest weten: we hadden bezoek van de FBI.

Ik was nog niet bij mijn bureau of hoofdinspecteur Keane opende zijn deur.

'Lauren, kun je even komen?' vroeg hij.

Ik nam mijn beker bodegakoffie mee om de indruk te wekken dat ik niets te verbergen had. Ik begon aardig slag te krijgen van misleiding. Dat hoopte ik althans.

'Ga zitten, rechercheur Stillwell,' zei een man in een marineblauw pak die zelf op Keanes stoel zat. Naast hem stond zijn partner, gestoken in een soortgelijk maar donkergrijs kostuum, die me onbeweeglijk en onbewogen aanstaarde.

Hun autoritaire houding irriteerde me en joeg me de stuipen op het lijf. Maar omdat blijk geven van angst op dit kritische ogenblik geen optie was, probeerde ik het met onhebbelijkheid.

'Waar gaat het om, baas?' zei ik tegen Keane. 'Heb je een afspraakje met onbekenden voor me geregeld? En waar is vrijgezel nummer drie?'

Er kwamen twee badges te voorschijn. Mijn adrenalineniveau daalde op slag toen ik zag dat het niet om de kleine gouden penningen van de FBI ging. Het waren kopieën van het gouden plaatje aan de imitatie-Chanel op mijn bureau.

'Interne Zaken,' zeiden Blauw en Grijs in koor.

Het waren dus helemaal geen FBI-agenten die me kwamen arresteren, begreep ik. Mijn opluchting was echter van korte duur toen ik besefte dat zij hier waren vanwege Mikes schietpartij. Het was te laat om nu nog op ingetogenheid over te stappen. Doe nooit een stap terug, adviseerde mijn vader mij toen ik besloot na mijn rechtenstudie bij de politie te gaan werken. Hij gaf me ook nog een andere wijsheid mee.

Laat Interne Zaken de klere krijgen.

'Hé, leuk. Gesynchroniseerde ratten,' zei ik, neerploffend in de gastenstoel. 'Waarom schrijven jullie je niet in voor de Special Olympics?'

De twee wierpen me dreigende blikken toe. Ik keek hen provocerend aan.

Keanes bleke gezicht werd rood door zijn poging niet spontaan in een bulderende lach uit te barsten.

'Erg grappig, rechercheur,' zei Blauw, klikkend met zijn pen. 'Iets minder grappig is dat Victor Ordonez is doodgeschoten, denk ik zo. Terwijl wij spreken worden er in zijn buurt, Washington Heights, rellen georganiseerd. De roep om nauwkeurige informatie omtrent zijn dood is luid genoeg geworden om zelfs op One Police Plaza te worden gehoord. Wij zijn vastbesloten de waarheid boven tafel te krijgen en daarvan uitvoerig verslag te doen.'

Na zijn rede keek ik hem een ogenblik aan.

'Sorry,' zei ik met mijn hand als een kommetje tegen het verband op mijn wang en oor. 'Zei u iets? Ik hoor niet zo best. Een of ander ongedierte genaamd Victor Ordonez heeft me een week geleden neergeschoten.'

'U komt gevaarlijk dicht in de buurt van insubordinatie, rechercheur Stillwell,' zei Grijs. 'Wij zijn hier voor het uitvoeren van een routineonderzoek. Als u wilt dat wij onze aandacht naar u verleggen, dan kan dat worden geregeld.'

'Verleggen van wie?' vroeg ik. 'Van mijn partner? Nu moet u eens goed naar mij luisteren, en hou pen en papier klaar. Mijn partner heeft mijn leven gered. Ik rende tussen twee stilstaande treinen door en werd beschoten. Om mezelf in veiligheid te brengen, ben ik in een van de rijtuigen geklommen. Toen Victor Ordonez eveneens probeerde naar binnen te klimmen – zonder een greintje twijfel met de bedoeling mij af te maken – kwam mijn partner en schoot hem neer.'

'Hoeveel schoten zijn er afgevuurd?' vroeg Grijs. 'Was het pang-pang-pang of gewoon pang?'

Ik nam een slok van mijn koffie en zette de beker op het bureau van mijn baas. Ik morste een beetje maar dat kon me geen barst schelen.

'Het was een vuurgevecht op een emplacement,' zei ik. 'Ik werd geraakt. Ik lag te bloeden op de vloer. Ik was niet bezig geluidstechnicus te spelen voor een aflevering van *Law and Order.*'

Grijs klapte zijn notitieboek dicht.

'Mooi,' zei hij. 'Maar wilt u voor de volledigheid nog één vraag beantwoorden? Rechercheur, u was de hoofdverantwoordelijke in deze zaak. U werkte aan de arrestatie van twee gevaarlijke verdachten waarvan u geloofde dat ze verantwoordelijk waren voor de dood van rechercheur Thayer. Waarom heeft u nagelaten de assistentie in te roepen van de Speciale Eenheid?'

Ik keek hem enkele seconden zwijgend aan. Hij had me klem. Waar hij op doelde was de voorgeschreven operatieprocedure die ik niet had gevolgd.

Ik opende mijn mond om God mag weten wat te zeggen.

Toen sprong mijn baas voor me in de bres.

'Ik heb haar het groene licht gegeven.'

Ik keek naar Keane. Hij keek naar mij met een uitdrukking

die me liet weten dat ik mijn mond moest houden.

'Ik stelde vast dat er niet genoeg tijd was om te wachten, dus heb ik laten weten dat ze tot actie konden overgaan,' ging Keane door. Vervolgens stond hij op, liep naar de deur en opende die voor Blauw en Grijs.

'Mijn rechercheur moet weer aan de slag,' zei hij.

'Bedankt dat u me gered heeft, baas,' zei ik toen de twee mannen vertrokken waren en Keane de deur achter hen had gesloten.

'Ja, nou, jij en je partner zijn in mijn ogen helden, en in de ogen van iedere zichzelf respecterende politiefunctionaris die van de zaak op de hoogte is,' zei Keane terwijl hij zijn stoel weer in bezit nam.

'En trouwens,' zei hij. 'Interne Zaken kan de klere krijgen.'

HOOFDSTUK 61

Ik kwam net uit Keanes kantoor toen mijn partner me op mijn mobiel belde.

'Hebben de knaagdieren het gebouw verlaten?' wilde Mike weten.

'Die op twee benen in elk geval wel,' zei ik.

'Kom voor een vroege lunch naar Piper's,' zei Mike. 'Ik trakteer.'

Het kostte me ongeveer twintig minuten om naar Piper's Kilt te rijden in 231st Street in Kingsbridge. Die lokaliteit, waar veel politiemensen van de Bronx en officieren van justitie kwamen, was meer een café dan een restaurant, maar de hamburgers waren er enorm. Halfelf was nog rijkelijk vroeg zodat het restaurantgedeelte van het etablissement nog leeg was – op mijn partner na die achter in een hoek zat weggestopt.

Toen ik bij hem was gaan zitten, tikte ik met de Cola Light die al voor me klaarstond tegen de Heineken van mijn partner.

'Hoe gaat het met je gezicht?' vroeg Mike.

'Ach, zoals je zelf al zei is het een vleeswond,' zei ik schouderophalend. 'Geen gehoorbeschadiging. En als extraatje mag ik dit begeerlijke verband dragen.'

Mike glimlachte.

'Wat denk je dat Interne Zaken zal rapporteren?'

'Ik weet het niet,' zei ik. 'Ik had het er te druk mee die lui enige realiteitszin aan het verstand te peuteren. In het ergste geval krijg ik waarschijnlijk een reprimande wegens het niet volgen van de voorgeschreven procedure. Ik zie de hoofdcommissaris geen overdreven stappen tegen ons nemen, omdat we de boel zo geschikt voor hem hebben opgeruimd.'

'Dat is waar,' zei Mike. 'Was ik glad vergeten.'

De serveerster kwam onze kaasburgers brengen, de broodjes doorweekt van het vet.

'Ook nog bacon?' zei ik, glimlachend naar mijn bord. 'Dat had je nou niet moeten doen.'

'Hé, partner,' zei Mike terwijl hij zijn flesje ophief. 'Alleen het beste is voor jou goed genoeg.'

'Ik wil je bedanken, Mike,' zei ik na een paar happen van de superburger. Ik weet niet of het door mijn zwangerschap kwam of door iets anders, maar ik was opeens uitgehongerd. Ik had niet meer zo intens van voedsel genoten sinds ik acht maanden geleden met roken was gestopt.

'Ik weet niet meer of ik dat al heb gedaan,' zei ik, terwijl ik een ontsnappend stukje bacon in mijn mond terugduwde. 'Maar in elk geval nog bedankt dat je me daarginds hebt gered.'

'Hou op,' zei Mike. 'Ik ben er voor jou en jij bent er voor mij. In mijn beleving bestaat het hele politiekorps van New York uit jou en mij. Wij zijn als die reclame voor Vegas. Wat hier gebeurt, blijft ook hier. Dat doet me er trouwens aan denken…'

Mike zette zijn bier neer en nam wat papieren van de stoel naast hem.

Zelfs in het gedimde licht zag ik dat het printerafdrukken waren. De burger waarop ik kauwde leek zichzelf van het ene op het andere moment in naar ketchup smakende lucifers te transformeren toen ik de rijen telefoonnummers zag.

'Vond ik gisteren in de faxmachine,' zei Mike. 'De telefoonmaatschappij stuurde om de een of andere reden nog een kopie van Scotts telefoongegevens. Hoe vind je die? Ziet er precies uit als de kopie die jij op mijn bureau hebt gelegd, behalve dan dat jouw nummer in deze versie heel vaak voorkomt.'

Achter de van krassen vergeven tafel dronk Mike zijn bier en hij keek naar mijn verbouwereerde gezicht.

'Je hebt me het nodige uit te leggen, partner,' zei hij. 'Het moment is daar om je hart bij pater Mike uit te storten.'

HOOFDSTUK 62

Ik zat er sprakeloos en als verdoofd bij. 'Kom op, Lauren,' fluisterde Mike. 'Je dacht toch niet dat je mij het bos in kon sturen, of wel? Ik bedoel, je bent goed, beter dan goed in wat je doet, maar het gaat hier wel om mij.'

Ik hield mijn flesje tegen mijn plotseling gloeiende voorhoofd. Godver, wat moest ik nu doen? Ik was betrapt. Betrapt op het voorliegen van mijn partner. Hoe had ik hem dat kunnen aandoen? Mike had een hart dat groter was dan de meeste continenten. En hij was mijn partner, mijn reddingslijn, mijn beschermengel.

Ik keek naar het oppervlak van de tafel, vervolgens naar de donkere lambrisering van het restaurant, naar alles behalve de ogen van mijn partner.

Maar hij had wel gelijk. Ik moest de zaak opbiechten. Als er iemand was bij wie ik mijn hart kon – en moest – luchten, was hij het. Ik had gelogen door dingen achter te houden en op elke andere denkbare manier, en hij had er iemand door vermoord. Volledige openheid van zaken, dat was het minste waar Mike recht op had.

Maar wacht eens, dacht ik. Nee! Dat kon ik niet doen. Als Mike door Interne Zaken in de tang werd genomen, zou hij naar mij gaan wijzen. Hij zou wel moeten. Hij kon het zich niet veroorloven zijn baan te verliezen. Hij was gescheiden, maar hij had ook twee studerende kinderen. Hij zou moeten vertellen wat hij wist, en de rest van de waarheid zou dan snel volgen. We zouden weer terug zijn bij af. Paul de bak in en Brooke zonder middelen van bestaan. Nee, dacht ik. Het zou nu nog veel erger zijn. Ik zou waarschijnlijk samen met Paul achter de tralies verdwijnen.

Gemeen zijn tegen mijn partner was het laatste wat ik wilde, maar als ik de feiten overdacht, zag ik geen enkele andere mogelijkheid.

Uiteindelijk scheurde ik mijn ogen los van het plafond en ik keek Mike strak aan.

'Laat het rusten, partner,' zei ik.

Mike trok een gezicht alsof ik hem net met een stroomstootwapen had geraakt. Ik vreesde dat het bevende groene flesje in zijn grote hand zou ontploffen. Gedurende een ogenblik werkte zijn mond geluidloos, als een vis die een mep met een knuppel had gehad.

'L-l-laten rusten?' hakkelde hij eindelijk. 'Jij ging met hem naar bed, zo was het toch, Lauren? Jij pleegde overspel met Scott Thayer, zat het zo? Waarom heb je me dat niet gewoon verteld? Ik ben je partner, je vriend.'

'Mike,' smeekte ik hem, en de tranen sprongen in mijn ogen, 'laat het alsjeblieft rusten.'

'Ik heb iemand gedood, Lauren!' Mikes gefluisterde woorden schalden in mijn oren. 'Ik heb bloed aan mijn handen.'

Ik stond op en pakte mijn tas.

Ik wilde mijn partner niet met dreigementen bestoken, maar ik werd in de hoek gedrukt. Er was geen andere manier.

'Ja, dat is zo, Mike,' zei ik en ik wierp een briefje van twintig op mijn onaangeroerde frieten. 'Jij hebt iemand gedood. Ik was de enige getuige, weet je nog? Daarom moet juist jij de zaak laten rusten.'

HOOFDSTUK 63

Onderweg naar huis belde ik Keane om hem te zeggen dat ik me duizelig voelde en me voor die dag ziek wilde melden. Toen ik ophing drong het tot me door dat dit de eerste keer was sinds lange tijd dat ik hem de volle waarheid had verteld.

Na de voordeur van mijn lege huis te hebben geopend, had ik het gevoel een crypte binnen te stappen. Ik vatte het plan op te gaan joggen en kleedde me om. Ik reed in vijf minuten naar Tibbetts Brook Park en legde daar mijn gebruikelijke twee ronden af om de vijver met het poolhouse in art-decostijl. Het was een schitterende middag. Helder maar koel. Perfect weer om hard te lopen. Tijdens mijn strekoefeningen zag ik zelfs een kraanvogel tussen de bladeren van een grote lisdodde.

Maar tegen de tijd dat ik badend in het zweet weer achter het stuur van mijn Mini zat, voelde ik me weer net zo ellendig als voorheen.

Thuisgekomen controleerde ik het antwoordapparaat, maar er waren geen nieuwe berichten. Om mijn getergde zenuwen wat te kalmeren, schonk ik een glas wijn voor mezelf in. Met een schok dacht ik aan de baby in mijn buik. Toen ik de inhoud in de fles teruggoot, glipte het glas uit mijn bevende hand om in duizend scherven op de vloer uiteen te spatten.

Schitterend gedaan, rechercheur, dacht ik toen ik de koude rand van de gootsteen vastgreep. Ik was goed bezig de laatste tijd, dat viel niet te ontkennen. Ik had alles lekker in de hand.

Kijkend naar de scherven en splinters vroeg ik me af hoe ik

het precies had klaargespeeld zo gruwelijk te zijn tegen mijn partner. Mike botweg met dreigementen bestoken? Wie was die harteloze tang in Piper's Kilt? Ik was het in elk geval niet.

En hoe dacht ik dat vol te houden? Ik was van het verzwijgen van de waarheid overgestapt op ronduit liegen en het bedreigen van vrienden. Ik wilde niet eens denken aan wat er verder kon gebeuren.

Om het helemaal compleet te maken stond ik in die hele toestand ook nog eens helemaal alleen. Het was te gek voor woorden. Ik kon de stress die voortvloeide uit mijn pogingen om Paul te redden niet eens met Paul delen.

Nu was het genoeg, besefte ik. Iedereen heeft een breekpunt en ik had het mijne net bereikt. Ik zou het niet volhouden zeven dagen in de week vierentwintig uur per dag anderen te misleiden. Lincoln had gelijk: het lukt je niet voordurend iedereen voor de gek te houden. Niet als je katholiek bent in elk geval.

Ik diende mij weer onder het vaandel van de menselijkheid te scharen. Ik was in mijn eigen leven lang genoeg een geheim agent geweest. De spion moest vanuit de kou zijn opwachting maken.

Er zat niets anders op: ik moest mij van de zware last bevrijden. De eerste stap was het opbiechten van mijn zonden. Maar niet aan mijn partner.

Ik moest Paul alles vertellen.

Bekennen dat ik hem had bedrogen zou een marteling worden, maar om nog enige kans te maken onszelf en ons huwelijk ooit te hervinden, moesten Paul en ik op één lijn komen. Ik zou hem moeten vertellen dat ik wist wat hij bij het St. Regis gedaan had, en dat ik het hem vergaf. En dat ik zijn hulp nodig had om te zorgen dat ons gevaarlijke geheim een geheim zou blijven.

HOOFDSTUK 64

Ik haalde die avond juist mijn beroemde kipschotel met limoen en komijn uit de oven toen Paul thuiskwam. Omdat de mogelijkheid bestond dat dit onze laatste gezamenlijke maaltijd zou worden, was het maken van Pauls favoriete gerecht wel het minste dat ik doen kon.

Ik hield mijn adem in toen hij op me toe snelde en me weer geestdriftig omhelsde.

Nu of nooit, Lauren, dacht ik. Tijd om te bekennen.

'Paul,' zei ik. 'We moeten praten.'

'Wacht,' zei hij en hij nam een glanzende folder uit zijn aktetas en wierp die op het keukenblad. 'Ik eerst.'

Op de omslag stond een foto van prachtige heuvels die werden bedekt door schitterende herfstbomen. In de folder stonden plattegronden van verscheidene nogal grote huizen. Het was een folder over de bouw van luxueuze woningen ergens in Connecticut.

Wat had dat te…? Dronk hij weer? Ik had niets van een whiskygeur bij hem gemerkt.

'Wat is dat?' vroeg ik.

Met de ernst van een waarzegger die tarotkaarten legt, spreidde Paul op het kookeiland vijf verschillende plattegronden uit.

'Kies maar, Lauren,' zei hij. 'Kies je droomhuis. Welke vind jij het mooist? Persoonlijk vind ik ze allemaal fantastisch.'

'Paul, luister,' zei ik. 'Het is nu niet het moment om er lustig op los te fantaseren, oké? We…'

Paul drukte een vinger op mijn lippen.

'Ik maak geen grap, Lauren,' zei hij. Hij wreef energiek in zijn handen. 'Je snapt het niet. Het is geen geintje, geen fantasietje. Ik ben erin gestapt. Ben je er klaar voor? Een andere firma, een hedgefonds wil me wegkopen bij mijn huidige baas. Ik ga er financieel fors op vooruit.'

'Hè?' zei ik, en mijn ogen gleden van hem naar de folder.

En toen gebeurde het. Ik zag het opschrift op een van de losse vellen papier in de folder.

Astor Court, stond er. En daaronder St. Regis Hotel.

Het St. Regis? Was dat niet…? Dat was waar ik Paul met dat blonde mokkel naar binnen had zien gaan. Wat had dat allemaal te betekenen?

Ik trok het vel papier helemaal te voorschijn. Er stonden cijfers op in een sierlijk, vrouwelijk handschrift.

'Wat is dit, Paul?' vroeg ik. 'Dit is niet jouw handschrift, toch?' Ik verwachtte dat Paul plotseling nerveus zou worden, maar hij wierp een achteloze blik op het papier.

'Dat is het aanvankelijke aanbod van Brennan Brace van het hedgefonds. Vicky Swanson, hoofd acquisitie, legde het me voor tijdens een lunch in het St. Regis, een week of drie, vier geleden,' zei Paul glimlachend.

Ik kon een tijdje niets anders dan met mijn ogen knipperen.

Lunch in het St. Regis?

'Vicky Swanson?' zei ik, terwijl ik me de vrouw die ik gezien had toen ik Paul wilde verrassen nog levendig voor de geest kon halen. 'Hoe ziet ze eruit?'

'Blond,' zei Paul. 'Achter in de twintig, schat ik. Nogal lang.'

O god, dacht ik.

Nee! Dat kon niet waar zijn.

Weer een andere draai aan deze oneindige nachtmerrie.

Lunch in het St. Regis!

Paul had me niet bedrogen.

Ik hapte naar lucht en had de grootste moeite niet te gaan braken.

Ik was de enige!

HOOFDSTUK 65

Ik stond daar maar verbluft te zwijgen.

Paul had niet alles verwoest.

Dat was ik. Ik.

Niemand anders dan ik. Ik had daar helemaal alleen voor gezorgd.

Over het verknallen van mijn plannetje gesproken. Ik had me erop voorbereid onze affaires op te biechten met de bedoeling dat Paul en ik met een schone lei verder konden gaan.

Alleen bleek nu dat ik de enige was die een affaire had gehad!

Ik stond daar maar, met een verdwaasde uitdrukking op mijn gezicht, als de monitor van een computer die in de slaapstand stond. Paul lachte en kneep in mijn hand.

'Slaat in als een bom, hè?' zei hij. 'Ik hou gewoon van je, oké? Eerst dacht ik echt dat Vicky me voor de gek hield. "Zeg eens, wil je niet voor ons komen werken? We verdubbelen je salaris," zei ze. En weet je wat die briljante echtgenoot van jou zei, eigenlijk bij wijze van grap? Ik zei letterlijk: "Als jullie mijn salaris verdriedubbelen, dan ben ik jullie man."

Vanmorgen belde Vicky me met het goede nieuws. Het is allemaal in kannen en kruiken, het contract wordt opgesteld. Het enige probleem is dat we moeten verhuizen. Naar Greenridge in Connecticut! Alsof verhuizen van Yonkers naar het land van de paarden met blauw bloed een probleem zou zijn. Ze gaan ons zelfs helpen met het verkopen van dit huis en we krijgen een schandalig gunstige hypotheek voor ons nieuwe onderkomen. Dit is het helemaal. Stel je toch eens voor! Een van ons die werkt, een baby, een nieuw huis met meer dan genoeg ruimte voor een kinderkamer. De Amerikaanse droom in het kwadraat. Dit is de kans waarop we hebben gewacht, Lauren.'

Mijn hoofd tolde als een blender die ijs vermorzelt. Ik kon het niet geloven. Niet alleen was ik de enige geweest die overspel had gepleegd...

Maar we hadden bovendien de loterij gewonnen?

Ik zakte neer op mijn kruk als een bokser na een erg slechte ronde.

'Ik vind het heerlijk, Lauren. Ik heb je echt van je spraakvermogen beroofd,' zei Paul met een lach.

'Wacht,' zei hij, terwijl hij een biertje uit de koelkast pakte. 'Zei je niet dat je ergens met me over wilde praten?'

Ik balanceerde dan misschien op de rand van een hartstilstand en een acute hersenverweking, maar ik was niet gek.

Ik zou op de een of andere manier moeten leren leven met het geheim van mijn affaire. Vooral nu ik had ontdekt dat ik de enige was die er een had gehad.

'Klopt, ja,' wist ik uit te brengen. 'Wil je er rijst of puree bij?'

HOOFDSTUK 66

Voor het eerst sinds mijn zwangerschap bedreven Paul en ik die avond de liefde. Ik was door zijn jongste openbaringen op een huishoudelijke overlevingsmodus overgeschakeld en stond wat was op te vouwen toen ik de zwarte bodystocking zag waarmee ik Paul, op een middag vóór alle ingrijpende gebeurtenissen zich aandienden, had geprobeerd te verleiden.

Nog voor ik goed en wel wist wat ik deed, had ik mijn kleren uit- en de lingerie aangetrokken. Toen ik de sexy versie van mezelf in de badkamerspiegel aanschouwde, lieten zelfs de schuldgevoelens waardoor ik aanhoudend werd gekweld zich vermurwen. Mijn borsten waren nu al groter – wauw!

Toen ik de slaapkamer binnen kwam maakte ik uit de verblufte uitdrukking op Pauls gezicht op dat hij er net zo over dacht. De *Wall Street Journal* die hij in bed zat te lezen gleed pagina voor pagina uit zijn vingers tot hij nog slechts lucht omhooghield.

'Nou, nou. Het ziet ernaar uit dat je twee keer op een dag de jackpot zult winnen, cowboy,' zei ik terwijl ik het bovenlaken wegrukte waardoor de financiële pagina's door de kamer zeilden. En dat was zo ongeveer ons voorspel.

Ik weet niet wat er in me was gevaren. Kon ik het misschien afschuiven op mijn hormonen? Waarom niet? Ik was veeleisend en zonder enige gêne. Paul was aanvankelijk nogal geschokt, maar dat betekende niet dat hij niet deed wat ik van hem wilde. Hij was volgzaam en geschokt.

Het leek of ik door een oergevoel werd overweldigd, en ik liet het gebeuren. Is dat niet waar seksualiteit om draait? We bevrijden ons van onze kleren en van onze remmingen, en ontsnappen aan de beperkingen die de maatschappij ons oplegt. Duizenden jaren van beschaving – van goed en kwaad – vliegen regelrecht het raam uit en we zijn weer terug bij af. Seks is de waarheid die achter alle leugens schuilgaat en uitschreeuwt: Hoera, we leven!

Even voor de grote climax, en groot is zacht uitgedrukt, opende ik mijn ogen en keek ik in het knappe gezicht van Paul boven me. Ik tuurde in het staalblauw van zijn glanzende ogen en opeens wist ik het.

Er was geen ontkomen aan.

We hadden elkaar hervonden.

HOOFDSTUK 67

'Mijn God, Lauren,' zei Paul toen hij hijgend en nagenietend naast me lag. 'Wat is er met jou gebeurd? En met je borsten?'

'Ik weet het,' zei ik en ik porde hem in zijn borst. 'En vertel me nu de grap nog een keer van die driedubbele salarisverhoging.'

'De echte grap is dat het geen grap is,' zei hij starend naar het plafond. 'Hoe vind je die? Op een dag ben je hopeloos overgeleverd aan de carrièrejacht. En dan opeens: pang! en je sleept de jachttrofee binnen. Maak daar maar een paar trofeeën van.'

Paul rolde zich naar me toe en kuste mijn buik.

'We hebben het trouwens nog helemaal niet over een naam gehad. Weet jij er een?' vroeg ik.

'Emmeline,' zei Paul. 'Klinkt nogal adellijk, ik weet het, maar als ze er maar half zo vorstelijk uitziet als haar moeder, zal ze een passende naam nodig hebben. Bovendien moet ze zich kunnen meten met de concurrentie op de kleuterschool van Greenridge.'

'Toe maar,' zei ik. 'Dat klinkt alsof je erover hebt nagedacht. Maar het kan ook een jongen worden.'

'Hmm,' zei Paul, 'eens kijken. Melvin klinkt wel goed, vind je niet? En ik heb altijd een zwak gehad voor Cornelius. Roepnaam: "Corny".'

Ik kietelde Paul onder zijn armen tot hij rechtop zat. 'Als je niet uitkijkt, noem ik jou de rest van je leven Corny.'

'Ik denk trouwens net aan het fijnste gevolg van de meevaller die ons is overkomen,' zei hij.

'We kunnen onze bonusminuten opmaken bij de wasstraat en de auto een glimmende waslaag geven?' zei ik grinnikend. Precies zo waren Paul en ik altijd geweest: elkaar heerlijke onzin verkopen.

'Heel leuk, Lauren,' zei Paul. 'Maar ik meen het. Je kunt eindelijk een punt zetten achter die rotbaan van je.'

Ik keek naar hem. Paul had me altijd gesteund in mijn carrière. Meende hij wat hij zei?

'Ik weet hoe belangrijk het politiewerk voor je is en ik ben er nooit eerder over begonnen,' zei hij. 'Maar, kom op. De uren. De gevaren. En de geur van de dood. Heb je enig idee hoe je er soms uitziet als je thuiskomt? Ik vind het werk dat je doet verschrikkelijk. Heb het trouwens altijd verschrikkelijk gevonden, omdat het meer van je vergt dan goed voor je is.'

Ik staarde in het niets en dacht aan de confrontatie die ik onlangs had gehad met Mike Ortiz. Misschien had Paul gelijk. Ik hield van mijn werk, maar een gezin was belangrijker. Dat had ik de afgelopen week wel ingezien.

'Misschien heb je gelijk,' zei ik uiteindelijk. 'Dit is waar we altijd van hebben gedroomd. Jij en ik en onze baby samen. Nu gaat het ervan komen. Het is alleen… oef. Het voelt zo onwerkelijk, vind je ook niet?'

'Jij bent mijn wereld,' zei Paul met tranen in zijn ogen. 'Ben je altijd geweest, Lauren. Die baan die me is aangeboden, dat is gewoon een aanbod. Ik doe wat jij wilt. Gaan. Blijven. Ik zeg mijn baan op, als jij dat wilt.'

'O, Paul,' zei ik, zijn tranen wegvegend. 'Ons schip is echt binnengelopen, hè?'

HOOFDSTUK 68

Het bureau van Mike was leeg toen ik de volgende ochtend op het bureau kwam. Ik vroeg mijn baas waar Mike was en hij herinnerde mij aan het gedwongen verlof van twee weken dat politiemensen wordt opgelegd die bij een schietpartij betrokken zijn geweest.

Ik ging achter mijn bureau zitten en voelde me weer schuldig over wat ik tegen Mike had gezegd. Hoe had ik dat kunnen doen? Mike was getraumatiseerd, mentaal en emotioneel kwetsbaar, en ik had het nodig gevonden hem te bedreigen. Fijne partner was ik. Echt een vriend van niks.

Ik leunde achterover in mijn stoel en keek naar de vale muren van de afdeling. Dus ik zou daadwerkelijk vertrekken. Het was bijna te gek voor woorden, na alles wat ik gedaan had om hier te komen. Ik herinner me nog hoe geïntimideerd ik was toen ik eindelijk hoorde waar ik zou worden gestationeerd. De afdeling Moordzaken van de Bronx was een van de drukste en beroemdste politieafdelingen ter wereld, en ik was onzeker geweest over de bijdrage die ik daaraan kon leveren.

Maar het was me gelukt. Het had enorm veel inzet, lef en tienen voor Spaans gevergd om hier een plekje voor mezelf te bemachtigen, maar ik was in mijn opzet geslaagd.

Nu was echter alles wat ik bereikt had zogoed als verdwenen, wist ik. Terwijl ik daar zat, voelde ik het. Of eigenlijk kon ik het niet voelen. Wat de mensen die dit werk doen op de been houdt, is het aangename gevoel aan de goede kant te staan. Dat is precies het punt waar films de plank consequent misslaan. De meeste politiemensen die ik leerde kennen, hadden het hart wel degelijk op de juiste plaats.

Maar door alles wat er gebeurd was, had ik dat gevoel verspeeld. Mensen die aan de goede kant staan liegen niet en bedriegen niet.

Paul had gelijk, dacht ik, en ik zette mijn computer aan.

Ik was hier nu een vreemde. Ik hoorde hier niet meer.

Het was tijd om te gaan voor er iets noodlottigs zou gebeuren.

HOOFDSTUK 69

Ik opende Scotts dossier en het kostte me bijna een uur om alle rapporten door te nemen die ik had geschreven. Toen vatte ik het plan op ze nog eens door te nemen.

Het nieuws van mijn zwangerschap en Pauls nieuwe baan zouden de achterliggende reden voor mijn vertrek verhullen, maar er zou niettemin door sommigen nog kritisch naar worden gekeken. Zeker door Interne Zaken. Voor ik mijn plannen officieel bekendmaakte, moest ik mij er tot het uiterste van vergewissen dat mij niets kon worden gemaakt. Ik zou alle sporen die eventueel in mijn richting wezen – of in die van Paul – moeten uitwissen.

Ik was veertig minuten met het papierwerk bezig toen mijn baas uit zijn kantoor kwam met een betonschaar en een kartonnen doos. Hij deponeerde die handel met een dreun op mijn bureau.

'Ik ben net door het hoofdbureau gebeld,' zei hij. 'Scotts vrouw Brooke heeft gevraagd of iemand het kluisje van Scott kan leegmaken en zijn spullen bij haar afleveren. De keuze is op jou gevallen.'

Ja, alsof ik Brooke Thayer zo graag nog eens onder ogen wilde komen. Nog eens geconfronteerd wilde worden met de mokerslagen van het lot die dat gezin mede door mijn toedoen had moeten incasseren.

'Kunnen de jongens van zijn eenheid dat niet beter doen?' vroeg ik. 'Wil zijn partner Roy het niet voor zijn rekening nemen?'

Mijn baas schudde zijn hoofd.

'En u dan?' zei ik. 'Misschien zou het u goeddoen er eens uit te gaan. Even een frisse neus halen.'

Keane liet zijn nuchtere Ierse blik op me rusten.

'Ik waardeer je bekommernis om mijn welzijn in hoge mate,' zei hij, 'maar Scotts vrouw heeft uitdrukkelijk naar jou gevraagd.'

Ik knikte. Natuurlijk had ze dat. Ik had toch niet echt gedacht zo makkelijk weg te komen, of toch?

'Ik heb een mooi voorstel,' zei Keane. Jij regelt die kwestie en voor de rest van de dag ben je vrij. Ik vind trouwens toch dat je veel te snel bent teruggekomen. Wie weet wanneer je vrienden van Interne Zaken hier weer binnenstappen. Als ik jou was, zou ik dat gevoel van duizeligheid nog minstens een week uitmelken.'

'Tot uw orders, baas,' zei ik en ik ging staan en salueerde.

Ik wist niet goed waarom, maar Keane zou ik zeker gaan missen.

In de kantoren van de narcoticabrigade op de tweede verdieping was goddank niemand. Mooi, dacht ik en ik liep verder naar de kluisjes en knipte het slot van Scotts kluis met de betonschaar open. Ik begon te beseffen waarom mensen nerveus werden van de politie. Vooral mensen die schuldig waren.

Er lag niet veel in het kluisje. Ik haalde er een reserve-uniform uit, een paar doosjes met .38-patronen, een kogelvrij vest. Achter een stoffige gummiknuppel vond ik een fraai flesje eau de cologne, Le Male van Jean Paul Gaultier.

Ik keek over mijn schouder om te zien of ik nog altijd alleen was voor ik er een beetje van op mijn pols sprenkelde. Er klonk een klap toen ik het deurtje duizelig een kopstoot gaf. Ja. Het was dezelfde geur die ik tijdens ons samenzijn had opgesnoven.

Op de vloer van het kluisje stond een paar nette zwarte schoenen. Toen ik ze optilde zag ik de dikke envelop die eronder had gelegen. O, christusmaria.

Alsof de schoenen op slag in gloeiende kolen waren veranderd, liet ik ze uit mijn handen vallen.

Ik wilde niet in de envelop kijken, maar daar was geen ontkomen aan, wist ik.

Met een pen scheurde ik de envelop open. Zoals ik al vermoedde zat er geld in. Veel geld. Vier of vijf pakken gebruikte bankbiljetten met elastiek eromheen. Voornamelijk biljetten van honderd en vijftig, maar er zat ook een indrukwekkend aantal briefjes in van tien en twintig dollar.

Al met al misschien vijftienduizend dollar, dacht ik terwijl zich boven mijn linkeroog een hevige migraineaanval manifesteerde.

Eens even zien, dacht ik. Hoe kan er vijftienduizend dollar terechtkomen in het persoonlijke kluisje van een medewerker van de narcoticabrigade? Scott stelde geen vertrouwen in banken? De tandenfee wilde ook eens een volwassen man verrassen?

Waarschijnlijker was dat Scott van het rechte pad was afgedwaald.

Scott had het allemaal niet zo nauw genomen, zo zat het toch?

'Scott,' fluisterde ik terwijl ik naar de smerig groene, verfrommelde randen van de biljetten keek. 'Wie was je in godsnaam?'

Wat moest ik nu doen? Het geld aan mijn baas overhandigen? Scotts zaak was nagenoeg gesloten. Was het echt nodig dat ik het deksel weer open zou laten springen? Toen drong het tot me door dat de oplossing eenvoudig was.

Ik propte de envelop zo goed mogelijk in de rechterschoen en gooide de schoenen in de doos.

Als Brooke die doos van Pandora wilde openen, dan moest dat maar, dacht ik en ik sloeg de deur van het kluisje dicht. Zij moest maar beslissen, niet ik.

Het op de voorgrond plaatsen van lelijke waarheden maakte beslist geen deel meer uit van mijn functieomschrijving.

HOOFDSTUK 70

Het kostte me door de overvolle wegen bijna een uur om Brookes huis in Sunnyside te bereiken.

Ik parkeerde mijn onopvallende politieauto naast een al geparkeerde auto en sjokte met de spullen van Scott naar de voordeur. Dit bezoekje zou beslist niet aangenaam worden, maar ik was vastbesloten het zo kort mogelijk te houden. Toen ik had aangebeld, zag ik de door een kind op de oprit gemaakte krijttekening van een Amerikaanse vlag. Ik belde opnieuw aan.

Pas na nog eens gedurende drie minuten te hebben aangebeld, trok ik de conclusie dat er niemand thuis was. Ik kwam in de verleiding de doos met een briefje bij de achterdeur te zetten, maar zo harteloos kon ik tegen Brooke niet zijn. Ik besloot terug te keren naar mijn Impala om daar dan maar te wachten, maar toen ving ik een vaag, gedempt geluid op.

Het kwam uit het huis, in de buurt van de deur. Een ogenblik later wist ik wat ik hoorde. Gesnik. Er huilde iemand aan de andere kant van de deur. O god, niet dit.

Deze keer klopte ik op de deur.

'Brooke?' riep ik. 'Ik ben het, Lauren Stillwell. Ik kom Scotts spullen brengen. Gaat het een beetje met je?'

Het huilen werd alleen maar luider. Dus draaide ik aan de deurknop om mezelf binnen te laten.

Brooke zat ineengedoken op de trap. Het leek of ze in shock was. Ze had haar ogen open, maar haar gezicht was uitdrukkingsloos. Er biggelden tranen over haar wangen.

Ik raakte even in paniek. Had ze zichzelf iets aangedaan? Ik keek of er ergens een leeg potje pillen te zien was. Gelukkig bloedde ze niet.

'Brooke,' zei ik. 'Wat is er? Wat is er aan de hand? Ik ben het, rechercheur Stillwell. Kun je tegen me praten?'

Ik klopte haar zachtjes op haar schouder, maar na een minuutje gedempt gesnik zette ik de doos neer en sloeg ik mijn arm om haar heen.

'Rustig maar. Het komt wel weer goed,' zei ik. Dat was niet zo, maar wat moest ik anders zeggen?

In het huis was het een rommelboeltje, het soort rommel dat alleen door een peuter kon zijn gemaakt. De met speelgoed bezaaide woonkamer zag eruit als een door elkaar geschud kinderdagverblijf. Ik zie, ik zie met m'n kleine oogjes een vrouw die zich midden in een zenuwinzinking bevindt, dacht ik.

Het duurde nog enkele minuten voor Brooke weer enigszins bij zinnen kwam. Ze haalde diep adem en slaakte een zucht die mij waarschijnlijk meer opluchtte dan haar. Ik stond op en zag op een kast een doos tissues.

'Het spijt me,' zei Brooke toen ze een tissue uit de doos nam die ik haar voorhield. 'Ik lag te doezelen op de bank en werd wakker toen jij je auto parkeerde. Ik keek uit het raam en zag jou aankomen met zijn spullen en… Het was net of het allemaal opnieuw gebeurde.'

'Ik vind het verschrikkelijk voor je,' zei ik.

Brookes warrige blonde haren vielen voor haar gezicht toen ze haar hoofd boog.

'Ik weet niet… Ik weet niet hoe ik dit moet doen,' zei ze en ze begon weer te huilen. 'Mijn moeder heeft de kinderen meegenomen, maar ik kan de draad met geen mogelijkheid oppakken. Ik kan het huis niet uit en de telefoon niet opnemen. Ik dacht dat de paniekaanvallen na de begrafenis wel zouden stoppen, maar ze lijken alleen maar erger te worden.'

Ik zocht verwoed naar woorden waaraan ze iets zou hebben.

'Heb je al groepstherapie overwogen?' probeerde ik.

'Dat kan ik er niet ook nog eens bij hebben,' zei Brooke. 'Mijn schoonmoeder en stiefmoeder helpen me nu al zo vaak met de kinderen en…'

'Ik ben geen psycholoog, Brooke,' zei ik. 'Maar misschien geeft het je steun met andere mensen samen te zijn die ook hun partner moesten verliezen. Niemand anders kan begrijpen wat jij doormaakt. Hoe zouden ze dat ook kunnen? En er is niks mis mee steun te vragen van andere mensen tot jezelf weer functioneert, lieverd. Jij bent een ouder. Je moet jezelf weer op de rails zien te krijgen om er voor je kinderen te kunnen zijn.'

Ik weet niet of Brooke iets kon met mijn aansporingen, maar ze huilde in elk geval niet meer en haar ogen leken weer iets te zien.

'Is dat wat jij zou doen?' vroeg ze. Haar wanhopige blik greep me bij de keel, pinde me vast tegen de muur. 'Zeg me alsjeblieft wat ik doen moet. Jij bent de enige in mijn omgeving die er iets van lijkt te snappen.'

Ik slikte de brok in mijn keel weg. Brooke Thayer zocht mijn advies? Hoe kon ik deze vrouw nog langer om de tuin leiden? Hoe kon ik daar staan en blijven zwijgen over wat er echt gebeurd was? Was ik zo door en door slecht?

'Ik zou in therapie gaan, Brooke,' zei ik.

Wie probeer ik eigenlijk een rad voor ogen te draaien? dacht ik. Ik ben zelf degene die in therapie moet.

Brooke keek naar de kartonnen doos die ik had gebracht.

'Zou je die spullen voor me naar Scotty's kantoortje kunnen brengen?' vroeg ze. 'Ik kan het niet over mijn hart verkrijgen er naar binnen te gaan. Dat lukt me gewoon nog niet. Ik zet even koffie. En wil je dan een kopje met me drinken, rechercheur?'

Ik wilde nee zeggen. Met een megafoon. Brooke en ik waren de laatste twee vrouwen op aarde die met elkaar verbonden moesten zijn. Maar zoals iedere krachtige Amerikaanse vrouw

194

die moet kiezen tussen haar eigen wensen en een door schuld ingegeven verplichting, zei ik natuurlijk ja.

'Dat zou geweldig zijn. Ik kan wel een kop koffie gebruiken. En noem me alsjeblieft Lauren, oké?'

HOOFDSTUK 71

Ik knipperde met mijn ogen terwijl ik de krakende keldertrap van de Thayers afdaalde. Dienden liefdesaffaires niet altijd verstoken te blijven van hechte banden? Ik moest hier zo snel mogelijk wegwezen voor ik zou worden belast met het uitzoeken van Scotts schoolfoto's en daarna nog de la met zijn ondergoed.

Ik liep langs een boiler en een waskeuken en opende een triplexdeur die werd bedekt door een reusachtige poster van Michael Strahan.

Na het licht te hebben aangeknipt, bleef ik op de drempel staan.

Na het donkere, naar olie ruikende deel van de kelder verwachtte ik de typische kelderkamer van een man aan te treffen. Overal stukken gereedschap op een provisorische werkbank. Misschien een oude printer op een stapel *Sports Illustrated* in een hoek.

Dus toen ik werd geconfronteerd met een kantoor dat eruitzag als het kantoor van Don Corleone in *The Godfather*, was ik behoorlijk verrast.

De muren waren bedekt met donker eikenhout. Het antieke bureau van mahonie leek van een oud schip gemaakt. Op het bureaublad prijkte een Apple PowerBook.

Er stond een zwartleren bank en tegen de muur rechts van mij een plasmabeeldscherm van 42 inch. Op een lage boekenplank achter het bureau telde ik drie mobiele telefoons en een aan een oplader gekoppelde BlackBerry.

Allemachtig, dacht ik, en de schrik sloeg me om het hart toen ik de doos op het bureau naast de laptop zette. Eerst al dat geld in Scotts kluisje en nu deze luxe schuilplaats in de kelder van zijn huis.

Ik had echt iemand met vele gezichten aan de haak weten te slaan.

Misschien was Scott, behalve iemand die geld verstopte in zijn kluisje en het bed deelde met gehuwde collega's, bovendien nog Batman.

Ik liet me in de leren bureaustoel zakken en sloot mijn ogen. De ontdekking van Scotts chique thuiskantoor baarde me behoorlijk zorgen. Was het mogelijk dat hij ergens had opgeschreven waar hij heen zou gaan op de avond waarop hij werd gedood? Voor mijn geestesoog zag ik een in leer gebonden agenda met direct onder de datum van zijn overlijden de tekst: Lauren 23.00 uur. Er waren in gevallen van moord wel vreemdere dingen gebeurd.

Gehaast controleerde ik de laptop, de BlackBerry en de mobiele telefoons, maar gelukkig kon ik mijn naam of telefoonnummer nergens vinden.

Toen ik klaar was vielen me een dossierkast en een metalen kast op die in een hoek stonden.

Ik luisterde of ik Brookes voetstappen op de trap hoorde en liep naar de kasten.

Ze waren natuurlijk allebei afgesloten.

Ik doorzocht Scotts bureau en vond tussen de inhoud van een pennenbak een kleine sleutelring. Met de sleutel kon wel de dossierkast worden geopend, maar de andere kast niet.

Mijn zweterige vingers gleden bijna van het handvat toen ik de eerste zware lade opentrok.

Ik was enigszins opgelucht toen ik de mappen met hele normale opschriften zag: 'Belastingen', 'Creditcards', 'Garagekosten', 'Tandarts'.

'Lauren?' hoorde ik Brooke boven aan de trap roepen. 'Is alles in orde?'

Ik hoop het wel, dacht ik.

'Ik kom eraan, Brooke,' riep ik en haastig bladerde ik nog enkele mappen door. 'Ik ben bijna klaar.'

Toen ik de laatste lade had dichtgeschoven, keerde ik me om om naar boven te gaan. Maar toen moest ik mijn hand nog even onder de bovenste la van het bureau steken, een akelige gewoonte van rechercheurs die op Moordzaken werken.

En inderdaad voelde ik iets: een dvd die er zorgvuldig met plakband onder was aangebracht.

HOOFDSTUK 72

Mijn hart bonkte als een bezetene toen ik de dvd van het dubbelzijdige plakband lospeuterde.

'VERZEKERING' was er met een blauwe viltstift op geschreven.

De mysterieuze kant van Scott kon je intussen wel intrigerend noemen. Of misschien dekte het woord 'beangstigend' de lading nog beter.

Welke verzekering kwam er in de vorm van een dvd? Een verzekering die iemand nodig heeft die zijn oudedagvoorziening onder zijn schoenen bewaart, was het antwoord dat bij me opkwam.

Achterlaten of meenemen? overwoog ik.

Ik liet de dvd in mijn tas glijden.

Toen ik boven aan de trap kwam zag ik door de vitrage van het keukenraam een wit minibusje stoppen.

'O, ze zijn nu al terug,' zei Brooke teleurgesteld. 'Taylor kan erg slecht tegen veranderingen. En om je de waarheid te zeggen, ik weet niet hoe Scotts moeder zal reageren als zij je ziet. Zij is er nog erger aan toe dan ik, als dat al mogelijk is. Vind je het goed als we het koffiedrinken naar een andere keer verplaatsen? Misschien is het het beste als je via de voordeur vertrekt, dan zal ze je niet zien.'

'Geen probleem, Brooke,' zei ik. Ze leek zichzelf weer voldoende in de hand te hebben om me beleefd het huis uit te gooien. Het moest haar toch al iets beter gaan, dacht ik. Maar ze hoefde niet aan te dringen om mij daar weg te krijgen.

'En vergeet het niet,' zei ik onderweg naar de voordeur, 'ga achter die groepstherapie aan. Oké, Brooke?'

Tjonge, dacht ik toen ik de Impala startte. Groepstherapie. Dat moest wel de grootste gemeenplaats zijn die je iemand die het echt zwaar had kon meegeven. Waarom had ik, toen ik toch bezig was, geen reïncarnatietherapie aanbevolen?

De woorden die ik de laatste tijd over mijn lippen kon krijgen waren echt niet normaal meer. Ik wierp een blik op de gepikte dvd in mijn tas. Om nog maar te zwijgen van de daden waartoe ik in staat was.

De banden van de Impala lieten strepen op het asfalt achter toen ik het gaspedaal intrapte.

Ik begon de rol van harteloos kreng al aardig onder de knie krijgen.

En ik verfoeide er elke seconde van.

HOOFDSTUK 73

Nog geen uur later nam ik in de Bronx de afrit naar Van Cortlandt Park South.

Ik draaide met een scherpe bocht de parallelweg op naar de Van Cortlandt Parkgolfbaan, naar verluidt de oudste golfbaan in de Verenigde Staten. Ik was niet van plan om aan mijn golftechniek te gaan werken, maar zocht slechts de privacy die de parkeerplaats, een van de oudste parkeerplaatsen in de Verenigde Staten voor het verdekt opstellen van surveillancewagens van het NYPD, te bieden had.

De dvd-speler van mijn laptop maakte hetzelfde geluid als een leeg magazijn in een Glock toen ik er Scotts dvd in had gestopt. Gelukkig brak de lade niet af door mijn ongeduldige gepruts om het schijfje snel te laten starten.

Misschien had Scott het woord op de dvd verkeerd gespeld, dacht ik na een minuut intens naar het scherm te hebben gestaard.

Dit was geen verzekering.

Het was surveillance.

Oude surveillancebeelden, zoals viel op te maken uit de tekst rechts onder in het scherm: 22 juli, 10:30 AM.

De ster van de film was een zachtaardig uitziende latino van middelbare leeftijd die in een hawaïhemd ogenschijnlijk volkomen zorgeloos door een straat wandelde.

Ik ontdekte dat het om een straat in New York City ging toen de man iets te eten kocht bij een kraam tegenover de ingang van Union Square Park.

En ik ontdekte ook dat de man wel wat te besteden had. De film toonde hem terwijl hij uit een taxi stapte en de vlaggenschipwinkel van Ralph Lauren op de hoek van 72nd Street en Madison binnenging.

Was de man een drugsdealer? Gezien de bron van de beelden, en het feit dat ze waren geschoten vanuit een patrijspoortachtig zijraampje van een busje, geloofde ik niet dat hij de weerman van het televisiestation Telemundo was.

In het volgende fragment was de man te zien toen hij met een forse hoeveelheid tassen een dure kledingzaak verliet en wederom in een taxi stapte. De tijd in de hoek sprong een halfuur verder en de camera registreerde dat de man uit de taxi stapte en de grote ingang van hotel Four Seasons aan East 57th Street binnenging. Alleen het allerbeste was goed genoeg.

Daarna veranderde de camerapositie opeens van straatniveau naar de draaierig makende richel van een wolkenkrabber van dertig of veertig verdiepingen. De camera werd naar voren bewogen en vervolgens naar beneden gericht. De gegevens in de hoek gaven aan: 22 juli, 6:10 PM.

De cameralens toonde het dak van het Four Seasons en werd vervolgens gericht op de balkons aan de zijkant van het hotel aan 58th Street.

Na een paar minuten gevuld met lege balkons, werd de camera langzaam naar beneden gericht, naar de straat, tot hij inzoomde op een dakloze vrouw op de hoek van Park.

'… het loon van de zonde, mijn Jezus. O, mijn Jehova, vergeef hen, want zij weten niet wat ze doen,' was er duidelijk te horen, evenals het gerammel van de met muntgeld gevulde beker.

Iemand moest de richtmicrofoon hebben ingeschakeld, concludeerde ik.

Terwijl de camera weer omhoogzwenkte en op het balkon van de bovenste hotelsuite werd gericht, waren de geluiden van de stad te horen. Het monotone geronk van het verkeer. Een verre sirene. New York, New York.

Twintig lange minuten van registratie later was er weer een scherpe overgang. Ik dacht eerst dat het filmen was gestopt, maar toen zag ik dat de tijd in de hoek zeven uur was versprongen naar 23 juli, 1:28 AM.

Het filmen was niet gestopt, merkte ik. Het was alleen niet langer dag maar nacht.

Er was nog altijd weinig te zien. Gedurende twee minuten was er behalve het vage schijnsel van de straatverlichting op de metalen balustrade van het balkon niets dan zwarte duisternis waarneembaar.

Opeens was er een lichtflits en het hele balkon baadde in een merkwaardig, groenachtig licht.

Het observatieteam was overgeschakeld op infrarood, besefte ik. Die jongens beschikten beslist over geavanceerd speelgoed.

Dacht Scotts eenheid dat de corpulente latino op het punt stond een grote drugsdeal te sluiten op het balkon? Misschien was de hoop erop gericht dat hij de glazen schuifdeur zou openschuiven waarna het team hem kon afluisteren?

Ik zou er nooit achter komen.

Want na nog vijftien minuten infraroodopnamen van een leeg balkon klonk er een zeer indringend geluid, waarna de camera ongeveer drie meter hoger op het dak van het hotel werd gericht.

Een gezette man in een smoking en een jonge vrouw die haar met goud versierde galajurk meer uit had dan aan, kwamen uit een deur naast de behuizing van de lift. De camera zoomde op hen in en zij begonnen te zoenen en elkaar, leunend tegen een rooster van de airconditioning, gepassioneerd te betasten.

Het was duidelijk te zien dat de vrouw haar mond bewoog en er werd een kreet hoorbaar toen de richtmicrofoon werd bijgesteld en zij opeens goed te verstaan was.

'Wacht even,' zei ze.

Toen trok ze haar glinsterende jurk over haar hoofd. Ze moet echt dronken zijn geweest, want het was eenvoudiger geweest de jurk van haar lichaam te laten afglijden. Ze droeg nu niet meer dan een string.

Hè? dacht ik terwijl ik geschokt toekeek.

HOOFDSTUK 74

'Ah, dat is al veel beter,' zei het meisje, ronddraaiend om zich te laten bewonderen en haar vormen te tonen, die indrukwekkend waren, moest ik toegeven.

Uiteindelijk stond ze stil en kuste ze de man stevig op zijn mond. Ze greep zijn uitgestrekte hand en liet die over haar lichaam glijden. 'Abracadabra! Ik heb mijn jurk laten verdwijnen.'

De man lachte.

'Je bent gek,' zei hij. 'En schaamteloos. Dat zie ik graag bij een vrouw.'

'Nu jij,' zei de jonge vrouw. 'Laat eens zien wat jij te bieden hebt.'

'Ik weet het niet,' zei de man weifelend. Ik kon zijn gezicht niet zien omdat hij met zijn rug naar de camera stond. 'Al die ramen. Iemand zou ons kunnen zien.'

'Hoe dan? Je ziet hier geen hand voor ogen,' zei de jonge exhibitioniste. 'Kom op, John. Wees toch voor een keer eens niet zo preuts. Laten we plezier maken!'

'Ik zal erover nadenken,' zei de man. 'Ik heb alleen eerst nog even iets belangrijks te doen.'

De man draaide zich om, boog zijn grote hoofd en er klonk een luid snuivend geluid.

'Hé, je bewaart toch nog wel een beetje voor mij, hè?' zei de vrouw en ze liep naar hem toe. 'Je klinkt als een varkentje.'

Weer klonk het snuivende geluid.

'Dit is uitstekend spul,' zei de man die John scheen te heten. 'Heel wat anders dan die troep die je laatst bij je had. Ik had de hele week een bloedneus. Ik moest mijn vrouw voorliegen dat ik een neusholteontsteking had.'

'Nog één woord over je vrouw,' zei het bijna naakte meisje, 'en ik ga naar beneden naar je kamer om haar te wekken. Nu ga ik snuiven en ga jij strippen.'

'Wat de mooie dame wil,' zei de man terwijl hij zijn jasje uittrok, 'zal de mooie dame krijgen.'

Ik kreeg de neiging mijn blik af te wenden en wilde de beelden eigenlijk wat sneller doorspoelen toen de man de riem van zijn broek begon los te maken. Hij viel voorover toen hij zijn broek en onderbroek over zijn schoenen probeerde te krijgen. Zijn bleke flanken zouden waarschijnlijk ook zonder infrarood zichtbaar zijn geweest. Hij ondernam enkele vergeefse pogingen om weer op te staan.

Toen draaide hij zich om en de camera maakte een snelle close-up van zijn gezicht.

En ik drukte zo hard op de pauzeknop dat mijn vinger er pijn van deed.

De man was de officier van justitie van de Bronx, John Meade.

Ik onderdrukte zo goed en zo kwaad als dat ging de neiging te gaan hyperventileren toen de betekenis van dit alles tot me doordrong. Ik wist al dat Scott niet bepaald een integere politieman was geweest. Had hij bij invallen door de politie geld achterovergedrukt? Drugsdealers beroofd? Om het even. Het deed er niet toe. Hij deed in elk geval niet wat hij verondersteld werd te doen.

En hier, bij deze bijzondere observatie, was hij op een echte en waarschijnlijk onverwachte bonus gestuit.

Ik keek naar de belangrijke man, met zijn lillende dikke pens en de rode ogen boven de grijns van de gedrogeerde.

Per toeval, of misschien niet, had Scott de man die bovenal in staat was hem kapot te maken in zijn macht – de officier van justitie van het district waar hij werkte en stal. In de meest compromitterende omstandigheden die maar denkbaar waren. Het plegen van overspel op het dak van een hotel en het gebruiken van cocaïne.

Een betere verzekering kon je bij geen enkele verzekeringsmaatschappij afsluiten.

Ik luisterde naar het geraas van het verkeer op de snelweg achter mij.

Ik kon het niet geloven. Leugens. Achterovergedrukt geld. En nu afpersing. Scott was toch geen Batman. Hij was Harvey Keitel geweest in *Bad Lieutenant.*

En de drek bleef maar komen.

Ik klapte mijn laptop dicht en startte de auto.

Ik zat er tot mijn nek in.

HOOFDSTUK 75

De volgende ochtend ontwaakte ik met het verrassende en een tikkeltje bizarre idee dat het een goed moment was om een week op te nemen van de vakantiedagen die ik had opgespaard.

Ik regelde het zo dat mijn vakantieweek die maandag inging. Ondanks alles vermaakte ik me in feite opperbest. In plaats van seks, leugens en videobanden was het seks, eten en joggen, voornamelijk in omgekeerde volgorde.

Ik bracht mijn ochtenden en middagen door met de kraanvogel in Tibbetts Brook Park en het weer leren koken zoals Julia Child. Elke avond zorgde ik ervoor dat Paul een nieuwe en superlekkere maaltijd kreeg voorgezet: coq au vin met eekhoorntjesbrood, gebraden eendenborst met zwarte truffels, en zijn absolute lievelingsgerecht: chateaubriand met gebakken aardappeltjes.

En het was niet alleen het eten dat superlekker was. Ook onze slaapkameractiviteiten werden met jeugdige impulsen gevoed en maakten ons bijna onverzadigbaar.

Als we naderhand in het donker in elkaars armen lagen, kwam er een soort roes over me die ervoor zorgde dat alles – het duistere verleden, de onzekere toekomst – in een weldadig niets oploste.

Maar op de donderdag van mijn vakantieweek suisde de valbijl neer.

De gebeurtenissen werden ingeluid door een telefoontje. Het was tien uur en ik knoopte de veters van mijn hardloopschoenen los toen ik zag dat het lampje van het antwoordapparaat knipperde.

Geen nieuws was tot op dat moment goed nieuws geweest.

Wie belde mij in mijn vakantieweek thuis op? Ik drukte op de berichtenknop om een antwoord te krijgen op die vraag.

'Rechercheur Stillwell, dit is de onderofficier van justitie Jeffrey Fisher van het Bronx County Office. Ik weet dat u vakantie hebt, maar we moeten u verzoeken langs te komen in verband met enkele onvolkomenheden in de Thayerzaak. Het schikt ons morgenochtend om tien uur. Het gerechtsgebouw van Bronx County, tweede verdieping.'

Ik speelde het bericht keer op keer af.

Wat me vooral verontrustte was dat ik veel mensen die daar werkten goed kende, maar Fisher kende ik daarentegen nauwelijks. Misschien was hij zo onfortuinlijk geweest aan het kortste eind te trekken toen werd uitgemaakt wie zich over de onverkwikkelijke zaak zou buigen. En wat te denken van de ogenschijnlijk informele toon van het bericht? Enkele onvolkomenheden, dat klonk alsof het allemaal weinig voorstelde. Maar dat paste weer helemaal niet bij de officieel klinkende oproep aan het einde waarin werd aangegeven waar en wanneer ik mij diende te melden. Ik had van diezelfde trucjes uit hetzelfde boekje gebruikgemaakt: een verplichting als iets vrijwilligs voorstellen met de bedoeling dat getuigen tegen me zouden gaan praten.

Getuigen, dacht ik, en ik kneep mijn ogen dicht.

Om van verdachten maar te zwijgen.

Even sloeg de paniek toe toen ik dacht aan wat er gebeurd kon zijn, waar ik een fout had gemaakt, wat de officier van justitie me zou proberen aan te wrijven. Maar toen riep ik mezelf tot de orde.

Ik wist hoe dit spel werd gespeeld, en ik wist dat ik zelfs in het ongunstigste geval nog een belangrijk voordeel had. Want zelfs als de officier van justitie mij en Paul ervan zou beschuldigen Scott te hebben vermoord, dan moest dat eerst nog maar eens worden bewezen. En dat zou moeilijk worden aangezien er geen vingerafdrukken waren en Paul tegen niemand had gezegd wat hij had gedaan. Zelfs niet tegen mij.

Het was mogelijk dat je wist dat iemand iets had gedaan, terwijl die iemand desondanks vrijuit ging. Ik wist dat in elk geval heel goed. Je diende je beweringen ten overstaan van een rechtbank te bewijzen, en daar had je harde bewijzen voor nodig.

Zittend bij de telefoon probeerde ik mijn vrees in iets nuttigs om te zetten. Als de officier van justitie het hard wilde spelen, dan zou ik er klaar voor zijn.

Mijn hand begon echter al te beven voor ik de wisknop bereikte.

Juist ja. Wie hield ik hier voor de gek?

Hoe zou het me verdomme ooit lukken dit tot een goed einde te brengen?

HOOFDSTUK 76

Na een onrustige en onzeker makende nacht waarin ik bijna niet sliep, besloot ik mijn pistool en badge onder mijn favoriete zwarte Armanipakje te dragen. De rok had een split aan de zijkant en zou daardoor normaliter als werkkleding ongeschikt zijn, maar dit zou uiteraard geen normale werkdag worden.

Ik haalde het verband van mijn gezicht en kamde mijn onlangs geknipte en geverfde haar voor ik een paar open pumps van Steve Madden aantrok.

De bijeenkomst op het kantoor van de officier van justitie zou immers een strijd worden. En ik zou elk wapen nodig hebben dat ik voor deze confrontatie met de wet in stelling kon brengen.

Ik gaf mezelf voldoende tijd om bij de Bronxville Starbucks-koffie te kunnen halen. Ik had de beker leeg toen ik een parkeer-plaats vond in Lou Gehrig Plaza tegenover het gerechtsgebouw. Ik keek naar het stadion van de Yankees aan het einde van 161st Street in de hoop dat er iets van de magie van een geniale werper op mij zou afstralen.

Het was halftien, een halfuur voor de afspraak stond gepland, toen ik Fisher op de tweede verdieping achter zijn bureau zag zitten. Hij zat daar met drie mannelijke collega's.

'Goedemorgen, heren. Alles in orde?' zei ik, de mannen een voor een in de ogen kijkend.

Ik had alles gedaan om er tiptop uit te zien. Lopend door de marmeren gangen had vrijwel iedere mannelijke officier, gedaagde en raadsman die ik passeerde naar me omgekeken, dus ik kon stellen dat ik in mijn opzet was geslaagd.

Ik opende een knoopje van mijn jasje en gunde de mannen een blik op mijn Glock in de zachte holster die strak tegen mijn buik zat gedrukt.

Als dit een tekenfilm was geweest, zouden hun ogen uit de kassen zijn gesprongen en grote rode harten zouden buiten de borstkassen van de juristen hebben gebonkt. Een lekkere meid en een vuurwapen. Daar gaat weinig boven. Mannen zijn zo voorspelbaar.

'Jullie kunnen je beroepen op het zwijgrecht, jongens,' zei ik, 'maar dit is bespottelijk. Vinden jullie ook niet?'

Er volgden 'moet nu gaan's' en 'zie je nog Jeff's' en een voor een verdwenen de juristen tot alleen mijn vriend Fisher en ik nog in het benauwde kantoortje overbleven. Hij gleed bijna van zijn stoel op wieltjes toen ik met mijn achterste op zijn bureau ging zitten.

Je kunt elke strijd winnen als je kans ziet je opponent uit zijn evenwicht te brengen. Raak de zwakke plek en ga daar mee door tot er nog slechts gekreun rest. Wat ik me nog heel goed herinnerde van Fisher, een kalende, schaapachtige kwezel van in de dertig, was de manier waarop hij een jaar geleden tijdens een afscheidsfeestje in Piper's Kilt had geprobeerd in mijn decolleté te loeren.

'Je wilde mij dus zien, Fisher?' vroeg ik.

Zijn gezicht werd zo rood als een biet.

'Ja, eh, nou, rechercheur,' hakkelde hij. 'Ik bedoel... eh, het is waarschijnlijk niets. Het zal wellicht niets zijn. Even kijken. Waar heb ik dat dossier neergelegd? Het duurt maar even.'

Toen ik zo naar hem keek terwijl hij zenuwachtig tussen de dossiers op zijn bureau zocht, had ik het gevoel deze ronde al te hebben gewonnen. Ondervragingen waren krachtmetingen. Tot een ogenblik geleden meende Jeffrey Fisher, met zijn cryptische boodschap op mijn antwoordapparaat, dat hij de zaak in zijn greep had. Nu waren de kaarten anders geschud.

Officieren van justitie gaan ten overstaan van agenten die op Moordzaken werken gebukt onder een minderwaardigheids-complex. Het feit dat Fisher zich waarschijnlijk tot mij aange-trokken voelde, beklonk die kwestie zo ongeveer.

Hij zou me het vuur niet aan de schenen leggen. Welke in-consistentie hij ook te berde zou brengen, ik zou ontkennen en hij zou dat moeten accepteren. Waar had ik me zorgen om gemaakt? Ik had de volledige controle over deze bijeenkomst. Wat was die Fischer met zijn plichtmatige van-negen-tot-vijf-mentaliteit anders dan een zouteloze jurist die te bang was om zich in de gevaarlijke straten van de Bronx te begeven? Ik zou hier gezuiverd van alle blaam en vrij naar buiten wandelen. Dat voelde ik.

Maar toen verscheen, als een spookachtige verschijning uit het niets, Fishers baas, Jeff Buslik. Buslik maakte niet de indruk met de mond vol tanden te staan. Hij leek juist uitermate rustig en beheerst. Boosaardig kalm. Hij leek niet eens onder de in-druk van mijn verschijning. Hij kuste me kuis op de wang alsof ik zijn zus was.

'Lauren, hoe gaat het ermee?' vroeg hij. 'Eigenlijk heb ik deze samenkomst belegd, dus waarom gaan we niet even naar mijn kantoor?'

O, nee, dacht ik.

O grote God, nee!

HOOFDSTUK 77

Ik liep achter Jeff aan. Als hoofd beschikte hij over een hoek-kantoor met uitzicht op het stadion. Je kon door het met koper omgeven raam een deel van het speelveld zien.

'Hé, je kunt de Yankees vanhieruit in de gaten houden,' zei ik.

'Waarom dacht je dat ik de stapel met voortvluchtigen anders zo laag kon houden?' grapte Jeff. Hij keek peinzend naar zijn bureau, alsof hij naar de juiste woorden zocht.

'Luister, Lauren. Ik mag je graag. Eerlijk waar. Je doet je werk uitstekend en…'

'Ik ben getrouwd, Jeff,' zei ik met een grijns.

'Ook dat weet ik. Goed. Ik zal verder niet om de hete brij heen draaien. Heb jij iets te maken gehad met de dood van Scott Thayer?'

Daar had je het barsten van de bom waarvan ik had gehoopt dat het zou uitblijven. Voor even was ik als verlamd. Ik voelde mijn schaduw bijna branden in de muur achter mij.

Terwijl ik vocht om mijn ademhaling onder controle te hou-den, vroeg ik me af of ze me hier en nu in het gerechtsgebouw aan het kruis konden nagelen. Mij samen met de andere gevan-genen zonder meer naar Rikers Island konden sturen.

'Natuurlijk,' zei ik zo rustig mogelijk en met een glimlach om hem te laten weten dat ik dacht dat hij een grapje maakte. 'Ik had de leiding over die zaak.'

'Dat is niet wat ik bedoel,' zei Jeff zacht.

Ik keek in de ogen van de aanklager. Wat kon ik nu zeggen? Wat kon ik nu doen?

Doe iets, riep een stem in mijn hoofd.

Vecht. Of sterf.

'Tja, nou, wat bedoel je dan, Jeff? Waar gaat dit over? Scotts zaak is gesloten. Dat herinner ik me omdat ik mijn hoofd er bijna tussen kreeg toen het deksel werd dichtgeklapt. Heeft Interne Zaken jou gebeld? Is dat waar het hier om draait?'

'Drie dagen geleden heeft de advocaat van ene Ignacio Morales contact met ons gezocht,' zei Jeff. 'Hij werkte als uitsmijter bij nachtclub Wonderland, waar jij bent geweest om de gebroeders Ordonez te arresteren.'

O, stront.

'Ja, meneer Morales herinner ik me wel,' zei ik. 'Heeft meneer Morales misschien ook nog laten weten dat hij op het punt stond mij te verkrachten in de kelder van de club?'

Jeff hield zijn hand op alsof hij een onbeduidend detail wegwuifde.

'Hij beweert dat het pistool dat op het lichaam van Victor Ordonez werd aangetroffen bij een routinecontrole in de nachtclub uit jouw handtas werd gehaald.'

Ik liet mijn ogen uitpuilen om mijn verontwaardiging kracht bij te zetten. Ik denk dat Nicole Kidman jaloers zou zijn geweest.

'En jij gelooft dat?' zei ik.

'Eerlijk gezegd niet,' zei Jeff. 'Ik vertrouw dat drugsdealende ongedierte voor geen meter.'

Jeff opende een la en haalde er een stuk papier uit.

'Maar toen kreeg ik dit onder ogen.'

Het waren Scotts telefoongegevens. Had mijn partner hem die toegestuurd? Zelfs in mijn paniek kon ik dat niet geloven. Het altijd doeltreffende, niets over het hoofd ziende genie Jeff moest zelf om een kopie hebben gevraagd.

Ik had er min of meer rekening mee gehouden dat dit kon

gebeuren. Dus ik zocht toevlucht bij de enige mogelijkheid die me nog restte: blinde lef.

'Nou en?' zei ik. 'Dus ik kende Scott. We telefoneerden. Onze relatie ging niemand wat aan, dus heb ik er nooit melding van gemaakt. Is het een misdaad mijn privacy te beschermen?'

In plaats van te antwoorden, haalde Jeff nog een vel papier voor de dag en schoof dat over het bureau naar me toe.

Het was een fotokopie van een parkeerbon voor een motor. Het was echt heel aardig van hem dat hij me de tijd gaf de onderstreepte datum en het adres te lezen.

Het Yonkersadres, een paar straten van mijn huis verwijderd.

In mij begon een hele kathedraal aan alarmklokken te beieren.

Dit had ik niet verwacht.

'Die bon werd door de politie van Yonkers, enkele uren vóór het door de lijkschouwer vastgestelde tijdstip van Scotts dood, uitgeschreven voor zijn onjuist geparkeerde voertuig,' zei Jeff kalm. 'Ik heb de precieze plek op de kaart opgezocht en die blijkt een paar straten van jouw huis verwijderd te zijn, Lauren. Werp daar eens wat licht op. Zorg dat ik er iets van ga begrijpen. Want wat ik nu heb, zou voor een jury voldoende zijn. Een getuige die gezien heeft waar jij het pistool hebt achtergelaten. En bewijs dat Scott even voor zijn dood in de buurt was van jouw huis. Ik heb zaken met minder gewonnen, Lauren. Maar ik beschouw jou als een vriend. Ik wilde je het voordeel van de twijfel gunnen voor er formele stappen worden gezet. Dit is je eerste en laatste kans me te vertellen wat er is gebeurd, en om me je te laten helpen.'

HOOFDSTUK 78

Dat aanbod was verleidelijk. Ik had al zo lang alles voor me gehouden. Ik had gelogen tegen vrienden en collega's.

Het verlangen mezelf te rechtvaardigen, me van de last te bevrijden, was bijna ondraaglijk. Ik wilde uitleggen hoe ik aanvankelijk slechts bang was geweest, en hoe alle ontwikkelingen zich zo snel hadden opgestapeld. Hoe ik alleen maar had geprobeerd Paul te beschermen. Dat ik het allemaal voor hem had gedaan.

Nu wist ik precies hoe de verdachten die ik in de loop der jaren achter de tralies had gebracht zich hadden gevoeld kort voor ze het hadden opgegeven en een bekentenis hadden afgelegd. Bekennen was de laatste stap voor de vergiffenis, zo was het toch?

Maar toen schoot het me te binnen.

Ik had geen vergiffenis nodig.

Ik had een uitstekend plan B.

Ik deed iets wat Jeff Buslik in zijn machtige hoekkantoor vermoedelijk nog niet vaak had gezien. Ik leunde achterover in de stoel tegenover hem, hield mijn handen gevouwen op mijn door een strak rokje omhulde schoot en glimlachte.

En toen deed ik mijn uitval!

'Ik zie dat je hier heel wat papieren bewijzen hebt, Jeff,' zei ik. 'Maar wat ik me afvraag is, kun je ook bewijzen op video leveren?'

'Hè?' zei Jeff. Er verscheen een uitdrukking op zijn gezicht die

217

ik nooit eerder zag. Volstrekte verwarring.

'Lauren, alsjeblieft. We hebben nu even geen tijd voor onzin, oké? Ik word verondersteld mijn werk te doen, en als jij niet bereid bent langs deze informele weg een stap in de goede richting te zetten, dan ben ik bang dat we gedwongen zijn om...'

'Bewijzen op video, Jeff,' ging ik verder. 'Beelden zijn onweerlegbaar, heb ik gelijk of niet? De enige reden waarom ik daar zo op hamer is dat ik, in de loop van mijn onderzoek, ben gestuit op... nou ja...'

Ik haalde de laptop uit mijn tas, zette hem aan en drukte op Afspelen.

'Misschien moet je dit met eigen ogen zien, Jeff,' zei ik. 'Moet je echt even doen.'

HOOFDSTUK 79

Ik liet hem de dvd-beelden van het begin tot het einde zien, ononderbroken. Ik keek uit zijn raam naar de tribune in het stadion. Mijn vader had me er op mijn achtste voor de allereerste keer mee naartoe genomen. Een homerun had er niet in gezeten, maar ik proefde wel voor het eerst in mijn leven bier toen een dronkenlap achter ons zijn blikje op mijn hoofd liet vallen.

Ik vroeg me af wat mijn vader van dit alles gedacht zou hebben, wat hij van mij gedacht zou hebben. Zou hij zich hebben geschaamd? Of zou hij juist trots zijn geweest te zien dat ik met blote vuisten voor mijn leven knokte? Ik luisterde ingespannen of ik enig teken van mijn vader zou vernemen, maar het enige wat ik hoorde was een metro die voorbijratelde.

Na de hele dvd bekeken te hebben, klikte Jeff Buslik de laptop dicht en begon toen zelf langdurig uit het raam te staren.

We luisterden samen een tijdje naar de drukkende stilte.

De dvd-beelden waren van Jeffs baas John Meade, maar in zekere zin was dat zelfs beter dan wanneer ze van Jeff zelf waren geweest. Jeff zou Meade in november hoogstwaarschijnlijk opvolgen, maar het verhaal deed de ronde dat zijn ambitie nog veel verder ging. Intelligent, zwart en met de allure van een echte ster, werd hij door de pers al de Barack Obama van de Bronx genoemd.

Maar om zijn ambities te kunnen verwerkelijken, was hij aangewezen op de zegen van zijn baas. John Meade was een instituut in de Bronx en Jeff was zijn rechterhand. Zij waren, in elk geval tot de dag van de verkiezingen, onlosmakelijk met elkaar verbonden.

Als John Meade voor de verkiezingen van zijn voetstuk viel, zou hij Jeff in zijn val meesleuren.

Jeff leek dat even helder te beseffen als ik. Hij zag eruit alsof zijn maag opeens van streek was. Totaal van streek. Uiteindelijk keek hij me nors aan.

'Bewijzen,' herhaalde ik. 'Jij hebt ze. Ik heb ze. Luister, ik koester geen wrok, Jeff. Ik begrijp dat het geweldig voor je zou kunnen uitpakken om de jacht op mij te openen. Nationale media-aandacht, misschien zelfs nationale faam. Dat zou fantastisch zijn voor iemand die verder wil komen. Maar als je mij te grazen wilt nemen, kun je er vergif op innemen dat je deze beelden een uur later op Fox News Channel ziet.'

Jeff dacht daar een tijdje over na.

'Heb jij hem vermoord, Lauren?' vroeg hij uiteindelijk. 'Heb jij Scott Thayer daadwerkelijk vermoord?'

'Nee,' zei ik. 'Lees je geen kranten? Victor Ordonez was de dader. Ik heb trouwens besloten ontslag te nemen. Ik ben helemaal klaar met die ellendige bende. Bovendien kun je het beste op je hoogtepunt stoppen, vind ik. Ongeveer zoals jouw baas. Denk jij ook niet dat dat het beste zal zijn?'

Ik stond op en klikte de dvd uit de laptop.

'Wij zijn klaar, hè?' zei ik. 'Met ons gezellige gesprekje?'

Jeff staarde nog een tijdje zwijgend voor zich uit. Toen draaide hij zich om en de papierversnietiger achter zijn bureau liet twee keer een hoog, bijna opgewekt geluid horen toen hij er Scotts telefoongegevens en de parkeerbon in liet verdwijnen.

'We zijn klaar, Lauren,' zei Jeff zacht tegen de muur. Er klonk spijt door in zijn stem. Hij draaide zich niet meer naar me om en ik vertrok.

'Ik heb hem niet gedood,' zei ik nog – maar toen was ik het gebouw al uit en onderweg naar mijn auto.

DEEL DRIE

De affaire Washington

HOOFDSTUK 80

'Meer bubbeltjeswater, signora? Meer chianti, signore?'

'*Si*,' zeiden Paul en ik in koor. Laten we ervan genieten, want het leven is kort.

Verrukt vulde de jonge kelner met de stoppeltjesbaard onze glazen, bijna alsof we zijn grootste wens in vervulling lieten gaan. Achter hem gloeiden de bleke stenen muren van Monticiano, het nieuwste en duurste Italiaanse restaurant in Greenridge in Connecticut, als een zonsondergang in Toscane.

Pauls voorstel om naar Litchfield County's enige Italiaanse viersterrenrestaurant te rijden, was me na de slopende ochtend in het gerechtsgebouw meer dan welkom geweest.

Na wat mij met Jeff Buslik gelukt was, dacht ik toen ik een volgende tongstrelende hap van mijn fettuccine met truffels nam, verdiende ik eigenlijk wel een reisje naar het echte Toscane.

'Signora, de signore wil graag een toost uitbrengen,' zei Paul.

'Op de toekomst,' zei hij.

'Op de toekomst.'

We klonken.

En dat we voor eens en altijd veilig en samen zullen zijn, dacht ik, terwijl ik een slok nam van mijn koele San Pellegrino.

Paul dronk zijn wijn en leunde breed glimlachend achterover. Het was of hij op de een of andere manier voelde dat alles in orde was, dat de ellende voorbij was en dat ons nieuwe leven – ons echte leven – op het punt stond te beginnen.

In het licht van de flakkerende kaarsen keek ik, bijna alsof ik hem voor het eerst zag, naar Paul. Zijn zandkleurige haar, zijn intens blauwe ogen, zijn sterke handen – handen die voor mij hadden gevochten.

'Lieverd? Lieverd, luister,' zei Paul, en hij leunde over de tafel naar me toe. 'Is dat niet frappant?'

Uit de luidsprekers klonk de stem van Frank Sinatra met 'The Way You Look Tonight'.

Ons huwelijkslied.

Had het allemaal nog volmaakter kunnen zijn? Mijn hart voelde net zo licht als de bubbeltjes in mijn glas. Dat was de bevestiging, besloot ik. Paul en ik zouden nu samen zijn. Eindelijk gelukkig, eindelijk vrij. En met een kind, zoals we altijd hadden gewild.

'En, wat vind je ervan?' vroeg Paul toen het lied eindigde.

'Van de pasta?' vroeg ik. '*Bellissima*.'

'Nee,' zei Paul. 'Van de nieuwe omgeving.'

Greenridge had gewoon een van de vele curieuze stadjes in New England kunnen zijn, afgezien van de prijzige galerieën, de prijzige bistro's en de prijzige winkeltjes in Main Street. Een melange van Norman Rockwell en SoHo. Monticiano zelf was gevestigd in een gerenoveerde negentiende-eeuwse brandweerkazerne. Ik had in het tijdschrift *New York* gelezen dat er veel modeontwerpers en kunstenaars uit New York City waren die hier een buiten hadden gekocht. En wie zou hen, gelet op het op een na laagste criminaliteitscijfer in het hele Noordoosten, ongelijk geven?

'Het is al bijna niet te bevatten dat we gaan verhuizen,' zei ik. 'Maar naar hier?'

'En je hebt het huis nog niet eens gezien,' zei Paul. 'De rondleiding begint na het dessert.'

Een nieuw huis, dacht ik. Ik bedoel, een dak boven je hoofd dat niet lekt? Deuren die als je ze hebt dichtgedaan ook echt dicht blijven? Ik schudde verwonderd mijn hoofd.

En ik geloof dat ik dat tien minuten later nog deed toen de kelner weer aan ons tafeltje verscheen. 'Een cappuccino, signora? Het speciale nagerecht van vanavond is cannoli met citroenroom.'

'*Si,*' zei ik, achteroverleunend en genietend van de gouden glans van de avond en het ons toelachende geluk. '*Si, si, si.*'

HOOFDSTUK 81

Een halfuur later trapte Paul zijn Camry harder op de staart dan hij had moeten doen. De autogordel sneed in mijn schouder toen hij plotseling remde. Vervolgens zwenkten we af van het belachelijk landelijke weggetje dat ons over heuvels en door dalen had gevoerd.

Op het bord dat ongetwijfeld door vriendelijke woudwezens, of misschien wel door Robert Frost persoonlijk, tegen de stenen omheining was geplaatst, stond 'EVERGREENS'.

In het afnemende licht vormden de schaduwen van de zacht deinende pijnbomen langs de oprit een gouden streepjescode op het nieuwe asfalt.

'En, wat vind je ervan?' vroeg Paul toen hij de motor had afgezet.

'Wat ik ervan zien kan,' zei ik om me heen kijkend, 'belooft wat.'

'Hoor je dat?' zei Paul terwijl hij het raampje naar beneden draaide.

Ik luisterde. Het enige wat ik hoorde was het ruisen van de wind door de bladeren.

'Wat?'

Paul glimlachte.

'Precies,' zei hij. 'Zo klinkt het als er geen drilboren of autobussen of raaskallende daklozen in de buurt zijn. Ik heb er eens iets over gelezen. Het wordt meen ik vredig en rustig genoemd.'

226

'Wat zijn die bruingrijze dingen langs de weg – met dat groene spul erbovenop?' vroeg ik door het raam turend.

'Dat worden bomen genoemd,' zei Paul. 'Daar hebben ze het in de brochure ook over. Ze horen bij het huis als je bereid bent iets meer te betalen.'

Paul startte de auto weer, reed verder de heuvel op en stopte opnieuw om me de huizen in onze buurt te laten zien. Ze waren uiteraard prachtig. Koloniale huizen, New Englandstijl, een stuk of zes, fraai verspreid over een helling.

'Oké,' zei ik, 'waar zit het addertje? We bevinden ons recht voor de landingsbaan van een vliegveld?'

'Het spijt me,' zei Paul toen we de heuvel weer af reden. 'Greenridge heeft verordeningen tegen minpunten. Bovendien hebben wij al voor een paar mensenlevens aan minpunten te verwerken gehad.'

Paul wist niet half hoezeer hij gelijk had.

HOOFDSTUK 82

We reden langs een enorm sportcomplex met tennisbanen en een met veel zorg onderhouden honkbalveld. Ik zag de met een liniaal getrokken, verse witte lijnen. Ja, dit leek in alles op een echt idyllische buurt. Ik werd er weer licht van in mijn hoofd.

De zon was al bijna ondergegaan toen we naast een park met een beek voor een groot huis stopten.

'Wat is dit? Het verkoopkantoor?' vroeg ik.

Paul schudde zijn hoofd. Hij haalde een sleutel uit zijn zak.

'Het is het clubhuis,' zei hij. 'Kom, dan laat ik je er een paar dingen van zien.'

Binnen waren conferentiekamers, diverse plasmaschermen, een uitstekend geoutilleerde fitnessruimte. Op het berichtenbord werden feesten aangekondigd en boden babysitters hun diensten aan. Er hing een intekenlijst voor een zogenoemd vooruitstrevend avondmaal à anderhalve dollar per persoon.

'En in de lente komt er een zwembad,' zei Paul, neerploffend op de lederen sofa in de gewelfde foyer.

'Hoe kan…' begon ik. 'Zelfs met je hogere inkomen lijkt dit…'

'De huizen zijn duur, maar het ligt aardig ver van de stad, dus is de prijs lager dan je denkt. Mijn nieuwe salaris is meer dan toereikend. Wil je ons huis zien? Het zal in elk geval ons huis worden als jij er net zo weg van bent als ik.'

Ik stak mijn hand op.

'Geef me even een momentje op mijn kaak weer op z'n plaats te krijgen.'

Boven de westelijke heuvels was het vage schijnsel van de afgelopen dag nog zichtbaar toen we van de geplaveide oprit de weg op reden die nog in aanbouw was. We kropen traag langs bergen stenen en zware machines.

'Ik moet heel rustig rijden,' zei Paul. 'Er liggen overal spijkers en schroeven en op een lekke band zitten we niet te wachten. Ha, we zijn er.'

Het lichtgrijze huis waar Paul de auto voor parkeerde was… nou ja, volmaakt. Ik nam de veranda aan de voorzijde van het huis in me op, de hoge stenen schoorsteen, de fraaie dakkapellen van de derde verdieping. Ja, ik zag het goed… er was een derde verdieping. Alles zag er schitterend uit en het uitzicht zou vast ook fantastisch zijn.

'Kom,' zei Paul, 'dan laat ik je de grote woonkamer zien.'

'Mogen we hier wel komen? Moeten we niet wachten tot alles beklonken is? Weet je het zeker?'

'Tuurlijk weet ik dat zeker,' zei Paul lachend. 'Ik laat de koplampen branden, dan kunnen we zien waar we lopen.'

We liepen over de hopen zand en Paul opende de onafgesloten voordeur. Opeens gooide hij me over zijn schouder en deed of hij struikelde toen hij me over de drempel droeg. Ons gelach en onze voetstappen werden door de hardhouten vloeren weerkaatst. 'Ik ben er nu al verliefd op,' fluisterde ik. 'Ik vind het echt geweldig, Paul.'

Paul liet me zien waar alles zou komen. Ik kon de reusachtige omvang van de keuken nauwelijks bevatten en mijn ogen sprongen van esdoornhout naar graniet en roestvrij staal. Zelfs in het donker zagen de met bomen bedekte heuvels die ik door de ramen zag er adembenemend uit.

'En hier zou de kinderkamer kunnen komen,' zei Paul toen hij me in een van de kamers op de bovenverdieping omhelsde.

Door het raam van de 'kinderkamer' zag ik even boven de donkere boomtoppen sterren twinkelen als diamantstof. Toen begonnen mijn tranen te stromen. Opeens was het allemaal echt. Onze baby zou in deze kamer opgroeien. Ik zag mezelf met een zoetgeurende, kirrende wolk in mijn armen voor het raam staan wijzen naar de sterren en de rijzende maan.

Paul streelde mijn gezicht en kuste de tranen die mijn hals hadden bereikt.

'Dat is erg, hè?' fluisterde hij.

Toen, even plotseling als ik begonnen was, stopte ik met huilen.

Omdat de koplampen van Pauls auto die het huis hadden verlicht op dat moment onverhoeds doofden.

De tranen op mijn wangen voelden koud aan toen het huis zo donker werd als de ruimte tussen de sterren.

HOOFDSTUK 83

'Wat krijgen we nou?' zei Paul in het donker. 'Zal het de accu zijn? Snap jij er iets van, Lauren?'

Ik keek hem ingespannen aan. Wat was er in godsnaam aan de hand? Wat het ook was, het beviel me niks.

'Ach nee. Ik weet het al,' zei Paul. 'Mijn fout. Ik zag gisteren dat er niet veel benzine meer in de tank zat, maar ik ben vergeten te tanken. Door al dat rijden zal de tank nu wel leeg zijn.'

'Weet je het zeker?' vroeg ik. Ik voelde een lichte paniek. Ik was waarschijnlijk nog niet echt aan het reilen en zeilen in de provincie gewend.

'Rustig maar, rechercheur. Dit is niet de South Bronx,' zei Paul lachend. 'Ik weet zeker dat het door de lege tank komt. Er moet hier ergens een jerrycan met benzine te vinden zijn met al die machines hier in de buurt. Blijf jij maar hier. Ik pak de zaklamp en snuffel wat rond.'

'Ik ga met je mee,' zei ik. Het onverlichte huis was abrupt van aangenaam in griezelig veranderd.

'Met die hakken?' zei Paul.

'Hé,' zei ik, mijn kalmte weer enigszins hervindend, 'we kunnen in plaats van zelf naar benzine op zoek te gaan ook gewoon een garage bellen.' Of nog beter, dacht ik in de duisternis turend, de politie.

Paul schoot in de lach.

'Dat is mijn Lauren,' zei hij terwijl hij zijn zakken doorzocht. 'Moet altijd een aardigheidje met haar dorre logica verpesten.'

Zijn handen kwamen leeg te voorschijn.

'Mijn mobiel ligt nog in de auto aan de lader,' zei hij. 'We zullen de jouwe moeten gebruiken.'

'Die zit in mijn tas op mijn stoel in de auto.'

'Wacht hier, dan pak ik hem even.'

'Wees voorzichtig,' riep ik Paul na.

'Maak je geen zorgen. Dit is Connecticut, schatje.'

HOOFDSTUK 84

De volgende paar minuten kropen traag voorbij. Er begon opeens een koude wind door het huis te waaien. Ik keek naar de zwaaiende bomen die er nu uitzagen alsof ze deel uitmaakten van het decor van een griezelfilm. Geesten waarden toch niet in nieuwbouw rond, of wel?

Ik keek nog eens op mijn horloge. Had Paul al niet terug moeten zijn? Hoe lang kon je erover doen om een mobieltje uit een auto te pakken?

Ik liep naar de trap en voelde me opgelucht toen ik eindelijk Pauls voetstappen hoorde. Hij stond op de drempel van de open voordeur met een krachtige zaklamp in zijn hand. Had hij die uit de kofferbak gehaald?

'Heb je gebeld?' riep ik naar beneden.

Het licht van de zaklamp schoot naar me toe en verblindde me. Toen hoorde ik dreunende voetstappen op de trap.

'Hou op, Paul,' zei ik. 'Dat is niet grappig.'

'Mis, kutwijf,' zei een vreemde stem. Toen sloeg er een ruwe hand tegen mijn borst en ik viel achterover op de grond.

Niet grappig. En niet Paul.

De volgende halve minuut was ik niet bij machte iets te doen. Kijken, ademen, denken, mijn hart laten kloppen. Toen ik me weer kon concentreren, tilde ik mijn hand op en ik probeerde het gezicht te onderscheiden van het donkere silhouet dat angstwekkend onbeweeglijk achter de verblindende zaklamp stond.

'Wie ben je?' vroeg ik.

'Weet je dat niet?' zei de stem vol weerzin. 'Je moet echt je hersens pijnigen om een naam te vinden? Jij bent een ongelooflijk kutwijf.'

De zaklamp werd plotseling op het gezicht van de man gericht. O christusmaria.

Ik wilde een gil slaken, maar verder dan een grom kwam ik niet.

Mijn lippen begonnen te trillen toen ik me de politiefoto herinnerde. Donkere, onbezielde ogen boven pokdalige wangen.

Ik keek in het gezicht van Mark Ordonez.

De broer van de onlangs overleden Victor.

Waar is mijn pistool? was mijn volgende gedachte.

Er klonk een zacht klikkend geluid van metaal naast de lamp. 'Je hebt hem in de auto achtergelaten, dombo,' zei de drugsdealer die mijn gedachte had geraden.

'Luister, dit is niet de manier om dit aan te pakken,' zei ik snel. 'Geloof me, dat is het niet.'

Ordonez' reactie was dat hij mijn handen op mijn rug boeide.

'Sta op!' snauwde hij.

Ik stond op en voelde me vreemd en machteloos. Ik had het gevoel gewichtloos te zijn toen de drugsdealer me de trap af duwde waarbij hij me bij mijn kraag vasthield.

'Hier, moet je kijken,' zei Ordonez toen we in het losse zand van de voortuin stapten.

Hij richtte het licht op een vormeloze hoop naast onze auto.

Het beeld leek zich langzaam uit spikkels op te bouwen, als uit de sneeuw van een tv. Het was Paul, zijn gezicht naar de hemel gericht, zijn lichaam bijna volledig onder de auto. Er lag een plas bloed op de grond naast zijn hoofd. Hij bewoog helemaal niet.

'O god!' zei ik op mijn knieën vallend. 'O, nee! Nee! Paul!'

Mijn mond voelde van het ene moment op het andere totaal

uitgedroogd aan toen Ordonez me naar een van de zandhopen sleurde. Toen zag ik het busje. De zijdeur was wijd opengeschoven met daarachter inktzwarte duisternis.

Het enige geluid kwam nu van het steengruis dat onder onze voeten werd geplet.

Ik verloor een van mijn schoenen. Na nog een eindje voort te hebben gehobbeld, hield Ordonez halt, bukte zich en rukte ook de andere schoen van mijn voet. Hij smeet hem met een wilde zwaai de duisternis in.

'Die zul je niet nodig hebben,' zei hij. 'Dat kun je van me aannemen.'

Hij duwde me verder de heuvel af naar het busje. In een van de huizen verderop zag ik een lamp aangaan. Ik zag een gezin voor me dat aan de eettafel zat, kinderen dekten de tafel, vader trok zijn stropdas los. De ontelbare sterren boven de huizen twinkelden.

Niet voor jou, dacht ik, toen ik in de auto werd gegooid.

Ik sloeg met mijn wang tegen de koude metalen vloer en toen was er nog slechts duisternis en de dreun van de met kracht dichtgeschoven deur. Het metalige geluid echode in mijn oren.

Het was het geluid van de wereld die de deur voorgoed voor me had dichtgesmeten.

HOOFDSTUK 85

Ik zag voortdurend het beeld voor me van Pauls lichaam in het zand naast zijn auto.

Het kostte me zeker tien minuten om op te houden met bibberen en mijn spraakvermogen te hervinden.

'Waar breng je me heen?' vroeg ik toen ik me naar de voorkant van de bus had gedraaid.

Mark Ordonez friemelde onder het rijden met een zilveren ding dat op het dashboard lag. Opeens werd het busje met muziek gevuld. Oude muziek met heel veel koperblazers. In deze omstandigheden klonk ze volkomen absurd.

'Houd je van xm?' riep hij terug. 'Dit is "Fly Me to the Moon" van Bart Howard.'

Hij strekte zijn nek. Met zijn stekeltjeshaar zag hij eruit als een minder op uiterlijk vertoon gerichte, meer gedisciplineerde versie van zijn broer Victor. Het enige glimmende object dat hij droeg was een horloge, een stalen Rolex. Hoe kwam het dat hij mij nog meer angst inboezemde dan zijn broer? Er zat een drinkbeker in de houder bij zijn elleboog. Die pakte hij en hij nam er een slok uit.

'Waar gaan we heen?' vroeg ik nog eens.

'O, nergens,' zei hij. 'Ik heb een Piper op een vliegveld aan de andere kant van de grens van Connecticut in Rhode Island. Het leek me wel wat je mee te nemen op een nachtelijke vlucht. Heb je daar zin in?'

Wat me nog aan hoop restte zonk diep weg. Ik wilde huilen,

maar huilen betekende dat ik me te veel met mezelf bezighield. Het laatste wat ik op dit punt moest doen, na alle pijn en ellende die ik over iedereen die me dierbaar was had uitgestort, was inzitten over mezelf.

Er kwam een beklemmende verdoving over me toen ik aan Paul dacht. Lieve God, bad ik. Laat het weer goed komen met hem. Ik moet echt in een shocktoestand hebben verkeerd – alsof God zich ook maar iets aan mij gelegen zou laten liggen.

Ik lag zwijgend op de vloer en we reden rammelend verder.

'Ach, sodemieter op,' zei Ordonez en hij draaide de radio zachter. 'Ik zal je zeggen waar we heen gaan als jij mij eerst iets verklapt.'

Ik zag zijn koude grijze ogen die zich via de binnenspiegel in de mijne boorden.

'Vertel me maar eens waarom jij en je partner mijn broer hebben vermoord en hem vervolgens ook nog een moord moesten aanwrijven? Hij heeft die smeris niet gedood. Jij weet dat en ik weet dat. Ik bedoel, wat moet dat? Waarom godverdomme?'

Er gloorde een sprankje hoop. Ordonez dacht dat ik iets had wat hij wilde hebben. Informatie over zijn broer. Dat moest ik gebruiken om hem aan het lijntje te houden, hem uit zijn evenwicht te brengen. Ik moest dat gebruiken om mezelf van een kans te verzekeren.

'We kregen een tip van een informant,' zei ik uiteindelijk.

'Een informant?' zei hij. 'Wat praktisch voor je. Heeft die lamlul een naam?'

'Dat denk ik wel, maar ik weet hem niet,' zei ik. 'De tip kwam via Scotts team. Het gaat om iemand van jouw organisatie, dat weet ik wel. Geef me een kans en ik zal je helpen hem te vinden.'

'Nee maar,' zei Ordonez. 'Jij liegt al bijna net zo goed als Scotty deed. Hij had altijd een zwak voor pientere en lekkere meiden. Dat was op de middelbare school al zo.'

Ik tilde mijn hoofd op en keek met opengesperde ogen in de binnenspiegel.

Wat zei hij net?

'Jij kende Scott?' flapte ik eruit.

'Scotty was mijn maatje,' zei de drugsdealer met zijn ogen rollend. 'Vroeger, toen Vic en ik nog pecunia vervoerden, planden we met Scotso nepovervallen. Verdeelden we de poen van de baas. Ik tipte hem als er iets te halen viel. Hij tipte mij als ik ergens mijn fikken aan dreigde te branden.'

Ordonez lachte toen hij mijn onthutste gezicht zag.

'De avond waarvan Scott het einde niet zou halen, had ik eigenlijk een afspraak met hem. Maar die werd door hem uitgesteld. Hij zei dat hij een veelbelovend telefoontje had gehad van een lekkere rechercheur van Moordzaken. Ze woonde in Yonkers. Enig idee wie die lekkere meid was?'

Knarsetandend sloot ik mijn ogen. Wat een ongelooflijke stommeling was ik toch.

'Ja, Scott was een gladjanus van de bovenste plank,' zei Ordonez. 'Ik denk alleen dat hij op die avond met jou al zijn levens had verbruikt. Heb je jezelf nooit afgevraagd wat voor spelletje hij met jou speelde? Behalve het tussen je benen komen, natuurlijk. Want hij deed nooit iets zonder een of andere verknipte reden, dat kun je van me aannemen. Mijn maatje Scotty was de gevreesde kindermoordenaar Freddy Krueger met een politiepenning, verknipter dan de snippers in de afvalcontainer van de fröbelschool.'

Na die fraaie woorden reden we een tijdlang zwijgend verder.

'Wil je nog steeds weten waar we heen gaan?' vroeg hij even later.

Ik knikte. 'Ja, heel graag.'

'We vliegen ongeveer een uur van Providence pal naar het oosten. Enig idee waar we dan uitkomen?'

Ik schudde mijn hoofd. 'Nee, weet ik niet.'

Ordonez knipoogde in de spiegel naar me.

'De Atlantische Oceaan,' zei hij. 'Een kleine tweehonderdvijftig kilometer uit de kust. Dan – en let goed op want dat wordt geweldig – snij ik je handpalmen en voetzolen open.'

Mijn ademhaling begon gepaard te gaan met ongecontroleerd gesnik.

'Maak je geen zorgen, meisje. Niets levensbedreigends,' zei Ordonez. 'Maar dan breng ik de vliegsnelheid terug, gaan we lager vliegen en gooi ik jou uit de Piper in de diepe blauwe zee. Zie je het nu voor je? Begrijp je me?'

Ik kreeg te weinig zuurstof. Als mijn handen niet geboeid waren geweest, had ik ze tegen mijn oren geperst.

'In die situatie kun je nog precies twee dingen doen,' ging hij verder terwijl ik mijn allereerste astma-aanval ooit onderging. 'Jezelf verdrinken of proberen te overleven. Jij lijkt mij van het pittige type te zijn. Ik gok dat jij denkt dat je geluk zult hebben – een passerend schip of vliegtuig zal je in het vizier krijgen en oppikken. Alleen zal dat dus niet gebeuren.'

Ordonez nam weer een slok uit zijn beker en stelde de binnenspiegel wat bij. Hij keek me met koude ogen aan. Toen knipoogde hij weer naar me. Gruwelijk.

'Terwijl je in het water ligt te spartelen, zul je wat bloed verliezen. Daar zullen de haaien op afkomen, Lauren,' zei hij. 'Niet één, niet twee. Ik heb het over honderden haaien. Elke hamerhaai, blauwe haai, zandtijgerhaai en misschien zelfs een grote witte haai zal zich op je storten als een zwerver op een vers broodje rosbief. En dan, Lauren – ik maak geen grapje, ik wil dat je het allemaal heel precies weet – zul je de ergste dood sterven die maar denkbaar is. Alleen, in het midden van de oceaan, zul je levend worden verslonden. En mocht je je afvragen waarom, weet dan dat ik van mijn broer hield als van een… nu ja, als van een broer.'

Ordonez zette opeens de radio weer aan, waarschijnlijk om blijk te geven van de volstrekte minachting die hij voor me had.

Wat ik had gehoord kon niet waar zijn, dacht ik. Maar dat was het wel.

Frank Sinatra.

Zich niet bewust van de ironie keek Ordonez op zijn Rolex en nam nog een slok van zijn beker.

'Just the way you look…' zong hij mee met ol' Blue Eyes, zwierig met zijn vingers knippend, 'tonight'.

HOOFDSTUK 86

De volgende minuten was ik ten prooi aan een soort angstaanval. Ik lag op mijn buik op de laadvloer van het busje, onbeweeglijk als een lijk in een lijkwagen. Mark Ordonez hield een rustige snelheid aan van zo'n negentig kilometer per uur om geen aandacht te trekken.

Omdat zo nu en dan het rammelende geluid van een passerende vrachtwagen hoorbaar was, nam ik aan dat we op de I-84 richting Rhode Island zaten. Hoe lang zou het nog duren voor we bij het vliegveld zouden aankomen? Een uur?

Mijn angstaanval ebde langzaam weg. Net op tijd om te beseffen wie ik al die tijd de meeste pijn had berokkend. Ik draaide me op mijn zij en trok mijn knieën op tot mijn dijen bijna mijn buik raakten.

Wie je ook bent, zei ik bevend van verdriet tegen de baby in mijn buik, het spijt me zo. Het spijt me zo ontzettend voor jou, mijn kleintje.

Ik werd hard door elkaar geschud toen we onverhoeds naar rechts werden gedrukt.

'Hé!' schreeuwde Ordonez terwijl hij in zijn buitenspiegel keek en weer naar links zwenkte.

'Die gozer moet straalbezopen zijn. Kies een rijbaan, eikel.'

Een tweede opdonder maakte dat ik weer op mijn buik kwam te liggen. En onmiddellijk daarna klonk er een harde, knerpende dreun en kwam de wand aan de bestuurderszijde van het busje een eind naar binnen. Jezus! Wat was dat?

Een aanhoudend ratelend geluid vulde het hevig schokkende busje. Ik begreep dat we over de geribbelde strepen op het wegdek reden die daar liggen om chauffeurs die in slaap dreigen te sukkelen bij de les te houden. Het geluid was als een bizarre wekker die afliep in mijn schedel terwijl mijn voorhoofd op de laadvloer roffelde.

'Godverdomme, klootzak!' schreeuwde Ordonez en hij trapte het gaspedaal in. De motor van het busje bulderde en het ratelen en schokken hield op toen we naar links zwenkten en weer op de rijbaan zaten.

Ik gleed in tegengestelde richting en knalde als een vergeten pizzadoos tegen de wand aan de passagierszijde.

'Hé! Het is geen dronkaard,' schreeuwde Ordonez naar mij. 'De chauffeur zit onder het bloed. Ik kan het niet geloven! Hoe is het in godsnaam mogelijk. Het is je man!'

Hij trapte het gaspedaal nog verder in. De motor jankte en het busje begon vervaarlijk te slingeren door de te hoge snelheid.

'Die bleekscheet denkt dat hij heel wat is, hè? Wil je botsautotje spelen?' hoonde de dealer met een blik in de buitenspiegel.

Mijn maag keerde zich om toen ik zag dat hij zijn autogordel omsnoerde. Ik had niet eens een strohalm om me aan vast te grijpen.

'Ja, kijk maar, idiote kloothommel. Hier, pak aan, brillenjood! Zo, en wat dacht je van…'

Er was plotseling het geluid van snerpend metaal en rubber toen Ordonez op de rem ging staan.

'… wat appels!' gilde hij.

Een ogenblik lang was er slechts het schuivende geluid van mij over de vloer naar de voorzijde van de bus.

Toen werd de achterkant van de bus met een oorverdovende knal naar binnen geperst.

Ik maakte een onmogelijke handstand toen de bus naar voren schoot en vervolgens een bonkende buiklanding op de laadvloer. Er gaapte een spleet tussen de nu verwrongen achterdeuren en ik zag de rokende voorkant van wat Pauls Camry was geweest. Boven de ingedrukte motorkap en door de verbrijzelde voorruit zag ik Paul. Hij zat onder het bloed maar knipperde met zijn ogen en duwde tegen de opengeklapte airbag in zijn schoot.

Ik draaide me naar Ordonez toe en hoorde een luide metalen *klik*. Hij richtte mijn eigen Glock op mij en opende zijn portier.

'Maak je geen zorgen, Lauren,' zei hij. 'We liggen nog keurig op schema. Ben zo terug, liefje.'

Toen hij uit het busje stapte, dreunde er een gedachte als een moker door mijn hoofd.

Hij gaat Paul vermoorden! Hij gaat Paul vermoorden! Paul gaat eraan!

HOOFDSTUK 87

Ik begon te gillen. Woordloze keelklanken die mijn eigen oren martelden terwijl ik moeizaam opstond met mijn handen nog altijd op de rug geboeid.

Zonder na te denken stortte ik mezelf driest in de richting van het openstaande portier. De deuropening haalde ik lang niet, maar ik slaagde er wel in het stuur met mijn hoofd te ontwijken en kwam vervolgens ondersteboven op de vloer voor de chauffeursstoel terecht. Ongelooflijk.

De stationair draaiende motor gromde toen ik ergens achter mij het gaspedaal raakte. Ik schopte wild met mijn benen om me ergens tegen af te zetten en uit de auto te komen. Mijn voet zat vast tussen het stuur en de hendel van de automatische transmissie.

Ik bleef trappen om los te komen.

O god.

De hendel verschoof en het busje begon te rijden. De motor maakte snelheid!

Omdat ik opeens toeterende auto's hoorde en de langdurige claxonstoot van een vrachtwagen, besefte ik dat ik de weg weer op gereden moest zijn. Het was me gelukt enigszins op mijn zij te komen toen Ordonez het open portier bereikte en naar binnen sprong.

'Waar wou jij dan heen, achterlijke trut?' schreeuwde hij. Hij gaf me een klap in mijn gezicht voor hij me optilde en op de passagiersstoel kwakte. Toen stuurde hij het busje weer naar de kant van de weg.

Hij zette de motor af, trok de handrem omhoog en stak de sleutels in zijn zak voor hij weer uitstapte.

Met een gemeen lachje stak Ordonez een vinger naar me op.

'Oké, laten we het nog eens proberen,' zei hij. 'Jij blijft hie…'

Ik zou hem die zin of dat woord nooit meer horen afmaken.

De vrachtwagen die hem en de deur van het busje met de kracht van een tornado wegvaagde, was een met Chevrolet Tahoes beladen oplegger die zeker honderdtwintig moet hebben gereden.

Het ene moment stond Ordonez er nog met zijn opgeheven vinger, en het volgende moment was hij gewoon weg. Uitgewist, als bij een goocheltruc.

De beste die ik ooit zag.

HOOFDSTUK 88

Knipperend met mijn ogen keek ik de oplegger na. Hij stopte niet. Maakte niet eens aanstalten om te remmen. Het was of de chauffeur niets van het hele voorval had gemerkt. Toen het gevaarte een meter of dertig verderop was, zag ik dat er iets in het dichte struikgewas naast de weg werd geslingerd. Het portier van een busje of een drugsdealer, ik was er niet zeker van.

Misschien had God mijn gebeden toch gehoord. Of de gebeden die een ander voor me had gedaan.

Paul lag op de grond achter zijn auto, die rijp was voor de schroothoop. Ik zag zijn lichaam toen het me gelukt was uit het busje te komen. Mijn hart bonkte opnieuw in mijn keel.

'Paul, ik ben hier,' zei ik toen ik naast hem neerknielde. Ik bad dat hij geen ernstig letsel had opgelopen. Met mijn op mijn rug geboeide handen zou reanimeren niet eenvoudig zijn geweest.

'Lauren,' zei hij en hij begon te klappertanden. 'Ik zag de achterlichten verdwijnen en ik…'

'Niet praten,' zei ik.

Het bloed leek voornamelijk uit Pauls achterhoofd te komen, waar de drugsdealer hem waarschijnlijk diverse keren had geraakt. Ik hield mijn adem in toen de woorden 'subduraal hematoom' uit mijn mentale kaartenbak te voorschijn flitsten. Ik zag die term vaak als doodsoorzaak op de rapporten van lijkschouwers. Het mocht een wonder heten dat Paul bij bewustzijn was. Dat wij allebei nog in leven waren.

'Rustig blijven liggen,' fluisterde ik in zijn oor. 'Niet bewegen.'

De auto's op de snelweg schoten voorbij. En ik zat machteloos tussen het gebroken glas naast mijn man. Aan de einder doemden blauwe en rode zwaailichten op. Pauls bloed voelde warm aan op mijn benen.

'Je hebt me gered, Paul,' fluisterde ik toen zich twee politiewagens uit het verkeer losmaakten en voor ons stilhielden.

Weer, dacht ik, maar zonder het te zeggen. Je hebt me weer gered.

HOOFDSTUK 89

'Melk en suiker oké?' vroeg agent Harrington toen ze door de wachtkamer van het UConn Health Center op me af kwam lopen.

Vanaf het moment waarop zij en haar collega agent Walker mijn penning hadden gezien, was de twee niets te veel geweest. In plaats van te wachten op een ambulance, legden ze Paul achter in de politieauto en ze begonnen pas vragen te stellen toen we met honderdtachtig kilometer per uur onderweg waren naar het dichtstbijzijnde ziekenhuis. Agent Harrington leende me zelfs een paar sportschoenen die in haar sporttas in de kofferbak hadden gezeten.

'Hoe gaat het met je baby en je echtgenoot?' wilde ze weten.

'Volgens de echoscopie was alles in orde,' zei ik. 'Maar Paul heeft een hersenschudding en hij moest gehecht worden. Ze willen hem ter observatie een nachtje hier houden. De dokter denkt goddank dat het allemaal weer goed komt met hem. Dankzij jou en je partner.'

'Dat kan van die Ordonez niet worden gezegd,' zei de vrouwelijke agent hoofdschuddend. 'Ik heb nog contact gehad met de collega's ter plaatse. Ze hebben hem zo'n vijftig meter verderop tussen het onkruid gevonden. Hij werd door een truck met oplegger geschept. Ze zeiden dat hij eruitzag als een muntstuk dat op de treinrails heeft gelegen. Dat krijg je als je problemen zoekt, niet dan? Soms vind je daar een ietsje meer van dan waar je op uit was.

Maar het belangrijkste is dat jullie het er goed van hebben afgebracht. Jij en je man en jullie baby. Je gezin is veilig en dat is het belangrijkste.'

Ik keek in het zorgzame gezicht van de agente. Haar naar achteren gekamde blonde haar, de blos op haar wangen, haar levendige grijsblauwe ogen die competentie uitstraalden. Ze was misschien een of twee jaar geleden van de academie gekomen. Was ik ook ooit zo serieus en betrokken geweest? Vermoedelijk wel, dacht ik. Een miljoen jaar geleden, leek het wel. En op een andere planeet. Ik benijdde en bewonderde haar.

'Hoe is dat nou op Moordzaken in New York City?' vroeg ze met een dromerige glans in haar ogen. 'Hoe is het er echt? Anders dan in *Law and Order* mag ik hopen.'

'Geloof geen woord van wat ze zegt,' bulderde een stem achter ons. 'Ze liegt dat het gedrukt staat.'

Ik draaide me om naar een lachend gezicht dat ik al een flinke tijd niet meer had gezien. Veel te lang niet, vond ik.

Het was mijn partner Mike.

'Wat doe jij dan hier?' vroeg ik.

'Een van die lui in Connecticut heeft Keane gebeld, en hij belde mij,' zei Mike en hij gaf me een kneepje in mijn hand. 'Ik ben onmiddellijk gekomen. Die broer kwam voor jou, hè? Ongelooflijk. Wat een trip. Hij had zich beter tot het vriendelijke luchtruim kunnen beperken en ons snelwegennet moeten laten voor wat het was. Ik geloof dat ze hem onder een vrachtwagen vandaan hebben moeten halen. Gaaf werk, Lauren. Het is het beste nieuws dat ik in weken heb gehoord.'

Ik knikte. Toen begon ik eindelijk te huilen. Ik had Mike als een vijand behandeld, en nu was hij hier, mijn hand vasthoudend en me zoals altijd steunend.

'Het spijt me zo, Mike,' zei ik. 'Ik…'

'Je trakteert me op een lekker etentje?' zei Mike en hij gaf me een arm om me te helpen opstaan. 'Oké, als je erop staat.'

Al een eindje verderop in de straat van het ziekenhuis vonden we een geschikt restaurant.

'Nou, Lauren, nog iets meegemaakt de laatste tijd?' zei Mike toen we aan een tafeltje zaten. Hij had zijn humor kennelijk weer hervonden.

In de opgelaten stilte die er tussen ons heerste dronk ik van mijn koffie, die gloeiend en bitter was en daarmee veel overeenkomsten had met wat ik nu zou moeten bekennen.

Mike knipoogde naar me.

'Kom op, Lauren. Ik heb een Ordonez gedood,' zei hij zacht. 'Nu heb jij een Ordonez gedood. Als jij niet met mij kunt praten, met wie dan wel?'

Ik vertelde hem alles. Turend in mijn kopje vertelde ik hem het hele verhaal. Wat ik wist. Wanneer ik het wist. Elke verfoeilijke wending, elke abjecte verdraaiing.

Mike nam een laatste luide slok van zijn Cola Light en keek naar buiten, naar de passerende auto's.

'Weet je wat het is, Lauren?' zei hij na een tijdje.

Ik schudde mijn hoofd.

'Noem me verknipt, maar na dat alles te hebben gehoord, ben ik er in feite blij om dat het zo is gelopen. Misschien hebben zij Scott niet vermoord, maar laten we eerlijk zijn, die twee broertjes verdienden het te worden verdelgd. En als wat broeder Mark zei klopt, dus dat Scott zich met die twee had ingelaten, dan heeft ook hij godverdomme gekregen wat hij verdiende. De wegen van de Heer,' zei Mike, 'zijn inderdaad wat je noemt ondoorgrondelijk.'

HOOFDSTUK 90

Ik luisterde naar het gekletter van de borden in het restaurant. Op een rooster lag ergens iets te spetteren en te sissen. Op de tv achter de kassa kakelde een verslaggever als een gestoorde terwijl hij in Florida door rukwinden werd gegeseld.

'Dat is ook de reden waarom ik ontslag neem,' zei mijn partner opeens. 'Mijn jongste broer heeft een café in San Juan. Hij heeft me uitgenodigd naar hem toe te komen. Ik heb de papierboel al geregeld. Ik heb alle vakantiedagen opgenomen die ik heb opgespaard en vandaag was mijn laatste werkdag. Ik ben dus weg.'

'Maar...'

'Maar wat, Lauren?' zei Mike. 'Ik heb me er vol voor ingezet, maar weet je wat het is? Het is niet gelukt, dus naar de hel ermee. Als je een fout maakt in een fabriek en er raakt iemand gewond, dan verlies je misschien je baan. In ons werk is het echter zo dat je na het maken van een fout de kans loopt je baan te verliezen en in de gevangenis te belanden. En waarvoor? Voor vijftigduizend per jaar? We mogen niet eens staken. Doe me een lol. Weet je met hoeveel doden ik te maken heb gehad? Met hoeveel treurende moeders? Het is het niet waard. Ik geef de pijp aan Maarten. Hoe gaat dat nummer van Tom Petty ook weer, Lauren? "Even walls fall down".'

Weer kon ik mijn tranen niet bedwingen.

'Ja,' wist ik uit te brengen. 'En ik ben degene die de moker in handen heeft.'

Mike veegde met zijn duim de tranen van mijn wangen.

'Lulkoek,' zei hij. 'Dat ik die trekker overhaalde had niets met jou te maken.'

Ik keek hem aan.

'Niets?' zei ik.

'Nou ja,' zei hij, een kleine ruimte openhoudend tussen zijn duim en wijsvinger. 'Misschien een ietsepietsie.'

Ik stompte hem tegen zijn arm.

'Maar ik vergeef het je, Lauren,' zei hij. 'Wij zijn partners. Maar als het erop aankomt het juiste te doen voor je gezin, tja, dan worden de dingen snel erg riskant. Wie ben ik om een oordeel te vellen? Dat is voorbij. En daarom nok ik. Maar er is één ding dat me erg spijt.'

'En dat is?' vroeg ik.

'Dat ik er niet bij was om te zien hoe die eeuwige grijns van het gezicht van die adder Jeff Buslik werd gewist toen jij hem chanteerde. Ik heb altijd geweten dat er met jou niet te spotten viel, maar godbewaarme, jij vliegt ze recht naar de strot als het nodig is.'

'Of lager,' zei ik in mijn rode ogen wrijvend. 'Net wat de situatie vraagt.'

Mike tilde de fles ketchup op en maakte er een kruisteken mee.

'Je zonden zijn je nu vergeven, mijn kind. Ga heen en zondig niet meer,' zei hij en hij stond op. 'Ik meen het, Lauren. Je bent een goed mens. Vergeet dat nooit.'

'Ik zal het proberen, Mike.'

Hij bukte zich en drukte een kus op mijn voorhoofd.

'En mocht je ooit in de buurt komen van San Juan, zoek je me op. Afgesproken? Ex-partners krijgen, zelfs als ze zoals jij bij de krankzinnigste zaken betrokken zijn geweest, de hele avond gratis cocktails.'

HOOFDSTUK 91

Toen ik de volgende maandagochtend uit de douche kwam, stond Paul me al op te wachten met een kop koffie in de ene en een zachte badjas in de andere hand. 'Wat een service,' zei ik lachend. 'Bijna onuitstaanbaar. Bijna.'

'Het minste wat ik doen kon als je bedenkt wat een bijzondere dag dit is,' zei hij en hij gaf me een kus op mijn druppelende neus.

Het was een bijzondere dag, dacht ik terwijl ik als een vorstin in mijn badjas werd geholpen. Ik nam een slok van de koffie, veegde met mijn mouw de beslagen spiegel droog en keek naar mezelf.

Mijn eerste dag terug op het werk.

En de laatste dag van mijn carrière.

Ik had besloten het voorbeeld van Mike te volgen. Ik zou vandaag mijn ontslag indienen en het verder ook voor gezien houden. Het zou een uitdaging voor me worden, wist ik. Het zou onvoorstelbaar moeilijk worden eraan te wennen dat ik geen rechercheur meer zou zijn.

Maar als ik eraan dacht wat er de afgelopen weken allemaal gebeurd was, moest ik toegeven dat het hoog tijd was de grote stap te zetten.

Twintig minuten later, mijn gezicht en penning opgepoetst, gaf Paul me bij de deur van de garage opnieuw een kus.

Ook hij droeg zijn werkkleding en zag er fantastisch uit, knap als altijd. Zoals de doktoren al dachten, had hij gelukkig slechts een lichte hersenschudding opgelopen. Afgezien van de circa twintig hechtingen op zijn achterhoofd was hij weer zogoed als nieuw.

Net als ik was ook hij bezig de zaken op zijn werk af te sluiten. Alles was intussen in kannen en kruiken. We kregen de papieren van het verhuisbedrijf op vrijdag binnen. De koop en verkoop van de huizen was geregeld. Pauls nieuwe baan in Connecticut en ons leven daar zouden over zes weken beginnen.

Als we de volgende acht uren achter ons konden krijgen.

En gezien onze recente geschiedenis was dat niet bepaald een absolute zekerheid. Ik wenste Paul succes.

'Het gezin dat de carrièrejacht achter zich laat...' zei ik.

'Blijft bij elkaar,' zei Paul.

HOOFDSTUK 92

Toen ik op het bureau kwam, trof ik hoofdinspecteur Keane aan in zijn kantoor. Hij keek pas op van de sudoku in zijn *Post* toen ik de deur achter me sloot.

Zijn scherpe blauwe ogen keken me onderzoekend aan. Toen wierp hij zijn pen met kracht op de krant.

'Nee toch, hè?' zei hij. 'Niet jij ook nog. Zeg me niet dat jij ook vertrekt. Dat kan gewoon niet. Ik begrijp er niks meer van, Lauren. Eerst verliezen we een collega en nu verdwijnen er nog twee?'

'Zo zit het niet in elkaar, baas. Dat zie je echt verkeerd.'

'Alsjeblieft. Denk je dat ik gek ben? Als je inzit over Interne Zaken… Ik heb genoeg invloed en…'

'Ik ben zwanger, Pete,' zei ik.

Keane keek me aan of ik mijn pistool op zijn plafond had leeggeschoten. Hij wreef met zijn vingers in zijn ogen. Toen verscheen er, nog enigszins onwillig, een glimlach op zijn gezicht. Hij stond op, liep om zijn bureau heen en omhelsde me vaderlijk. Voor het eerst, meen ik. En waarschijnlijk voor het laatst.

'Nou, jongedame, al herinner ik me niet je toestemming te hebben verleend om zwanger te worden, mijn gelukwensen. Ik ben blij voor jou en voor Paul.'

'Dat stel ik op prijs, Pete.'

'Het is bij jullie niet probleemloos gegaan, als ik het wel heb. Dat gold ook voor Ann en mij… eh… vóór we onze tweeling… Dit is echt geweldig voor jullie. Je moet in de wolken zijn. Het zit me helemaal niet lekker dat je me hier in de steek laat, maar ik sla me er wel doorheen. Maar ik zal je goddomme wel missen. Er zal wel geen sprake van kunnen zijn dat we ons nu samen een stuk in de kraag drinken. Hoe kunnen we het vieren? Wat dacht je van een smakelijk ontbijtje?'

Mijn baas liet het door een bodega in de buurt bezorgen en we zaten de halve ochtend op zijn kantoor, en drinkend van onze koffie en smullend van onze tosti's en gebakken eieren haalden we herinneringen op.

'Nou,' zei ik achteroverleunend, 'als ik had geweten dat het zo leuk zou zijn, had ik jaren geleden al opgezegd.'

Keanes telefoon ging toen we het laatste beetje koffie opdronken.

'Ja?' riep hij in de hoorn.

'Dat is vreemd. Dat is heel vreemd. Oké, stuur haar maar naar boven. Denk ik.'

'Wie naar boven sturen?' vroeg ik met een lichte huivering in mijn stem.

'De getuige in die zaak van Scott. Hoe heet ze ook weer? Die oude lerares?'

Mijn hart en maag krompen simultaan samen.

Amelia Phelps!

Wat nu?

'Waar komt ze voor?' vroeg ik.

Keane wees met zijn scherpe kin naar de gang waar Amelia Phelps al in aantocht was.

'Je kunt je opzegtermijn van twee weken beginnen met dat uit te zoeken. Praat jij maar met haar.'

Ik stond meteen op en liep het kantoor uit om te horen wat er aan de hand was.

'Ja, mevrouw… ik bedoel mejuffrouw Phelps,' zei ik, haar met een handgebaar uitnodigend mee te lopen naar mijn bureau. 'Wat kan ik voor u betekenen?'

'Ik verkeerde in de veronderstelling dat ik gebeld zou worden om de dader te identificeren, inspecteur,' zei ze. Ze ging zitten en begon haar witte handschoenen uit te trekken. 'Maar er heeft nooit iemand contact met me opgenomen, dus dacht ik, kom, ik ga zelf wel even langs om te vragen of ik bij iets behulpzaam kan zijn.'

Ik slaakte een zucht van verlichting. Mike moest vergeten zijn haar te laten weten dat we haar verder niet meer nodig hadden.

'Het spijt me, juffrouw Phelps, we hadden u moeten bellen. Het is namelijk zo dat we de verdachte in hechtenis hebben genomen en we hoeven verder geen beroep meer op u doen. Maar ik wil u toch bedanken dat u gekomen bent. Kan ik u misschien een lift geven? Terug naar huis misschien? Dat zou geen enkele moeite zijn.'

Het was niet mijn gewoonte getuigen in mijn auto rond te rijden, maar mejuffrouw Phelps was al op jaren. Bovendien was zij de laatste oneffenheid die in deze hele beproeving nog te bedenken viel. En hoe sneller ik die had geëgaliseerd hoe beter.

'O, nou graag,' zei ze. 'Dat zou heel fijn zijn, rechercheur. Ik heb eerlijk gezegd nog nooit in een politieauto gezeten. Dank u wel.'

'Geloof me,' zei ik haar naar de uitgang leidend, 'het is geen enkele moeite.'

HOOFDSTUK 93

De rest van de dag bracht ik door met het plegen van telefoontjes naar de administratie. Of beter gezegd, ik werd door het personeel van de administratie in de wacht gezet tijdens mijn pogingen de bureaucratische details van mijn ontslag rond te krijgen.

Af en toe kwamen er collega's langs om hun verbazing over mijn toekomstplannen te uiten en me het beste te wensen. Ze stonden er zelfs op dat ik tegen vieren met hen naar The Sportsmen zou gaan, een bar in de buurt van het bureau, voor een afscheidsdrankje.

Hoewel mijn blaas weldra op barsten stond in de bar – vanwege de Cola Lights natuurlijk – was ik toch geroerd door de betrokkenheid die mijn collega's aan de dag legden.

Ze gaven me zelfs een van die banale, bovenmaatse wenskaarten, die eigenlijk door alle medewerkers van het bureau van een handtekening had moeten worden voorzien.

Ik zie je..., stond er op de voorzijde.

En binnenin: ... maar ben blij dat ik jou niet ben.

Wie had gedacht dat Hallmark over een speciale afdeling beschikte die inspeelde op de humor van New Yorkse politiemensen?

'O, jongens,' zei ik snotterend. 'Ik zal jullie ook missen. En ik zou jullie ook niet willen zijn.'

Het liep al tegen zevenen toen ik er eindelijk tussenuit kon knijpen en naar huis kon.

Dat is gek, dacht ik toen ik mijn auto op de oprit parkeerde. Ik zag Pauls auto nergens staan. Doorgaans belde hij altijd even als hij moest overwerken.

Ik klapte mijn mobieltje open om hem te bellen, maar toen zag ik iets vreemds bij het raam van de werkkamer boven de garage.

Er zat een donkere spleet tussen de jaloezieën. Terwijl ik naar het nummer van Pauls mobiele telefoon scrolde, probeerde ik me te herinneren wanneer ik die jaloezieën voor het laatst had geopend.

Ik keek weer omhoog, heel langzaam, heel nadrukkelijk en klapte toen mijn mobieltje met een klik dicht.

De spleet achter het raam was nu verdwenen.

Wacht eens even, dacht ik. Wat gaan we nou krijgen?

Mijn brein overzag op volle toeren de mogelijkheden. Konden hier misschien vrienden van de gebroeders Ordonez in het spel zijn? Kon er nog een broer zijn van wie ik niets wist?

Of misschien was ik gewoon moe en paranoïde, dacht ik. Misschien een colaatje te veel in The Sportsmen.

Ik haalde mijn Glock voor de dag en stak die op mijn rug achter de centuur van mijn rok.

Wellicht een tikkeltje overdreven, dacht ik. Maar wat had Mike ook weer gezegd? Beter mee verlegen dan om verlegen.

HOOFDSTUK 94

Ik haalde de huissleutel uit mijn zak en liep naar de voordeur. Ik probeerde zo natuurlijk mogelijk te doen. Toen ik uit het zicht was van het raam van de werkkamer, trok ik mijn pistool en ik rende naar de achterkant van het huis.

Onderzoekend keek ik naar de ramen. Alles leek in orde. Er was geen spoor van inbraak te bekennen. Gelukkig maar.

Er zat een kleine spleet tussen de gordijnen van de achterdeur. Ik gluurde naar binnen en bleef een tijdje rustig kijken. Geen enkele beweging. Niets.

Na een paar minuten begon ik me dwaas te voelen. Er was niemand behalve ik.

Maar opeens zag ik aan het einde van de gang bij de deur iets snel bewegen. Een grote schaduw die zich haastig verplaatste. Ik was er zeker van.

Shit! dacht ik en mijn hart bonkte in mijn keel. Christus! Ik voelde mijn hartslag tot in de vullingen van mijn kiezen.

Ik dacht weer aan Paul. Misschien was hij gewoon thuis. En er was iemand bij hem. Iemand die door de duisternis snelde? Wie? Waarom?

Ik moest naar binnen, besloot ik na diep adem te hebben gehaald.

Ik trok zo stil mogelijk mijn schoenen uit, ontsloot de achterdeur en draaide zo langzaam als ik kon aan de knop.

'Ssst,' hoorde ik.

Ik richtte mijn Glock in de richting van het geluid, klaar om te schieten. Plotseling floepte het licht aan.

'VERRASSING!' riepen tientallen stemmen in koor.

Godallemachtig! Het waren mijn vrienden en familieleden. Het vrouwelijke deel althans. Het was een wonder dat ik niemand overhoop had geschoten.

Ik keek met open mond naar de ballonnen, naar de in groen en geel papier verpakte presentjes, naar de stoere kinderwagen met drie wielen die in de hoek stond en die ik, voortgeduwd door een yuppieachtige, joggende moeder, al eens in het park voorbij had zien scheuren.

Het was dus een onschuldige vorm van huisvredebreuk. Goddank geen ellendig nieuws of een bittere tragedie.

Het ging om een party ter ere van mijn zwangerschap!

En te oordelen naar het aantal handen dat voor open monden werd geslagen en voor gezichten die wit waren weggetrokken, was ik niet de enige die verrast was.

Ik liet het pistool zakken dat ik op het voorhoofd van mijn bejaarde tante Lucy gericht had gehouden. Ze begon weer te ademen.

'Kijk, mammie,' verbrak het vierjarige dochtertje van mijn zus de doodse stilte. 'Tante Lauren heeft een pistool.'

'Niks aan de hand, dames,' zei Paul lachend terwijl hij naar me toe kwam en me hielp het wapen terug in de holster te stoppen. Hij omhelsde me en gaf me even tijd om te herstellen.

'Waarom heb je die party nu al georganiseerd? Ik ben pas elf weken zwanger,' fluisterde ik toen hij me een kus op mijn wang gaf.

'Ik wilde er zeker van zijn dat je vóór de verhuizing een party zou krijgen,' zei Paul om zich vervolgens tot de gasten te wenden. 'Nou, het is gelukt mogen we wel zeggen. En nu gaan we een feestje bouwen. Niks aan de hand,' herhaalde hij. 'Een gewone dag uit het leven van een politieheldin. Wie wil er wat drinken?'

HOOFDSTUK 95

De party was een groot succes geweest – iedereen had het naar de zin gehad, en ik helemaal. Ik had zulke lieve vriendinnen en zelfs mijn familieleden lieten zich van hun beste kant zien. Het leven begon eindelijk weer wat zin te krijgen. Maar toen…

'Hé, vreemdeling!' zei Bonnie Chesnik. Ze liet de menukaart vallen en stootte bijna de tafel omver toen ze me de zondag na de party midden in de Dragon Flower in Mott Street omhelsde.

Ik keek het uitbundig verlichte restaurant rond. Er bevonden zich overal troebele aquaria. Toen mijn vriendin Bonnie van de technische recherche me belde voor een gezamenlijk uitje, dacht ik eigenlijk meer aan een eetcafé en een aardappelgerecht van het huis, en misschien een paar alcoholvrije bloody mary's.

Ik staarde verbluft naar de foto van een schildpad en een kikker op de menukaart. Oef. Een zondagse brunch in Chinatown. Ik vermoed dat Bonnie nooit last van zwangerschapsmisselijkheid had gehad.

'Ik kan er nog niet over uit dat ik je afscheidsfeestje en je zwangerschapsparty heb gemist,' zei Bonnie toen we aan het tafeltje zaten. 'Er had zich iemand ziek gemeld en wie dacht je dat er moest invallen?'

'Geeft allemaal niks, Bonnie,' zei ik. 'We zitten nu tegenover elkaar en ik vind het hartstikke leuk.' Als ik het Chinese eten althans binnen zou kunnen houden.

'Zo,' zei Bonnie halverwege de dimsum. 'Er gaat dus heel plotseling een heleboel voor je veranderen. Ik had verwacht dat ze jou bij je pensioen met een hamer en een breekijzer uit je baan zouden moeten loswrikken. Ik ben natuurlijk erg blij voor jou en Paul, maar… Ik weet het niet. Ik heb gezien hoe jij je werk aanpakt, Lauren. Die glans in je ogen. Hoe onverschrokken je kunt zijn. En ik ben zeker niet de enige vrouw die zich in dit werk door jou heeft laten inspireren. Ik heb er moeite mee te zien dat je alles achterlaat en je hielen licht. Ik zie het niet voor me, jou in de rol van redderende, gedreven moeder.'

Goh, Bonnie. Dank voor je vertrouwen, dacht ik. Moest dit niet eigenlijk een aangenaam uitstapje zijn?

Plotseling legde Bonnie haar stokjes neer.

'Voor ik het vergeet,' zei ze, 'ik heb nog een cadeautje voor je.'

Bonnie haalde een grote bruine envelop uit haar tas en gaf die aan mij. Ik opende de flap.

'Heb ik nou altijd al graag willen hebben,' zei ik, kijkend naar de vellen papier en vervolgens naar haar. 'Een computeruitdraai.'

Waar sloeg dit op?

'Die envelop werd me door het FBI-lab toegestuurd,' zei Bonnie. Ze drukte haar servet een paar keer tegen haar mond en keek me toen vriendelijk maar bezorgd aan. 'Het zijn de resultaten van het onderzoek naar het DNA-materiaal dat ik op het kleed aantrof waarin Scott Thayer was gewikkeld.'

Het werd me even zwart voor de ogen toen er plotseling een soort opvlieger door mijn lijf kolkte.

Ons vervloekte picknickkleed! Ik kon me zelfs de picknick herinneren waarbij Paul het van zijn DNA-materiaal had voorzien!

We waren precies een jaar getrouwd geweest. Paul had mij en twee flessen champagne meegenomen naar het fabelachtig mooie Rockwood Hall Park in North Tarrytown. Waren we ooit gelukkiger geweest dan toen? Ik betwijfelde het. Nazomer. Champagne en krekels. En wij tweetjes. Het was de eerste keer dat we echt op mijn zwangerschap belust waren geweest.

Ik keek naar de vellen papier en vervolgens weer naar mijn vriendin.

'Waar heb je het over?' vroeg ik. 'Ik dacht dat jij zei dat je alleen Scotts bloed had kunnen vinden.'

'Na dat er te hebben afgeschraapt, ontdekte ik dat er nog een andere, oudere vlek zat. Bleek een zaadvlek te zijn. Het was net genoeg om de DNA-structuur te kunnen bepalen.'

Ik tuurde naar de pagina's en vroeg me af wat er voor nodig was om Scotts zaak voorgoed afgesloten te krijgen. Wijwater? Een zilveren kogel door zijn hart? Het met een houten pen doorboren?

En wat moest ik nu in godsnaam zeggen? Bonnie leek iets van mij te verwachten.

'Waarom heb je me dit niet eerder verteld?' durfde ik eindelijk te vragen.

'Heb ik geprobeerd,' zei Bonnie. 'Maar het was de ochtend van die schietpartij met Ordonez en ik kon je niet bereiken. Toen ik de volgende dag je baas belde, zei hij me dat ik die labgegevens door de plee kon spoelen. Ze hadden Scotts pistool op Victor Ordonez gevonden, er restte geen greintje twijfel, zaak gesloten.'

'Wat is dan het probleem?' vroeg ik.

Bonnie zuchtte diep.

'Wat kan ik zeggen? Het DNA is niet van Ordonez. En ja, dat weet ik honderd procent zeker.'

Ik probeerde in vogelvlucht alle consequenties te overzien. Ze hadden Pauls DNA! Dat zou vernietigend voor hem zijn, en voor mij. En met de baby erbij zijn dat er drie.

'Van wie is het?' vroeg ik behoedzaam.

'We weten het niet,' antwoordde ze.

God zij geloofd voor de kleine uitingen van genade, dacht ik.

Maar helaas had Bonnie nog meer te melden.

'We vonden echter een link met een andere zaak,' zei ze. 'Wat vind je daarvan?'

Wat?! Wat zou je ervan vinden als ik mezelf hier in de Dragon Flower neerknal?

Ik werd in het midden van mijn borst door een onduidelijke en weerzinwekkende angst als door een vuistslag geraakt.

'Barst los,' zei ik tegen Bonnie.

'De CODIS-gegevensbank van de FBI verzamelt DNA-profielen van alle plaatsen delict in het hele land met de bedoeling daders te identificeren. Nu is dus gebleken dat hetzelfde DNA van het zaad dat werd gevonden op de deken waarin Scott gewikkeld was, ook op een andere plaats delict is aangetroffen – bij een gewapende overval in Washington. Die vond bijna vijf jaar geleden plaats. Een zaak die nooit werd opgelost.'

De angst die intussen als een rotsblok naar mijn maag was gezakt, veranderde opeens van aanvalstactiek en verplaatste zich als een wurggreep naar mijn keel. Ik kon bijna niet meer denken en had zelfs moeite om rechtop te blijven zitten.

Nee. Dat kon niet waar zijn. Wat Bonnie vertelde betekende dat…

Dat Paul betrokken was geweest bij een andere misdaad? Een gewapende overval?

HOOFDSTUK 96

De kelner kwam en Bonnie betaalde. Ze strekte haar arm uit over de tafel en gaf me klopjes op mijn trillende handen.

'Het was niet mijn bedoeling je in één keer met al die ellende te overdonderen, Lauren,' zei ze. 'Ik was net zo geschokt als jij bent.'

Wedden van niet? dacht ik. Ik sloeg mijn ogen neer.

'Een gewapende overval in Washington?' fluisterde ik door het katoen heen dat zich plotseling in mijn mond had gevormd. 'Weet je het zeker, Bonnie?'

'De beknopte informatie die bij de gegevens van de FBI zit, maakt duidelijk dat het DNA afkomstig is van het bloed dat werd gevonden bij een gewapende overval in een hotel in Washington. Maar zoals gezegd is die zaak niet opgelost en daarom nog altijd niet afgesloten. De overeenkomst betekent dat we op twee verschillende plaatsen delict secreties hebben aangetroffen van een en dezelfde anonymus. Zaad op het kleed waarin Scott Thayer was gevonden. En bloed in een of andere hotelkamer in Washington.'

Wat hield dat in? Blijkbaar wisten ze nog steeds niet dat het om Paul ging. Alsof dat van belang was, dacht ik en ik legde mijn vermorzelde hoofd in mijn handen. Alsof er op dit punt ook maar iets van belang was.

Bonnie bleef verder praten maar ik hoorde nauwelijks wat ze zei. Ik kon alleen nog maar knikken. Het onmogelijke was net gebeurd. Voor het eerst sinds een hele tijd was het me echt gelukt Scotts zaak te laten rusten. Ik had een nieuwe kwestie aan mijn hoofd.

Bijna vijf jaar geleden had Paul een gewapende roofoverval gepleegd in een hotelkamer? Mijn brein worstelde met die gedachte maar sloeg steeds op tilt.

Want dat was onmogelijk.

Maar DNA liegt niet.

Toen ik opkeek zag ik dat Bonnie haar blik op mij gevestigd hield en op een reactie wachtte.

'En wat betekent dat allemaal?' vroeg ik alsof ik het antwoord niet wist. 'Victor Ordonez heeft Scott Thayer niet gedood?'

Bonnie keek door het raam naar de bedrijvigheid in Mott Street. Er lag een gekwelde uitdrukking in haar ogen.

'Ik weet het niet. Hoe kan ik dat weten, Lauren? Misschien heeft hij die deken gewoon van een vriend geleend, maar dat er een forse ruimte voor twijfel is gekomen is zo klaar als een klontje,' zei ze. 'En met een dergelijke twijfel kan een advocaat goede sier maken. Om van de persmuskieten nog maar te zwijgen.'

Ik keek naar de Chinese karakters die in neon voor het raam van het restaurant hingen. Een zwarte aal in het aquarium naast onze tafel sloeg met zijn kop tegen het glas alsof hij mijn aandacht wilde trekken en iets wilde zeggen. Hé, Lauren. Waarom ren je niet schreeuwend het restaurant uit? En blijf rennen tot je Bellevue bereikt hebt.

Bonnie schikte de papieren, stopte ze terug in de envelop en propte die in mijn tas.

'Maar ik ben tot de slotsom gekomen dat deze stad, Scotts vrouw en bovenal jij, Lauren, niet gebaat zijn bij het op straat gooien van die twijfel.'

Ze gebaarde naar mijn handtas.

'Daarom geef ik jou de envelop, liefje. Deze hele zaak was vanaf het begin voor alle betrokkenen volstrekt krankzinnig. Dit is mijn afscheidscadeautje voor jou. De naam en de verdere contactinformatie van de Washingtonse rechercheur vind je er-gens in de papieren terug, voor het geval je de boel ooit op eigen houtje wilt nagaan. Of je smijt alles van de eerste de beste brug. Jij mag het zeggen.'

Bonnie stond op, liep om het tafeltje heen en omhelsde me.

'Wat ik heb geleerd sinds ik bij de politie werk, is dat je altijd doet wat je kunt. Als dat soms niet genoeg blijkt te zijn, is dat niet onze fout. Lauren, je bent mijn vriendin en ik hou van je, en ik laat het aan jou. Het ga je goed en tot ziens.'

HOOFDSTUK 97

Het was enkele uren later, en donker, en ik bevond me in Battery Park, in het zuidelijkste puntje van Manhattan.

'Manhattan,' zei mijn vader altijd voor we aan de wandeling begonnen die hij drie keer in de week vanuit ditzelfde park maakte, 'is de grootste tredmolen ter wereld.'

De tochtjes die hij na zijn pensionering maakte hielden in dat hij de metro nam tot aan de laatste halte hier. Vervolgens wandelde hij naar Broadway en keek dan altijd hoeveel van de twintig betonnen kilometers van Manhattan hij kon afleggen voor hij te vermoeid raakte en zich door de metro terug naar huis liet voeren. In de tijd dat ik rechten studeerde ging ik, zodra ik daar maar even kans toe zag, met hem mee. Dan luisterde ik naar zijn verhalen over de misdaden en arrestaties die zich in de talloze straten hadden voorgedaan. Het was op een van die wandelingen met mijn vader dat ik ontdekte dat ik liever bij de politie wilde werken dan advocaat worden. Ik wilde precies zo zijn als mijn vader.

En het was hier, aan het begin van een van die wandelingen die hij in zijn eentje maakte, dat hij aan een hartaanval overleed. Alsof het zo moest zijn dat hij op de straten van de stad die hij diende en liefhad zou sterven.

Ik legde het FBI-rapport op de roestbruine reling voor me en luisterde naar het klotsen van de donkere golven tegen de betonnen pier.

Net toen ik de moeilijkste puzzel had voltooid, papa, dacht ik.

Kreeg ik nog een extra stukje aangereikt.

Het verhaal van mijn leven de laatste tijd.

'Wat moet ik doen, paps,' fluisterde ik met tranen op mijn wangen. 'Ik weet niet wat ik moet doen.'

Er waren precies twee mogelijkheden, wist ik.

Ik kon mezelf van het presentje van Bonnie ontdoen, zoals ik ook met de rest van de bewijzen had gedaan, en aan mijn nieuwe leven als gelukkige jonge moeder in Connecticut beginnen.

Of ik kon mezelf uit de ontkenningsfase ranselen en uitzoeken wat zich verdomme in mijn leven en dat van mijn mysterieuze echtgenoot afspeelde.

Ik hield de envelop boven het water.

Dit was heel eenvoudig, toch?

Ik hoefde alleen mijn vingers te ontspannen en het zou voorbij zijn.

Ik zou naar het station gaan en de trein naar het noorden nemen, waar ik werd opgewacht door veiligheid, mijn man en mijn nieuwe leven.

Een windvlaag liet de envelop in mijn hand wapperen.

Laat los, dacht ik. Laat los. Laat los.

Maar uiteindelijk begroef ik er mijn nagels in en het volgende moment drukte ik de envelop stevig tegen mijn borst.

Ik kon het niet. Ik moest dit tot op de bodem uitzoeken, ongeacht hoe moeilijk en afschuwelijk het zijn mocht. Zelfs na alles wat ik had gedaan, na alle dwaasheid, al het pijn doen van vrienden, al het uitwissen en toedekken, restte er klaarblijkelijk toch nog een vonkje van de rechercheur in mij. Misschien meer dan een vonkje.

Ik kneep mijn ogen stijf dicht. Ergens in de duisternis van het park achter mij ontwaarde ik een oude man die zijn benen strekte en zijn spieren losmaakte voor een wandeling. Toen ik me snel omdraaide om een taxi te zoeken, zag ik uit een ooghoek een gestalte die naar me knikte, met een glimlach op zijn gezicht.

HOOFDSTUK 98

Het was even na achten de volgende ochtend toen de koffiespecialiste van het Starbucksfiliaal tegenover Pauls kantoor aan Pearl Street haar wenkbrauwen optrok en me verrast aankeek.

Sjonge, dacht ik. Je zou denken dat ze nooit eerder een onverzorgde en emotioneel in de vernieling liggende vrouw aan de counter heeft gehad die om de hele bovenste plaat met gebak vraagt.

Na de verschijning van gisteren in Battery Park, had ik Paul gebeld en gezegd dat Bonnie me gevraagd had voor de gezelligheid een nachtje te blijven logeren. Daarna had ik, als de dakloze die ik nu was, tot ongeveer middernacht over Broadway gewandeld.

Ik was helemaal naar The Midtown gelopen, even ten zuiden van het Ed Sullivan Theater, waarna mijn benen verdere dienst hadden geweigerd.

Ik had nog net genoeg kracht om de twijfelachtige sprei met oranje stippeltjes van het bed te trekken en in de hoek te smijten van de bezemkast die voor een kamer moest doorgaan en waarvoor zonder blikken of blozen driehonderd dollar per nacht werd gevraagd. Ik was onmiddellijk in slaap gevallen. Een behoorlijk dure overnachting die Paul zich echter wel kon veroorloven.

Ik werd om zeven uur wakker, verliet het hotel zonder te douchen en nam op Seventh Avenue een taxi naar het zakencentrum in de stad.

Voor de eerste keer in een maand had ik een plan van aanpak. Ik wist precies wat me te doen stond.

Paul ondervragen.

Het interesseerde me niet wat ervoor nodig was. Het zou goedschiks of kwaadschiks gaan. Ik had de aanvechting gehad het telefoonboek van het hotel mee te nemen voor het geval ik de waarheid uit hem zou moeten slaan. Eén ding was zeker. Paul zou me vertellen wat er aan de hand was, met minder kon ik geen genoegen nemen.

En als hij wist hoe ik me voelde toen ik daar in die Starbucks tegenover zijn kantoor stond, zou hij ook weten dat het voor hem verstandiger was mijn eis in te willigen.

'Anders nog iets?' vroeg de koffiespecialiste toen ze het extreem calorierijke ontbijt over de counter naar me toe schoof.

'U hééft verder niets meer,' zei ik.

In een zeer ruim bemeten paarse stoel bij het raam las ik het FBI-rapport van voor tot achter.

Ik keek naar de radiogrammen – de streepjescodes van het DNA – van beide plaatsen delict tot ik er scheel van zag.

Er was geen enkele twijfel, er viel niets tegen de conclusies in te brengen. Ik hoefde niet te weten wat een 'variabel aantal tandemherhalingen' betekende of wat een 'STR-locus' in godsnaam was om te kunnen zien dat de twee DNA-profielen volstrekt identiek waren.

Ik legde het rapport neer en met een oog gericht op de draaideur van Pauls zwartglazen kantoorgebouw aan de overzijde van de smalle straat, begon ik aan mijn gooi naar het wereldrecord copieus schransen. Alcohol en nicotine konden immers niet meer. En wat zou een tot het uiterste geïrriteerde en zwangere smeris anders moeten?

Een kwartier later likte ik het chocoladeglazuur van mijn vingers en zag ik tussen het grote aantal zakenkostuums en stropdassen een man met het zandkleurige haar en de lichaamslengte van Paul het gebouw binnen gaan. Knappe kerel, dat viel niet te ontkennen. Dat was een constante van mijn echtgenoot. Misschien de enige.

Ik sloeg het laatste beetje espresso achterover, klopte mijn kleding af en greep het van een koffievlek voorziene rapport van de FBI.

Kom naar buiten met je handen omhoog, Paul, dacht ik bij het oversteken van de nog altijd in de schaduw liggende kloof van Pearl Street. Je razende, zwangere echtgenote heeft een pistool in haar tas.

Ik sloot aan bij de rij mensen die voor de beveiliging stond. Voor mij stond een medewerker van FedEx. Ik gaf mijn ogen goed de kost en er viel me iets merkwaardigs op.

Paul stond in de deuropening van een van de liften.

Daar gaan we weer, dacht ik.

Anders dan de rest van het binnenvallende financiële krijtstreepleger, was hij op weg naar de uitgang, als een zalm die tegen de stroom op zwemt, een eenzame zalm.

Ook goed, dacht ik, en ik stapte snel door de massa zijn kant op. Dat scheelde mij een tocht met de lift.

Toen ik hem genaderd was, zag ik de handbagagetas die over zijn schouder hing. En hij had een plastic tas bij zich.

Een blauwe plastic tas van Tiffany.

Ik bleef staan en zag hem naar de uitgang lopen.

HOOFDSTUK 99

Handbagage? Een tas van Tiffany? Waar ging Paul heen? Wat stond er nu weer te gebeuren? Wilde ik dat echt weten?

Ja! Toen ik hem een taxi zag aanhouden, wist ik dat ik dat aan de weet moest komen.

Zijn taxi reed weg en ik hield een volgende taxi aan.

Op het gevaar af clichématig te klinken, zei ik tegen de chauffeur, die een oranje tulband droeg: 'Volg die taxi.'

Dat deed hij. We reden naar Midtown Manhattan. Toen door de Midtown Tunnel de Long Island Expressway op.

Toen onze taxi's de Brooklyn-Queens Expressway bereikten, koos ik het nummer van Pauls mobieltje.

'Hoi, Paul. Hoe gaat het?' vroeg ik toen hij opnam.

'Lauren,' zei hij. 'Hoe was je logeerpartijtje?' Ik kon hem door de achterruit van de taxi voor ons zien zitten met de telefoon tegen zijn oor.

'Erg gezellig,' zei ik. 'Luister, Paul. Ik verveel me dood, dus ik dacht dat het misschien leuk zou zijn als ik tussen de middag naar je toe kom. Gaan we lekker lunchen. Wat vind jij? Lijkt je dat wat?'

Daar is het dan, Paul. Jouw moment van de waarheid.

'Gaat niet lukken, schat,' zei hij. 'Je weet dat het hier op maandag altijd een gekkenhuis is. We krijgen zes inkomensrapporten binnen die doorgerekend en nog eens doorgerekend moeten worden. Ik zie mijn baas nu achter zijn bureau zitten. Hij slikt de ene bètablokker na de andere. Ik ben hier vanavond tegen achten klaar, als het meezit. Het spijt me. Maar ik maak het weer goed met je, dat beloof ik. Hoe voel je je?'

Op het groene bord waar we onderdoor reden stond 'LaGuardia Airport'. Ik moest mijn hand op het spreekgedeelte van mijn mobieltje drukken om te voorkomen dat hij me hoorde snikken.

'O, goed hoor, Paul,' zei ik met een lichte vertraging. 'Maak je om mij geen zorgen. Ik zie je vanavond.' Of mogelijk eerder, schatje!

Op het vliegveld moest ik mijn penning en NYPD-pas laten zien om zonder kaartje voorbij de beveiliging te komen. Ik volgde Paul op veilige afstand naar de vertrekhal, langs de talloze kiosken, cadeauwinkeltjes en cafeetjes.

Opeens hield hij zijn pas in, ongeveer dertig meter voor mij. Hij ging zitten bij vertrekhal 32.

Ik bleef op afstand bij een reeks telefooncellen staan en had het gevoel dat er een zweer in mijn maag openbarstte toen ik zijn bestemming zag.

Washington, DC.

HOOFDSTUK 100

Het kostte me honderdvijfenzeventig dollar om een ticket voor de vlucht te bemachtigen. Wat zei ik? Het kostte Paul honderdvijfenzeventig dollar. Kon niet beter.

Vanuit het restaurant tegenover de vertrekhal deinsde ik letterlijk achteruit toen Paul incheckte voor de businessclass.

Dat was omdat de man achter de counter iets vreemds deed toen hij Paul de controlestrook van zijn ticket teruggaf.

Hij bokste amicaal met zijn vuist tegen de opgehouden vuist van Paul – alsof de twee oude maatjes waren! Wat had dat te betekenen?

Ik griste een afgedankte krant van een stoel in de vertrekhal om die eventueel voor mijn gezicht te houden als hij mijn kant op zou kijken. Maar die moeite had ik me kunnen besparen. Ik zag dat hij druk in gesprek was met de man rechts van hem – eveneens een veelvlieger, veronderstelde ik.

Als er iets goeds te zeggen viel over mijn plaats op de een na achterste rij, was het dat er geen kans op was dat Paul en ik elkaar tijdens de vlucht tegen het lijf zouden lopen. O, en ik had een handig braakzakje dat ik onmiddellijk nadat we waren opgestegen in gebruik nam.

Zwangerschap, luchtziekte en je wereld in apocalyptische vlammen zien opgaan – een hele slechte combinatie.

'Sorry,' zei ik tegen mijn zeer verstoorde, telefonerende buurvrouw. 'Vliegen met een baby in je buik is geen sinecure.'

Het lastigste deel kwam toen we in Washington waren geland. Eerst mochten Paul en de overige passagiers van de businessclass het toestel verlaten. Dus ik moest echt een sprint door de aankomsthal trekken om te zien waar hij heen zou gaan.

Maar aangekomen bij de rijen taxi's vóór de luchthaven, was er geen spoor van hem te bekennen.

Verdomme, verdomme, verdomme! Was die hele trip naar hier voor niets geweest.

Ik keerde me om en liep naar de roltrap toen ik hem uit de herentoiletten zag komen. Hij had zich omgekleed en droeg nu een spijkerbroek en een mooie blauwe trui – en hij droeg zijn bril niet meer.

Wat me ervan weerhield keihard zijn naam te roepen weet ik niet. Hij was er zo gloeiend bij dat het onwerkelijk was.

Opnieuw nam ik de roltrap naar beneden en ik bleef mijn onbetrouwbare echtgenoot volgen.

Ik moest gewoonweg uit de eerste hand weten hoe diep hij het mes in mijn rug had geplant.

Paul liep door de glazen schuifdeuren de straat op en langs de taxi's. De deuren schoven dicht en ik zag hem iets doen waardoor ik als een standbeeld bleef staan en alleen nog maar kon toekijken.

Hij opende aan de passagierszijde het portier van een glimmende, zwarte Range Rover die met draaiende motor tegen de stoeprand stond.

Op dat moment besloot ik te gaan rennen.

Toen ik net buiten was, reed de auto al weg. Een minibus moest er vol voor in de remmen en de zwarte auto schoot de linkerbaan op.

Rennend over het hobbelige trottoir spande ik me in om het nummerbord te lezen.

Het was een DC-bord met twee negens.

De rest van het nummerbord zag ik niet meer omdat ik probeerde de chauffeur in het oog te krijgen. Ik wilde zien wie, of specifieker van welk geslacht de persoon achter het stuur was die mijn man zojuist had opgepikt.

Maar de ramen waren van getint glas. Ik ontdekte dat kleine feitje even voor ik over een golftas struikelde en de gewijde grond van de hoofdstad van onze natie ruw aan mijn borst drukte.

HOOFDSTUK 101

Niet goed wetend waar ik mijn zoektocht naar Paul moest beginnen, besloot ik een bezoekje te brengen aan Roger Zampella, de contactpersoon die in het FBI-rapport stond vermeld.

Ik had hem uiteraard nooit eerder in levenden lijve ontmoet. Hij bleek een grote, goedgeklede Afro-Amerikaan met een lach die oogverblindender was dan de gepoetste clips van zijn gespikkelde bretels.

Toen ik hem vanaf de luchthaven belde, nodigde hij me onmiddellijk uit naar zijn kantoor te komen op het bureau aan Idaho Avenue. Hij stond juist op het punt aan zijn vroege lunch te beginnen toen ik daar arriveerde.

'Bezwaren als ik tijdens ons gesprek een hapje eet, rechercheur?' vroeg hij, terwijl hij zijn van roze en groene strepen voorziene stropdas over zijn schouder wierp. Hij frommelde een servet onder de witte boord van zijn tweekleurige overhemd en tilde met een zwierig gebaar een bruine papieren zak op zijn bureau.

Er glipte een kleine appel uit en een mueslireep ter grootte van een gebruikt stuk zeep.

Hij schraapte zijn keel.

'Mijn vrouw,' legde hij uit terwijl hij het papiertje dat om de reep zat met zijn tanden openscheurde, 'heeft de uitslag gezien van mijn laatste cholesteroltest. Die bleek gevaarlijk hoog. U zei aan de telefoon dat u met mij wilde spreken over een roofoverval? Ik had u direct moeten zeggen dat ik tegenwoordig op Moordzaken werk.'

'Het gaat om een zaak van bijna vijf jaar geleden,' zei ik. 'Ik vroeg me af of u zich daar misschien nog iets van herinnert. Het nummer van de zaak is drie-zeven-drie-vier-vijf. Een gewapende overval in het Sheraton Chrystal City Hotel in Arlington in Virginia, aan de overzijde van de rivier. De dader...'

'Liet wat bloed achter,' zei rechercheur Zampella zonder enige aarzeling. 'De zaak van de kaartjeshandelaar, ik herinner het me.'

'U hebt een uitstekend geheugen,' zei ik.

'Helaas is het zo dat je de onopgeloste zaken nooit vergeet,' zei hij.

'U zei iets over een kaartjeshandelaar?'

Zampella snuffelde aan de mueslireep voor hij er voorzichtig een hapje van nam.

'Het Sheraton, dat is het hotel in de buurt van Reagan National Airport, bood plaats aan de jaarlijkse conventie van NCAA-rugbycoaches,' zei hij kauwend. 'Alle grote schoolcoaches en assistent-coaches krijgen elk jaar gratis kaartjes voor de halve finale. Die kaartjeshandelaars – ordinaire speculanten als je het mij vraagt – gaan naar het hotel en kopen de kaartjes op. Ze betalen contant. Dat is uiteraard illegaal, maar we hebben het over talentscouts die er niet om bekendstaan het erg nauw met wetten en regels te nemen.'

'Om welke bedragen gaat het daarbij?' vroeg ik.

'O, dat zijn forse sommen,' zei Zampella. 'Voor sommige wedstrijden kom je uit op zeker duizend dollar per kaartje.'

'En er was een roofoverval?'

Zampella nam nog een klein hapje, had er vervolgens schoon genoeg van en propte de rest van de reep helemaal in zijn mond. Hij kauwde twee keer, slikte en schraapte zijn keel.

'Een van die handelaars was hier kennelijk al enkele nachten voor de conventie,' zei hij. 'En iemand moet er lucht van hebben gekregen wie hij was en beroofde hem van zijn koffer met geld.'

'Heeft u een signalement?' vroeg ik. 'Of iets anders?'

Zampella schudde zijn hoofd.

'De dader droeg een skimuts.'

Een skimuts? Nee maar, Paul was echt origineel. En knettergek, natuurlijk.

'Waar kwam het bloed vandaan? Heeft iemand dat uitgevogeld?'

'Toen de handelaar de koffer overhandigde, bedacht hij zich en sloeg er de dief mee tegen zijn kin. De dief moet hebben gebloed als een rund. Het tapijt zat er vol mee.'

'En wat heeft de dader toen gedaan?'

'Hij haalde een pistool voor de dag en dreigde dat hij de handelaar overhoop zou schieten. Toen heeft die laatste zijn verzet maar opgegeven.'

'Om hoeveel geld ging het?'

'Een half miljoen, misschien meer. De handelaar had het over iets van zevenduizend dollar, maar dat zei hij alleen om geen problemen te krijgen met de fiscus, of misschien met de maffia. Die kerel handelde op grote schaal in kaartjes.'

'Verdachten?' vroeg ik.

'De bloedsporen brachten ons niet verder. We hebben diverse gasten ondervraagd. Er waren ongeveer tweeduizend mensen op de conferentie die avond. En wij waren niet van plan de wereldbrand te ontketenen voor een of andere gladde, waarschijnlijk door de maffia aangepakte kaartjeshandelaar die tegenover ons de ene leugen op de andere stapelde. We deden het volgens het boekje en gingen, zoals dat nu eenmaal gaat, over tot de orde van de dag en vergaten de hele zaak. Tot op dit moment dan. Wat gaat u doen? Nieuw materiaal verzamelen om het onopgeloste mysterie weer op de kaart te zetten?'

'Het is eerlijk gezegd een persoonlijke kwestie,' zei ik. 'Een vriend van mij, een juwelier, werd vorige maand in een Midtown Manhattan-hotel met een pistool bedreigd en beroofd. Toen ik me in het voorval verdiepte, herinnerde ik me iets van de zaak die zich hier had afgespeeld. U beschikt niet toevallig over een kopie van het hotelregister?'

'Daar heb ik een kopie van in het archief gestopt,' zei Zampella op zijn horloge kijkend. 'Maar het is al... nou? Vijf jaar geleden? God mag weten waar dat dossier nu begraven ligt.'

'Ik weet dat ik het u erg lastig maak,' zei ik. 'Maar denkt u dat u een paar mensen zou kunnen bellen om het voor mij op te graven? Natuurlijk pas na de lunch waarop ik u wil trakteren. In Washington is een Morton's gevestigd, toch?'

Zampella keek naar zijn appeltje. Hij stond op, nam zijn krijtstreepcolbert van de rugleuning en trok het aan.

'Sterker nog,' zei hij, 'er zit er hier in Arlington een.'

HOOFDSTUK 102

Twee uur en twee filets mignon met gebakken aardappeltjes later keerden we terug naar Zampella's kantoor en kon ik het hotelregister bestuderen waar ik zo om verlegen had gezeten.

Dacht Zampella's vrouw dat haar man hartproblemen had? Toen ik het bovenste gedeelte van de tweede pagina bekeek, had ik behoefte aan een defibrillator en een shot adrenaline.

Daar stond het, zwart op wit: Paul Stillwell.

Ik had het gevoel dat de grond onder mijn voeten wegzonk. Zelfs na alle bewijzen die ik al had, hoopte ik nog steeds dat op het laatste moment zou blijken dat er een misverstand in het spel was. Maar hier werd het tegendeel nog eens bevestigd. Steeds meer bewijzen van Pauls, ja wat? Waanzin? Geheime leven?

Ik kon het niet geloven. Paul had echt een handelaar van een half miljoen dollar beroofd?

En ik had het achterhalen van de geheime zaakjes van Scott Thayer al verschrikkelijk gevonden. Wat was er toch in godsnaam mis met mannen? Waren ze allemaal krankzinnig geboren?

Nee, antwoordde ik mezelf. Niet allemaal. Alleen degenen die zo ongelukkig waren mij te leren kennen. Of andersom.

Ik dacht aan de Range Rover en aan de tas van Tiffany, en aan het feit dat Paul in Washington geen bril droeg.

Ik draaide me naar Zampella die achter zijn bureau zat te soezen. Hij had een martini gedronken bij zijn biefstuk.

283

'Zou je me nog één pleziertje kunnen doen, Roger? Eentje nog en dan ben ik weg.'

'Voor de draad ermee,' zei hij.

'Ik ben op zoek naar de bezitter van een Range Rover. Een nummerbord van hier beginnend met negenennegentig.'

'Nog meer onopgeloste zaken, zeker? Oké, kun je krijgen. Maar dit moet, ondanks de aansporingen van hogerhand dat de verschillende politiekorpsen beter moeten samenwerken, de laatste gunst zijn. Mijn meerdere kan elk moment terugkeren van een districtsvergadering. Er is hier verderop in de straat een boekhandel. Het is misschien een goed idee daar wat leesvoer te kopen. Ik zie je dan over uurtje terug.'

Dat werd eerder een halfuurtje. Ik zat voor het tijdschriften-rek en bladerde door een *Vanity Fair* toen Zampella me op mijn schouder tikte.

'U hebt iets laten vallen, mevrouw,' zei hij. Hij gaf me een envelop en knipoogde naar me voor hij zich omdraaide en verdween.

Ik haalde het vel papier uit de envelop. Er stonden twintig auto's op de lijst. Ik ging met mijn vinger langs de namen van de eigenaars, speurend naar Stillwell.

Tevergeefs. Ik ging de lijst nog eens na, langzamer nu. Weer niets.

Ik wreef in mijn vermoeide ogen. Wat had ik te verliezen? Het was de moeite van het proberen waard.

Ik ging het café van de boekhandel binnen, zocht een tafeltje en haalde de lijst met de hotelgasten te voorschijn. Een voor een vergeleek ik elke bezitter van een Range Rover met de lijst van het hotel. Ik was daar misschien een kwartier mee bezig voor ik, met een vreemde tinteling in mijn maag, een overeenkomst vond.

Veronica Boyd. 221 Riggs Place.

Veronica? dacht ik ziedend. Ik wist het! Een vrouw! Paul, god-verdomde stronthoop!

Ik sprong op van mijn stoel en liep snel naar de uitgang. Ik moest een auto huren en eens een beetje gaan surveilleren.

Het was de hoogste tijd om precies uit te zoeken wat Paul had gedaan en vooral ook wie er verder bij betrokken waren.

HOOFDSTUK 103

Het huis was een curieus stenen gebouw, bescheiden maar wel in een dure buurt ten noorden van Dupont Circle. De kleurige vlaggen aan de puien van de koffiecafeetjes en restaurants die in de oude statige gebouwen waren gevestigd, deden me sterk aan Greenwich Village denken, in elk geval aan het door yuppies bevolkte deel.

Vanuit mijn gehuurde Ford Taurus die ik op de hoek had geparkeerd, hield ik mijn ogen gericht op de glanzende zwarte voordeur van 221 Riggs Place.

Ik zag zo op het oog nergens een zwarte Range Rover tussen de andere auto's die aan beide kanten van de smalle laan geparkeerd stonden.

Kijk eens aan, dacht ik, turend naar de van luiken voorziene ramen van de bovenverdieping van het huis. In zijn geheime leven leek het Paul aan niets te ontbreken.

Maar was dit zijn huis? Ik wilde dat het niet zo was. Als ik ergens volledig naast wilde zitten, was het dat wel.

Laat er alsjeblieft een goede verklaring voor zijn, Paul. Iets waarmee ik kan leven.

Een uur later stond ik op het punt een rondje te gaan rijden en een toilet te zoeken, maar eindelijk ging de deur open. Niemand minder dan Paul kwam, met de blauwe tas van Tiffany in zijn hand, de stenen stoep voor het huis af.

Hij drukte op het knopje van de sleutel in zijn andere hand. De lichten van een groene Jaguar cabriolet gloeiden twee keer op.

Dat was niet erg fair, dacht ik, terwijl ik de neiging moest onderdrukken om de huurauto van opzij in de Jaguar te boren. Waarom hadden wij het in ons leven zonder Jaguar moeten stellen?

Ik volgde Paul door het middagverkeer. We draaiden 14th Street op en passeerden een reeks letterzijstraten, S Street, R. Ik volgde Paul links Q Street in, bij de volgende kruising rechts 13th Street in. Vervolgens kwamen we via een rotonde in O Street uit. Ik zag dat hij stopte op een parkeerplaats voor een met klimop begroeid gebouw.

'THE CHAMBLIS SCHOOL', meldde het koperen bord aan de muur naast de ingang. Dat voorspelde weinig goeds. Dit was zeker niet de gelukkige afloop waarop ik had gehoopt.

Ik parkeerde de Ford bij een brandkraan en had het gevoel in trance te zijn toen ik Paul met de Tiffanytas uit de Jaguar zag stappen.

Veronica Boyd was dus een lerares? Ik zag haar al helemaal voor me. Een tikkeltje snobistisch, klein, blond. En jong, niet te vergeten. En heel aantrekkelijk, natuurlijk.

Was dat waar het allemaal om draaide? Ik voelde razernij opkomen. Weg met de oude en hup een nieuwe?

Ik zag Paul drie minuten later naar de Jaguar teruglopen.

Droomde ik?

Jong was ze zeker.

Een meisje van drie of vier jaar, in een trui met Schotse ruit, hield haar armen om Pauls nek. Hij sloot zijn ogen, knuffelde haar en opende toen de tas. Het kleine meisje haalde er een witte teddybeer met een zilveren halsband uit. Ze lachte en gaf de beer een kus.

Paul nam haar op zijn arm en zette haar voorzichtig in de auto.

Ik was nog altijd als verlamd toen hij de zoemende Jaguar behoedzaam langs de personenauto's, suv's en Hummers manoeuvreerde van de andere ouders die hun kind van school kwamen halen. Op de hoek stond hij even stil. Het meisje keek mijn kant op.

Mijn longen weigerden dienst. Geen inademen. Geen uitademen.

Ik herkende de kaarsrechte neus, de blauwe ogen, het zandkleurige haar. Het meisje was even mooi als Paul knap was. De overeenkomsten waren verbluffend.

Ik kon het absoluut niet geloven. De pijn was onwerkelijk, onvoorstelbaar voor iemand die het niet zelf onderging, een openhartoperatie zonder verdoving.

Het was allemaal nog duizend keer erger dan ik had kunnen vermoeden. Bestond er een grotere wreedheid?

Een kind, dacht ik.

Paul had een kind.

Zonder mij.

HOOFDSTUK 104

Ik keerde net op tijd terug bij 221 Riggs Place om Paul het huis weer uit te zien komen met zijn dochtertje en een kinderfietsje met zijwieltjes. Ik schudde ironisch mijn hoofd toen hij het lachende meisje op het zadel zette en haar over het trottoir duwde.

Op naar de speeltuin, dat kon niet missen. Ik had altijd geweten dat Paul een geweldige vader zou zijn.

Toen ze uit het zicht waren, stapte ik uit de Taurus en liep naar de stoep van het huis. Ik heb hier nog één ding te doen, dacht ik toen ik de trappen werktuiglijk beklom en aanbelde. Nog een laatste detail dat geregeld moest worden.

Ik moest schoon schip maken met de laatste overblijfselen van mijn hart.

'Ja?' zei de vrouw die de deur opende.

Ze was blond, dat wel, maar ze leek me geen snob. En ze was evenmin klein. In elk geval niet qua borstomvang. Ze was ongeveer van mijn leeftijd, maar dat maakte het er allemaal eerlijk gezegd niet beter op. Ik bestudeerde haar enigszins slordige make-up, en de manier waarop haar strakke zwarte rok in haar buik sneed. Het leek erop dat ze recentelijk een paar kilo's was aangekomen.

Een aantrekkelijke vrouw die als dertiger wanhopig de strijd aanbindt tegen de eerste hatelijke tekenen van de veertiger. Welkom bij de club.

Ik keek in haar donkerbruine ogen onder de blonde plukjes

haar, een pijnlijke botsing van licht en donker. Toen ik haar parfum rook, trok er iets kouds door mijn maag. Als een scheermes.

'Veronica?' zei ik uiteindelijk.

'Ja,' zei ze opnieuw. Het was me onmiddellijk opgevallen dat ze een accent had. Texaans misschien, in elk geval een zuidelijk accent.

Ik hield haar mijn penning voor.

'Ik ben rechercheur Stillwell,' zei ik. 'Zou ik u even kunnen spreken?'

'Waar gaat het over?' zei ze gespannen en zonder zich te verroeren. Ik kon niet zeggen of ze wist wie ik was of gewoon een hekel had aan politiemensen.

Ik haalde de uitdraai van de Verkeersdienst te voorschijn die ik van Zampella had gekregen.

'Bent u in het bezit van een zwarte Range Rover uit 2007?' vroeg ik de blonde vrouw. Pauls andere echtgenote?

'Ja,' zei ze. 'Wat is daarmee?'

'Ik onderzoek een zaak waarbij er sprake is geweest van doorrijden na een aanrijding. Zou ik misschien even binnen mogen komen? Het zal niet lang duren.'

'Waarom zou een rechercheur uit New York in Washington een geval van doorrijden na een aanrijding willen onderzoeken?' vroeg ze terwijl ze onbeweeglijk in de deuropening bleef staan.

Daar had ik al een antwoord op bedacht. 'Neemt u me niet kwalijk, dat had ik even moeten uitleggen. Mijn moeder was drie dagen geleden hier met een groepje van de kerk. Zij was het slachtoffer. Als het een probleem voor u is, ga ik nu gewoon weer en laat ik uw auto in beslag nemen.'

'Komt u dan maar binnen,' zei ze opzijstappend. 'Er moet een vergissing in het spel zijn.'

Er hing een caféspiegel in de hal met daaronder een tafeltje vol koffiekringen. De stijl was eigentijds en redelijk smaakvol. De kamers waren zonnig en knus.

Ze ging me voor de keuken in waar ze voor apparatuur had gekozen die op de jaren zestig waren geïnspireerd. Een roze mixer lag naast een zak bloem op een in het kookeiland geïntegreerd hakblok. Was ze bezig de avondmaaltijd voor te bereiden voor Paul? Wat een lieverd.

'Mijn dochter Caroline is vandaag vier jaar geworden en om te voorkomen dat de wereld zal vergaan, ben ik bezig met het bakken van een verjaardagstaart,' zei Veronica en ze keek me recht aan.

De wereld is al vergaan, wilde ik zeggen toen ik mijn blik afwendde.

'Koffie?' vroeg ze.

'Heel graag,' zei ik. 'Dank u wel.'

Ze opende en sloot een kastje boven de gootsteen en ik stond daar met een licht hoofd en vechtend om op de been te blijven. Wat deed ik hier in godsnaam? Waar hoopte ik op?

Verderop in de gang zag ik een aantal schappen waarop diploma's en foto's prijkten.

'Mag ik even gebruikmaken van het toilet?' vroeg ik.

'In de gang aan uw rechterhand.'

De muren van de gang leken op me af te komen toen ik Paul op een van de foto's zag. Hij bevond zich op een zonnig strand met Veronica en het kleine meisje dat toen misschien een jaar oud was. Opspattende golven, zand als poedersuiker. Het volgende kiekje was van Veronica en Paul, mama en papa, hun wangen tegen elkaar gedrukt, met rode ogen en de lichtjes van een stad twinkelend op de achtergrond.

De derde foto raakte me als een kartelmes tussen mijn ogen. Een halfnaakte Veronica in een open ochtendjas, Paul die zijn kin op haar schouder laat rusten en zijn handen beschermend om haar hoogzwangere buik houdt.

Toen ik mijn ogen naar de vierde en laatste foto liet glijden, ontplofte er in mijn schedel een bom van duizend megaton. Paul, smerige hufter.

Opeens hoorde ik Veronica's ademhaling vlak achter mij.

'U bent hier niet vanwege een of andere aanrijding,' zei ze gedecideerd.

Ik keek nog even naar hun trouwfoto, met droge ogen. Die was op hetzelfde strand genomen als de eerste foto. Er was een geestelijke. Witte bloemen in Veronica's blonde haar. Paul in een zijden hemd zonder stropdas. Lachend. Stralend zelfs.

Ze sprong wijselijk opzij toen ik naar de voordeur strompelde.

HOOFDSTUK 105

Het was allemaal voor niets geweest! Niet alleen alles wat er in de afgelopen maand was gebeurd – mijn hele huwelijk.

Die gedachte zoemde als een hoogspanningsleiding door mijn hoofd terwijl ik in de richting zwalkte die Paul was opgegaan met de kleine meid, Caroline.

Het achterhouden en verdoezelen dat ik had gedaan. Het beschamen van vriendschappen. Het naar de knoppen helpen van mijn carrière. Had ik niet zelfs de officier van justitie afgeperst?

Ik hield mijn handen voor mijn mond.

In feite had ik helemaal niets meer.

Ik ging de hoek om. Aan de overkant van de drukke straat was een soort park.

Ik zag een trio straatmuzikanten en enkele oudere mannen die onder de bomen zaten te schaken. Andere mensen wandelden over het pad of luierden in de buurt van een grote witte fontein. Alles werd door zonlicht bespikkeld, zoals op die beroemde Renoir die je in elk kunstboek kunt vinden.

Toen ik langs de fontein liep, zag ik Caroline op een schommel en Paul die haar duwde. Hij hielp het meisje van de schommel af en liep met haar aan de hand naar de zandbak toen ik het ijzeren hekwerk bereikte. De twee leken erg gek op elkaar.

Ik liep naar de andere kant van de speeltuin en bleef enkele meters achter de bank staan waar Paul op was gaan zitten. De kleine meid rende van de zandbak naar hem toe.

'Pappie, pappie!' riep ze.

'Ja, schat?' zei Paul.

'Mag ik iets drinken?'

Paul haalde een pakje vruchtensap uit het mandje van de fiets. Ik voelde het in mijn maag toen hij het rietje door de folie drukte. Hij knielde voor haar neer en omhelsde haar opnieuw.

Ik kon de vreugde voelen die van Paul afstraalde. Hij liep opnieuw met zijn dochtertje naar de schommels.

Even later keerde hij terug naar de bank.

Ik liep naar hem toe en vroeg: 'Is deze plek bezet?'

HOOFDSTUK 106

Paul verstijfde.

Op zijn gezicht stond geschoktheid, vrees, verontrusting en smart te lezen. Een ogenblik leek het of hij weg wilde duiken en het op een lopen zou zetten.

In plaats daarvan liet hij zich op de bank zakken en verborg hij zijn hoofd tussen zijn knieën.

Wrijvend over zijn slapen vroeg hij op kalme toon: 'Waar wil je dat ik begin?'

'Eens kijken,' zei ik met mijn wijsvinger tegen mijn onderlip tikkend. 'Er zijn zo enorm veel mogelijkheden. Wat dacht je van de eerste keer dat je me bedroog? Misschien rond de tijd dat je een kaartjeshandelaar in het Sheraton beroofde? Of nee, nee, nee. De dag waarop je stiekem bent getrouwd. Nee wacht, ik weet het al. Vertel me maar over de tijd waarin je zonder mij vader werd!'

Er rolden bijtende tranen over mijn wangen.

'Ik was onvruchtbaar en jij wilde met alle geweld een kind? Was dat het? "Het spijt me, Lauren, steriel misbaksel. Ik moet me voortplanten en voorzie me achter jouw rug om, en via een andere vrouw, wel van nakomelingen"?'

'Zo was het niet,' zei Paul. Hij richtte zijn blik op mij en vervolgens op zijn dochtertje. 'Ze was een ongelukje.'

'En jij denkt dat dat er ook maar iets toe doet?' zei ik met een van woede vertrokken gezicht.

Paul veegde zijn tranen weg en keek me aan.

295

'Wees even stil,' zei hij, terwijl hij opstond. 'Dan zal ik je vertellen hoe het zit. Ik wil je alles vertellen.'

'Wat attent van je,' zei ik.

Paul pakte de kinderfiets en liep ermee naar een groepje kindermeisjes dat iets verderop zat. Hij sprak met een van hen en keerde zonder het fietsje terug.

'Imelda werkt voor onze buren. Zij neemt Caroline straks mee terug. Zullen we een eindje gaan lopen en wat praten. Ik wist dat dit ooit zou gebeuren.'

Ik schudde mijn hoofd. 'Ik niet.'

HOOFDSTUK 107

'Het is bijna vijf jaar geleden,' zei Paul toen we over het pad liepen.

'Ik trok aan het kortste eind op die onzinnige analistenconventie in Washington, weet je dat nog? Ik was geïrriteerd. Het ging niet echt fijn tussen jou en mij… Hoe dan ook, ik was in de lounge van het Sheraton, fraaie kamer, gezellige bar, en ik probeerde de gedachten aan de zoveelste bespottelijke vergadering weg te drinken. Plotseling stormde er een luidruchtige, dronken idioot binnen die eiste dat de tv op de sportzender werd gezet.'

'Ik wil dat je me over je geheime gezin vertelt, Paul. Op een dom hotelbarverhaal zit ik niet te wachten,' bitste ik.

'Daar kom ik zo op,' zei Paul. 'Bij elke vrije trap en elk doelpunt sloeg die kerel een glas cognac achterover. Halverwege de eerste helft had hij er al acht of negen achter zijn kiezen en korte tijd later braakte hij de hele bar onder.

De kots kwam er met stralen uit! Toen de barkeeper hem de bar uit smeet, keek ik recht in het gezicht van Veronica die aan de andere kant naast die schreeuwlelijk had gestaan en die net als ik verbijsterd was. Ik zei: "Laten we blij zijn dat hij niet tot en met de huldiging is gebleven." Zo hebben we elkaar leren kennen.'

'Goh, dat is erg lief en erg grappig,' zei ik sarcastisch. 'Je had het die avond helemaal, hè?'

Paul keek me aan.

'Ik kan gaan bekvechten of ik kan het uitleggen. Niet allebei.'

'Of een trap in je ballen krijgen,' zei ik. 'Die was je nog vergeten.'

'Zal ik verdergaan, Lauren?' vroeg hij.

'O, heel graag,' zei ik. 'Ik kan niet wachten de rest van dit adembenemende verhaal te horen.'

'Nou, waar het op neerkomt is dat zij me uitnodigde een drankje met haar te drinken. Het was volkomen onschuldig, ik zweer het je. Ik was nergens op uit. Ik verwacht niet dat je me gelooft, maar het is de waarheid. Na een paar drankjes, waarbij we elkaar onze levensgeschiedenissen vertelden, kwam er een corpulent mannetje binnen.

Veronica keek een tijdje onderzoekend naar hem en zei toen dat ze hem kende. Bleek dat Veronica cheerleader was geweest bij de Tampa Bay Buccaneers.'

'American football?' zei ik, mijn hoofd een beetje schuin houdend. 'Dat is grappig. Ja, vanwege die basketballen onder haar truitje zou ik eerder aan de NBA hebben gedacht.'

'Ze had vroeger iets gehad met een assistent-coach van de Buccaneers,' ging Paul verder, 'en ze vertelde dat die man aan de bar van haar toenmalige vriend Super Bowlkaartjes had gekocht en dat die gedrongen man een grote speler was in het domein van de illegale handel in kaartjes. Ze wees op het koffertje dat de man bij zich had en zei dat die waarschijnlijk vol briefjes van honderd zat. We dronken nog wat en praatten over wat wij zouden doen als wij schandalig rijk zouden zijn. Uiteindelijk stond Veronica op om naar haar kamer te gaan.'

Paul bleef staan en keek me strak aan.

'Weet je zeker dat je dit wilt horen?'

'Wil je mijn gevoelens nu opeens sparen?' zei ik. 'Natuurlijk wil ik de clou horen.'

Paul knikte alsof hij werd gefolterd.

'"Ik daag je uit," fluisterde ze in mijn oor. "Kamer twee nul zes." En weg was ze.

Ik ging weer zitten en bestelde nog een whisky. Drie glazen

later zag ik de gedrongen man opstaan en zijn koffertje pakken. Ik liet hem rustig vertrekken, maar opeens stond ik op om hem te volgen. Gewoon bij wijze van grap, hield ik mezelf voor. Ik moest er niet aan denken iemand te beroven, maar ik volgde hem wel naar zijn kamer.

Ik weet niet wat er toen met me gebeurde. Ik was dronken, verward, alleen en opgefokt tegelijk. Een paar minuten later klopte ik bij die vent aan en zodra hij de deur opende, gaf ik hem een dreun voor zijn harses.'

Paul en ik sprongen allebei opzij toen er een fietskoerier tussen ons door snelde.

'Zo kan het niet gegaan zijn,' zei ik. 'In het rapport staat dat jij een pistool had.'

Paul schudde zijn hoofd.

'Nee, ik had alleen mijn vuisten. Die kerel zal dat verzonnen hebben om niet als een lulletje rozenwater te worden gezien. Hij was sterk. Hij sloeg me een bloedneus, maar ik was te bang om te verliezen. Ik bleef op hem inslaan tot hij neerging. Daarna heb ik het koffertje gepakt en ben ik weggerend.'

'Naar twee nul zes?' zei ik.

'Naar twee nul zes,' zei Paul met een stuurs knikje.

HOOFDSTUK 108

Ik strompelde over het pad als de enige overlevende van een terroristisch aanslag. Ik herinnerde me de fase waarin ons huwelijk destijds verkeerde. Die was niet best geweest. We hadden net te horen gekregen dat het niet voor ons was weggelegd kinderen te krijgen. En we hadden een jaar achter de rug waarin seks meer een wetenschappelijk experiment was geweest dan iets anders. Paul had zich met plastic potjes op de toiletten van de ene na de andere specialist moeten vernederen. Allemaal voor niets.

We reageerden onze frustraties destijds op elkaar af. We spraken er niet openlijk over, maar ik zag het nu allemaal levendig voor me. Dat was wat er in die tijd was gebeurd.

Het maakte me nu allemaal niks meer uit.

Ik bleef opeens staan en gaf Paul een klap. Een harde klap! Zo hard als ik kon!

Over zijn kin wrijvend zei hij: 'Zal ik verdergaan?'

'Goed geraden,' zei ik.

'Ik werd de volgende ochtend wakker en had aanvankelijk geen idee waar ik was en wat er de vorige avond gebeurd was. Op het tafeltje lagen twee keurige stapels biljetten van honderd dollar. Veronica zat in een badjas op een stoel en schonk koffie. Een kwartier later verliet ik haar kamer met vierhonderdduizend dollar in een sporttas.'

Ik schudde mijn hoofd. Ik sliep toch zeker? Ik moest dromen.

Nee, besefte ik, ik tripte. Ergens in de loop van deze bizarre dag moest ik gedrogeerd zijn. Ik wreef in mijn ogen. Paul gaat op zakenreis en pleegt een roofoverval?

Ik stelde de volgende logische vraag. 'Wat heb je met het geld gedaan?'

'De Kaaimaneilanden,' zei Paul. 'Een vriend van mij van de verkoopafdeling ging daarheen. Hij heeft de boel voor me opgezet. Als er een goede kant aan dit alles zit, is het dat wel. Ruim vier jaar van uiterst agressief investeren later zaten we op iets meer dan één komma twee miljoen.'

Ik probeerde me een voorstelling te maken van die toch tamelijk forse som, maar erg goed wilde dat niet lukken.

Paul ging verder: 'Drie maanden na de geldroof kreeg ik een telefoontje dat mijn bloed deed bevriezen. Het was Veronica. Ze vertelde me dat ze zwanger was. Ik wist eerst niet hoe ik het had. Ik zei tegen haar dat ik een vaderschapsonderzoek wilde, dat ik mijn advocaat wilde spreken, maar zij verzekerde me dat ik geen enkele reden had om door het lint te gaan en dat zij er niet op uit was mij te grazen te nemen. Ze wilde gewoon aardig zijn. Ze vond dat ik moest weten dat ik de aanstaande vader was van een dochter. Wat ik verder wilde doen was aan mij.

Dus ik beraadde mij en deed lange tijd niets, maar uiteindelijk ben ik naar haar toe gegaan om Caroline te zien. Van het een kwam het ander, en… Nou ja… één dag in de week neem ik het vliegtuig naar Washington en word dan pappa.'

'En dat is de afgelopen vier jaar al zo?' vroeg ik. 'En op je werk weten ze er ook van?'

'Nee,' zei Paul, 'ik heb dan mijn thuiswerkdag.'

'En hoe zit het met Veronica? Moet ik geloven dat je niet nog altijd met haar naar bed gaat?'

'Al geloof je me niet, het is de waarheid,' zei Paul.

Een ogenblik later klemde ik mijn handen als een tang om zijn nek. 'Allemaal gelul! Je bent met haar getrouwd!' schreeuwde ik. 'Ik heb er in de gang foto's van gezien!'

Paul trok mijn handen van zijn keel weg.

'Nee, nee, nee!' riep hij met zijn armen gestrekt voor zich om mij op afstand te houden. 'Dat was alleen maar omwille van Caroline. We wilden haar de indruk geven dat ze net als iedereen gewoon een vader heeft. We hebben door een fotograaf wat foto's laten maken. Dat is alles. Ze denkt dat ik piloot ben.'

Mijn ogen voelden aan alsof er zuur in was gedruppeld.

'En wie denkt Veronica dat jij bent?'

Paul haalde zijn schouders op. 'Ze weet wie ik ben,' zei hij.

'Dan maakt ze deel uit van een minderheid, Paul, denk je ook niet?' zei ik. 'Weet ze van mijn bestaan af?'

'Vanaf het prille begin.'

'Verdomde klootzak!' zei ik. Ik was gek van woede. Ik had zin om hem te bijten. 'Weet je zelf wel wie je bent? Ik heb namelijk geen idee. Is je nieuwe baan ook allemaal uit de duim gezogen onzin?'

'Nee, dat is allemaal echt,' zei Paul. Hij ging op een lege bank zitten.

'Laten we er niet omheen draaien, Lauren,' zei hij even later. 'Toen jij en ik te horen kregen dat we geen kinderen konden krijgen, ging het met ons huwelijk van kwaad tot erger. We waren er allebei goed ziek van. Jij kreeg je baan op Moordzaken, Lauren, en je beet jezelf volledig vast in je werk. Daar draaide voor jou alles om. Dubbele, driedubbele diensten. Begrijp me niet verkeerd, ik verwijt je niets. Maar je had weinig tijd voor mij. Ik geloofde niet dat er nog enige kans op was dat wij weer echt samen zouden komen.

Maar nu is alles zo anders, Lauren. Je bent zwanger. Het was alsof iemand de pauzeknop had ingedrukt, iemand die vier jaar later opeens weer aan ons dacht en toen op Afspelen drukte. Ik heb Caroline in mijn hart gesloten, maar ik zou bereid zijn zelfs haar voor jou op te geven. Er is echt weer een "wij" voor ons, een toekomst. Ik ben bereid daar alles voor te doen.'

Paul greep mijn hand.

'Ik heb altijd alleen ons gewild. En jij weet dat. Vanaf de allereerste keer dat ik je zag. We kunnen dit oplossen, Lauren. Het is allemaal gewoon een idiote en afgrijselijke omweg geweest. Alle leugens zijn nu voorbij.'

'Dat klinkt allemaal heel lief, Paul,' zei ik, mijn hand uit de zijne trekkend. 'Echt heel schitterend en fijn, op één ding na dan. Een heel klein detail.'

Hij keek me vragend aan. Nu was het mijn beurt hem pijn te doen. Eens kijken hoe leuk hij het vindt om een napalmbom in zijn hart te krijgen.

'Je bent nog iets vergeten. Iets heel belangrijks, Paul. De politieman die ik je heb zien doden. Ik was erbij toen jij Scott om het leven bracht, dombo.'

HOOFDSTUK 109

Pauls gezicht leek voor mijn ogen weg te schrompelen. 'Wáár was jij?' vroeg hij.

'In Scotts huis in Riverdale,' zei ik. 'Je moet onze e-mails hebben gelezen, maar wat dacht je? Je was te laat. Wij waren al samen, Paul. Even voor jij hem zijn schedel insloeg, lagen hij en ik samen in zijn bed. Open kaart is open kaart. En hoe voelt het?'

Blijkbaar niet al te prettig. Pauls mond stond verder open dan die op *De schreeuw* van Edvard Munch. 'Dus jij was... Hoe kon...' stamelde hij.

'Ja, Paul,' zei ik. 'Verrassing, verrassing.'

Ik pakte hem bij zijn pols en kneep er hard in.

'Wie denk je dat jou verdomme al die tijd uit de gevangenis heeft weten te houden? De kaboutertjes? Ik heb voor jou van alles en nog wat in de doofpot gestopt, mijn carrière verwoest – alles wat ik was – alleen om jou uit de gevangenis te houden. Ik had echt medelijden met je. Kun je je dat voorstellen?'

Paul strekte zijn hand uit naar mijn gezicht. Ik sloeg hem weg.

Andere wandelaars begonnen met een wijde boog om ons heen te lopen.

'En nu we het er toch over hebben,' snauwde ik. 'Hoe haalde je het in je hoofd Scott te vermoorden terwijl jij mij zelf ontrouw was? Wie ben jij in godsnaam? Een dief. Een moordenaar. Een bigamist. Vergeet ik nog iets?'

Ik gaf hem opnieuw een klap en dat voelde zo geweldig.

'Scott had een vrouw en drie kinderen!'

Paul stond op en liep weg. Hij stond aan de andere kant van het pad, opdat ik hem niet opnieuw zou raken, nam ik aan. Na een tijdje deed hij iets verbazingwekkends. Hij begon te lachen.

'Laat je mij die mop ook horen?' zei ik en ik liep met een rood gezicht op hem af. 'Ik zou wel een goeie grap kunnen waarderen op het moment.'

Paul draaide zich naar me toe.

'Tuurlijk,' zei hij. 'Hier is de clou: Ik heb Scott niet gedood omdat hij met jou naar bed ging. Daar wist ik helemaal niets van, Lauren.'

Hij sloeg zijn armen voor zijn borst en lachte naar me. Ik snapte er niets van, ik begreep geen woord van wat hij zei.

'Ik heb hem gedood omdat hij me chanteerde,' zei Paul.

HOOFDSTUK 110

Nu was het mijn beurt om met mijn hoofd tussen mijn knieën te zitten.

'Hij chanteerde jou?' vroeg ik.

Paul knikte.

'Een jaar geleden kwam Veronica naar New York. Ze heeft een vriendin die daar als model werkte en die ook voor Veronica een baantje had gevonden. Dat verliep allemaal iets anders dan verwacht: om elf uur 's morgens zit ze opeens midden in een inval door de narcoticabrigade en ik krijg op mijn werk een paniekerig telefoontje van haar met de vraag haar te helpen.

Ik naar dat appartement in SoHo in de veronderstelling dat er een hele politiemacht aanwezig zou zijn, maar er is er maar één: Scott Thayer. Ik kwam echter te laat. Veronica was bang geworden en had hem verteld dat wij geld hadden. Hij trok mij mee naar de keuken en maakte me duidelijk dat er met hem te praten viel. Voor tienduizend dollar zou hij iedereen verder met rust laten.'

Ik voelde een scherpe pijn in mijn nek. Mijn huid voelde klam aan.

'Dus ik gaf hem die tienduizend,' zei Paul. 'Er ging een maand voorbij. Op een dag keer ik na de lunchpauze weer terug naar mijn bureau en daar zit Thayer, met een foto van jou in zijn hand. Hij vertelde me dat hij op hetzelfde bureau werkte als jij en dat hij – als de aardige kerel die hij was – voor nog eens twintigduizend dollar mij niet zou aangeven en jou niet van Veronica's bestaan op de hoogte zou stellen.'

Paul keek me aan. Met open mond keek ik naar hem.

'Ik geef hem dus die twintigduizend. Maar toen hij voor de derde keer bij me kwam, wist ik dat er nooit een einde aan zou komen. Hij wilde vijftigduizend. In plaats van hem dat geld te geven, besloot ik een poging te ondernemen om de zaken naar mijn hand te zetten.'

Ik luisterde naar de fluitmuziek die ergens in het park werd gespeeld en kreeg het gevoel naar mijn eigen begrafenismuziek te luisteren.

Ik had gedacht dat Paul om mij had gevochten. Dat hij Scott om mij had gedood. Maar het was om geld geweest, afpersing.

'Je begrijpt dat het Thayer niet genoeg was mij te chanteren,' ging Paul verder. 'Hij wilde alles. Hij maakte jacht op jou om mij nog meer in zijn greep te krijgen. Dat is alles wat hij van jou wilde, Lauren.'

'En dus heb jij hem vermoord, Paul?' zei ik verbitterd. 'En nu ben je een gangster? Iemand die mensen berooft en agenten overhoopschiet. Misschien moet je een rapalbum opnemen.'

Paul keek naar de grond en haalde toen zijn schouders op. 'De gebeurtenissen regen zich aaneen. Het ene incident leidde tot het andere.'

Ik had bijna medelijden met hem. Was het mij niet net zo vergaan? Maar ik drukte mijn compassie zo snel mogelijk weg. Het laatste wat ik wilde was dat ik met Paul te doen kreeg.

'Luister, Lauren,' zei Paul. 'Waarom noemen we het geen megamidlifecrisis? Ik zal vanaf nu alles doen wat jij wilt. We geven het geld terug. Of we gaan er gewoon vandoor. Een komma twee miljoen belastingvrij is een boel geld. Waarom zouden we het niet uitgeven? Brengen we ons kind groot op een zeiljacht. Je bent nu boos, maar jij hebt mij ook bedrogen, weet je nog? Laten we gewoon… gaan. Kom, Lauren. Samen kunnen we dat.'

HOOFDSTUK 111

Ik zat daar maar en keek naar mijn onwaarschijnlijke oplichter van een echtgenoot. Wat een enorme leugenaar was hij. Ik zat er met afgezakte schouders bij en keek naar de grond. De wereld leek plotseling te vertragen, de muziek, het geluid van het verkeer.

Alles was zoals het was. Ik had Paul alles gegeven wat ik had kunnen geven. Mijn liefde, mijn werk, mijn reputatie. En nu had ik volstrekt niets meer.

Ik werd helemaal door die overwegingen in beslag genomen toen Pauls dochtertje plotseling weer verscheen. Het kindermeisje waar Paul mee had gesproken stond iets verderop te wachten met een andere dreumes en het fietsje van Caroline.

'Pappa!' zei ze. 'Foto's! Ik wil Imelda de foto's laten zien.'

'Niet nu, liefje,' riep Paul naar het meisje. 'Doen we later, oké?'

'Maar het zijn mijn broertjes,' zei het meisje en ze trok een zwart-witfoto uit Pauls jasje voor hij haar kon tegenhouden. De foto viel op de grond toen hij hem uit haar hand probeerde te grissen.

'Dat is gemeen, pappa,' zei de vierjarige met een pruillip. 'Ik wil Imelda de foto laten zien van mijn nieuwe tweelingbroertjes.'

Mijn ogen puilden uit. Wát!

Paul keek naar de kleine, vierkante foto, zijn adamsappel ging op en neer.

'Die kun je haar wel een ander keertje laten zien, Caroline,' snauwde Paul. Imelda keek heel even naar hem, pakte Caroline toen snel bij de hand en trok haar met zich mee.

Ik bukte me en pakte de foto op waar het allemaal om ging. Ik knikte en knikte nog eens.

Het was een echogram. Twee foetussen. Een tweeling. Ik zag Veronica weer voor me. Natuurlijk had ze eruitgezien alsof ze onlangs was aangekomen. Ze was zwanger!

Ik keek bijna gebiologeerd naar Pauls gezicht. Hij loog me zo moeiteloos voor. Steeds maar weer.

Daar zou nooit een einde aan komen, besefte ik. Er was iets tot op het bot mis met hem. Hij zou alles zeggen, alles doen. Hoe kon iemand zulke leugens vertellen? Hoe kon iemand de weerzinwekkende dingen doen die hij had gedaan? Zelfs de manier waarop hij zijn dochtertje net had afgesnauwd. Ik had een monster beschermd.

'Ik weet precies wat we nu gaan doen,' zei ik, terwijl ik de foto op de kinderkopjes liet vallen. 'Dat wat ik had moeten doen toen het allemaal begon.'

Ik haalde met een snelle beweging mijn handboeien voor de dag en klikte die om zijn polsen. 'Paul, je bent gearresteerd.'

HOOFDSTUK 112

De kindermeisjes, schakers en joggers keken met open mond toe hoe ik Paul geboeid het park uit voerde. Natuurlijk keken ze naar ons. Hij was godsamme een kop groter dan ik.

'Weet je wel zeker dat je op het goede spoor zit, Lauren?' jammerde hij terwijl ik hem door twee straten met me meetrok naar mijn Taurus.

'Een miljoen dollar? Je houdt nog steeds van mij, anders zou je niet voor mij in de bres zijn gesprongen. En dat zal ook jou worden aangewreven. Jij zult als medeplichtige veroordeeld worden en de baby zal achter de tralies worden geboren. Je overziet de consequenties niet.'

'Heel jammer voor jou, Paul, maar ik ben moe van het denken,' zei ik. 'En door dat denken zit ik nu met al die ellende. Ik ben gewoon bezig iets recht te zetten. Dat probeer ik in elk geval.'

Ik bleef staan toen we Pauls Jaguar bereikten. 'Waar zijn de sleutels, Paul? Laten we het in stijl beëindigen. Laat me de smaak van een miljoen dollar proeven. Misschien verander ik van mening en zet ik koers naar het vliegveld.'

Ik porde Paul in zijn rug. 'Maar ik zou er als ik jou was maar niet op rekenen.'

Ik haalde de sleutels uit de zak van zijn jasje en duwde Paul op de passagiersstoel. Ik liep om de auto heen en ging achter het stuur zitten. Toen ik de sleutel in het contact stak, liet Paul het handschoenenvakje openspringen.

Het volgende moment voelde ik iets hards dat onder mijn rechteroksel werd gestoken.

'Het is tijd geworden een einde te maken aan deze onzin, Lauren,' zei hij en hij drukte het kleine pistool nog iets harder tussen mijn ribben.

Sufferd! dacht ik. Natuurlijk had hij een pistool. Daar had de kaartjeshandelaar niet over gelogen. Paul wel.

'Hé, ik dacht dat je zei dat je geen pistool had,' zei ik.

'Heb je het nog steeds niet helemaal begrepen, Lauren?' zei hij. 'Ik zeg je alleen wat je moet horen. En nu maak je die handboeien los. Nu meteen!'

'En dan? Schiet je me daarna neer?' zei ik terwijl ik deed wat hij vroeg. Ik had geen keus. 'Dat kan er ook nog wel bij, Paul. Je hebt verder al alles met me uitgehaald.'

'Hé, jij bent degene die met dit spelletje is begonnen. Mij in de boeien slaan,' zei Paul.

'Zo zie jij dat, hè?' zei ik. 'Als een soort spelletje. Maar dit is iets anders, Paul. Je hebt iemand vermoord. Je bent een moordenaar. Een moordenaar!'

Pauls gezicht vertrok van woede. Hij werd knalrood en zijn ogen schoten vuur.

'Iets anders? Ik zal jou eens wat zeggen. Enig idee hoe het is om een vrouw te hebben die zich vrouwelijker gedraagt dan jij? Jij was druk met het oppakken van misdadigers, maar ik ging de stad in om vrouwen te verwennen. Ik had jou kunnen verwennen, maar dat was voor jou blijkbaar niet goed genoeg!!!'

Paul sloeg furieus met het pistool op het dashboard en drukte de loop toen tegen mijn slaap.

'Wil je weten hoe ik me voelde toen Veronica me haar aanbod deed in het Sheraton? Ik voelde me voor het eerst sinds lange tijd weer een man! En ik kreeg een kans weg te komen bij die saaie investeringsfirma, met z'n pensioenvoorziening en al die andere onzin waar ik mijn hele leven aan vergooide.'

Paul ademde diep. Hij hield het pistool nog steeds tegen mijn slaap gedrukt.

'Ik heb het gedaan, Lauren,' siste hij fel. 'Ik nam wat ik wilde en kon de hoofdprijs incasseren. En ik zal je nog iets zeggen, ik herinner me er elke seconde van. Het was geweldig, Lauren. Veronica likte het bloed van mijn knokkels. En ik heb haar als een fokstier bezwangerd.'

'Je bent een psychopaat,' zei ik.

'En je hebt gelijk. Ik heb die gore klootzak van een Scott gedood. Hij dacht zeker dat hij met mij kon blijven sollen. Je had zijn gezicht moeten zien toen hij zich omdraaide. Hij werd overtroefd, en dat wist hij. Ik heb jouw vriendje precies gegeven wat hij verdiende. En dat hij een vrouw en kinderen had interesseert me geen flikker.'

In de verte klonken sirenes. Iemand moest de politie hebben gebeld toen Paul en ik in het park zo'n stennis maakten. Ik dank de goddelijke voorzienigheid dat er mobiele telefoons bestaan!

'Hoor je dat?' zei ik. 'Die sirenes? Dat is het geluid van de waarheid en van de consequenties, Paul. En ze komen voor jou.'

'Ze zullen mij niet krijgen, trut,' zei Paul. Hij gooide de deur open en duwde mij naar buiten. 'Het is tijd geworden voor een proefscheiding.'

De banden van de Jaguar rookten toen hij Riggs Place achter zich liet.

Ik stond gedesoriënteerd tussen de zwarte sporen op de weg. Kon iemand mij alsjeblieft uitleggen wat er verdomme net was gebeurd? De afgelopen uren deden volstrekt onwerkelijk aan, surrealistisch. Hoezo uren? Probeer het eens met de afgelopen minuten.

Mijn haar vloog alle kanten op toen er twee politieauto's vlak langs me scheurden die met loeiende sirenes aan de jacht op Paul waren begonnen.

Was dit het? dacht ik. Zou het zo eindigen?

Een eind verderop aan de overkant van de straat zag ik mijn huurauto staan.

Niet als het aan mij lag, dacht ik, en al rennend haalde ik de sleutels uit mijn zak.

HOOFDSTUK 113

Even later reed ik vol gas achter de achterste politiewagen die Paul achtervolgde. Ik kreeg de neiging met mijn lichten te gaan knipperen. Aan de kant! Maak plaats voor het NYPD. Paul is voor mij. Ga opzij! Dat is mijn liegende en bedriegende en moordende echtgenoot die probeert weg te komen!

We raasden door een volgende dure buurt. Waren we in Georgetown? Er flitsten met klimop bedekte stenen en Griekse zuilen langs me heen. Waar wilde Paul in vredesnaam naartoe? Dacht hij nog steeds weg te kunnen komen?

Opeens begreep ik waar hij heen wilde toen ik de toren van de brug naar het vliegveld zag die zich ongeveer een kilometer verderop tegen de hemel aftekende.

Bij de volgende kruising sloeg ik linksaf, scheurde door rood en nam met piepende banden de bocht naar rechts, M Street in. In een poging eerder bij de brug te zijn dan hij, trapte ik het gaspedaal bijna door de vloer van de auto heen.

Ik claxonneerde toen ik slippend tot stilstand werd gedwongen. Het verkeer stond vast op de toegangsweg naar de Francis Scott Key Bridge.

Ik sprong uit de auto en ging in het geopende portier staan om de situatie te overzien.

'Maak godverdegodver dat je wegkomt!' schreeuwde een boze buschauffeur me al toeterend toe. 'Waar ben jij nou godverdomme mee bezig, sufmuts!'

Ik had hem graag antwoord gegeven, maar helaas ontbrak me de tijd.

Een eind verderop zag ik Paul aankomen met de twee politie-auto's in zijn kielzog. Toen hij de opstopping bereikte die mij de doorgang belemmerde, stuurde hij de Jaguar zonder te aarzelen het trottoir op. Een hotdogkraampje en een krantenstandaard vlogen over de motorkap van de Jaguar voordat Paul als een bezetene over het kruispunt schoot.

Ik sprong de stoep op en vulde zo de enige ruimte waar Paul nog door zou kunnen. De buschauffeur schreeuwde naar me toen de Jaguar met hoge snelheid op me afkwam. Ik vormde het enige obstakel tussen Paul en de brug.

Ik stond als aan de grond genageld.

Paul zou stoppen.

Hij zou me niet overrijden.

Hij kon mij niet vermoorden.

Maar de auto kwam met hoge snelheid op me af.

Op het allerlaatste moment dook ik naar rechts.

De Jaguar vloog langs me heen als een groene geleide raket. Ik draaide me op mijn rug en zag Paul om mijn auto slalommen en terug de weg op schieten. Het ging die hufter lukken. Hij zou me zonder meer hebben overreden, daar was geen twijfel aan.

Maar hij knalde zo hard met het achterwiel tegen de stoep-rand dat de auto omhoogvloog.

Een miraculeus gezicht.

Met een oorverdovend geknerp, alsof er een reusachtige plastic fles werd vermorzeld, raakte de Jaguar een betonnen bruggenhoofd.

Er schoot een wolk van glas omhoog. De auto sloeg nog een paar keer over de kop en stortte met veel gekraak door de bomen langs de rivieroever en klapte vervolgens in het smerige groene water van de Potomac.

HOOFDSTUK 114

De Jaguar was verdwenen – evenals Paul.

Ik struikelde over een deels begraven winkelwagen toen ik rennend en vallend het talud afdaalde. Wat nu? Ik maakte een gevaarlijke tuimeling en daarna een pijnlijke buiklanding in de rivier. Ik dook meteen verder, ingespannen in het donkere water zoekend naar de Jaguar en naar Paul.

Geen idee hoe het kwam dat ik zo moedig was, of zo dwaas, of hoe je dit ook zou moeten noemen. Misschien omdat dit was wat er moest gebeuren.

Ik wilde juist weer naar de oppervlakte zwemmen om lucht te halen, toen ik een stuk verwrongen metaal zag. Ik zwom ernaartoe.

Nee!

Het was de Jaguar. Paul zat nog steeds vastgesnoerd op de stoel achter de uitgeklapte airbag.

Zijn ogen waren gesloten, zijn gezicht bezaaid met wondjes. Hoe lang lag hij nu in het water? Hoe lang duurde het voor er sprake was van een hersenbeschadiging? Ik zwom naar zijn portier en rukte die open.

Ik boog me over Paul heen en vocht wanhopig tegen de airbag om zijn gordel los te krijgen. Ik kon er geen beweging in krijgen.

Opeens voelde ik zijn handen die mij bij mijn nek grepen.

Waar was hij mee bezig?

Mijn keel begon te branden. Ik kon het niet geloven. Waarschijnlijk was ik degene met de hersenbeschadiging! Ik deed het uiterste om hem te redden en hij wilde mij vermoorden op de bodem van de Potomac. Paul was echt knettergek.

Het rivierwater brandde in mijn neusholte terwijl ik vocht voor mijn leven. Het kon niet lang duren voor ik mijn kracht en zuurstof zou hebben verbruikt. En dan? Dat was eenvoudig: ik zou verdrinken.

Ik bleef tegen hem vechten, maar boekte geen resultaat. Paul was te groot, te sterk. Ik moest het anders aanpakken. En heel snel ook!

Ik zette mij schrap tegen de deurstijl en stootte toen zo hard mogelijk met mijn elleboog tegen zijn keel. En nog eens!

De druk om mijn keel verdween en er steeg een luchtbel ter grootte van Rhode Island uit Pauls mond op. Ik trok mezelf onder zijn armen vandaan, maar voelde dat ik buiten bewustzijn begon te raken.

Paul greep mijn voet toen ik naar de oppervlakte wilde zwemmen. Hij zat nog vastgesnoerd en met uitpuilende ogen in de auto. Hij wilde mij meesleuren in de dood, al was dat het laatste wat hij zou doen, en het zou zijn laatste daad worden.

Ik trapte voorwaarts in het water en vervolgens achterwaarts tegen zijn neus. Die was gegarandeerd gebroken. Zijn gezicht werd omgeven door een wolk bloed. Meteen werd zijn greep krachteloos en ik trapte mezelf weg van de auto en omhoog naar het licht.

Ik keek achterom en kon Pauls gezicht daar beneden zien. Hij bloedde en leek te schreeuwen. Toen was hij weg.

Ik bereikte de oppervlakte en hapte uitgeput naar de gezegende lucht. De sterke stroming van de rivier voerde me mee. Op een brug waar ik onderdoor dreef zag ik de blikkerende lichten van politieauto's en tientallen starende gezichten. De takken van de bomen langs de oever sloegen onstuimig heen en weer door de politiehelikopter die erboven hing.

Een brandweerman schreeuwde iets en gooide me een reddingsvest toe. Ik wist het te grijpen en klemde het met mijn laatste krachten tegen mijn borst.

HOOFDSTUK 115

De politiemensen van Washington zorgden dat het mij aan niets ontbrak. Ze hadden onze vluchtlijst gecontroleerd en aangenomen dat Paul en ik hier op vakantie waren. En ze veronderstelden dat hij gewoon te veel had gedronken.

Ik ondernam geen pogingen om hen van die interpretatie af te brengen en na zijn lichaam te hebben geïdentificeerd, deed ik er verder helemaal het zwijgen toe.

Een uur later kwam mijn grote vriend rechercheur Zampella persoonlijk naar de plaats van het onheil en hij zag kans de plaatselijke media het bos in te sturen. Daarna bracht hij me zo snel mogelijk van die plek vandaan.

Ik moest ergens tot rust komen. Maar niet in Washington DC.

Ik wilde niet vliegen en dus reed ik met mijn huurauto helemaal naar Baltimore alvorens ik weer door vermoeidheid werd overvallen.

De herinnering aan een aangenaam verblijf in een Sheraton in de buurt van de haven kwam bij me op en ik vond het hotel in Charles Street.

Het Sheraton Inner Harbor Hotel. Nooit eerder had een hotel een plezieriger indruk op me gemaakt.

In plaats van een kamer met uitzicht op het honkbalstadion nam ik een kamer die uitzag op de haven, al was het me op dat moment allemaal om het even.

De hele kamer was blauw en crème. Precies wat een uitgeputte reiziger nodig heeft.

Het bed was groot en gerieflijk en ik bracht er de avond, on-beweeglijk naar het plafond starend, in door. Naarmate het ver-doofde gevoel begon te wijken, voelde ik me triest, boos, be-zorgd, beschaamd en hulpeloos tegelijk. Eindelijk sliep ik in.

Het was nog steeds donker toen ik mijn ogen weer opsloeg. Ik keek naar de muren van de vreemde kamer en het duurde even voor ik wist waar ik was. Eén blik op de verlichte haven maakte alles duidelijk. Ik zag een groot schip genaamd The Chesapeake. Baltimore – het Sheraton Inner Harbor Hotel.

Er borrelden andere beelden op.

Paul. Veronica. Kleine Caroline.

De Jaguar in de Potomac.

Ik lag in het donker en overdacht alles vanaf het begin. Wat ik had gedaan. Hoe ik daar nu tegen aankeek. Hoe ik tegen me-zelf aankeek. Ik kneep mijn ogen dicht. Gestadig schoten er le-vendige gewaarwordingen en herinneringen door me heen. De geur van Scotts eau de cologne. De smaak van regen in zijn kus. Het gevoel van de regen tegen mijn schenen toen ik naar zijn toegetakelde lichaam keek. Paul in de Jaguar aan het eind.

Mijn ademhaling stokte bij de volgende herinnering die zich aandiende.

Ik zag zilverwit licht door de ramen de kerk binnen stromen waar Paul en ik werden getrouwd. Mijn linkerhand maakte een onwillekeurige beweging toen ik voelde dat er een gouden ring om mijn vinger werd geschoven.

De wanhoop die me toen overmande was als een epileptische aanval die altijd in me had gezeten. Een soort duistere bloesem die er vanaf de dag waarop ik getrouwd was op had gewacht open te barsten.

De volgende uren kon ik niets anders dan huilen.

Uiteindelijk pakte ik de telefoon en ik bestelde een sandwich en bier van de Orioles Grille in het hotel. Ik zette de televisie aan. De nieuwsuitzending van elf uur toonde de lugubere beel-den van het ongeluk dat zich bij de brug in Washington had voorgedaan, en van Pauls auto die uit het water werd gehesen.

Het scheelde weinig of ik was opnieuw in tranen uitgebarsten, maar daar weerhield ik mezelf van door een paar keer diep door te ademen. Genoeg was genoeg. Ik schudde mijn hoofd nadat de nieuwslezer het voorval een tragisch incident had genoemd.

'Je weet niet half wat er gebeurd is,' zei ik. 'Je hebt geen idee waar je het over hebt. Geen flauw idee.'

EPILOOG

HOOFDSTUK 116

De laatste paar minuten van mijn uurloop waren altijd het zwaarst. Ik concentreerde me op een zilveren reepje water op het strand en op het lichte meegeven van het natte zand onder mijn voeten.

Na de denkbeeldige eindstreep bereikt te hebben, liet ik me op het strand vallen. Mijn longen brandden en ik was verbaasd over de prestatie die ik zojuist had geleverd. Ruim acht kilometer – over zand.

Voor de zoveelste ochtend op rij gloorde de zon aan de horizon en was ik getuige van het miraculeuze moment waarop het water en de branding goud kleurden.

Mijn ogen volgden de gebogen strook strand waarover ik zojuist had gerend en die er nu uitzag als een op zijn zij liggende vergulde maansikkel. Duivels mooi.

Ik keek op mijn horloge. Je komt te laat, Lauren.

Ik liep naar mijn bromfiets die ik op de bijna lege parkeerplaats had neergezet. Ik deed mijn teenslippers aan en zette mijn helm op. Veiligheid voor alles. Ik knikte naar een paar vissers die ik al vaker had gezien, zwenkte langs de fluitende, gebruinde surfers in een kanariegele cabriolet en reed de bochtige weg langs het strand op in de richting van de stad.

Grappig hoe de dingen kunnen gaan, dacht ik terwijl ik over het smalle asfaltlint snorde.

Het postpakket was op de kop af drie maanden na Pauls dood bij mij bezorgd. Er zat een brief in die op duur papier was getypt en het briefhoofd droeg van een gevolmachtigde van de Cayman Islands Trust Bank.

Paul had het gestolen geld en de rente – 1 257 000,22 dollar – aan mij nagelaten.

Het maakte niets uit, ik was nog steeds niet bereid hem te vergeven.

Ik stond in de verleiding het geld terug te geven of het misschien aan een goed doel te schenken. Maar tegen die tijd was mijn zwangerschap al aardig gevorderd en niets anders dan de schopjes van een baby doen je zo goed beseffen dat alles niet langer om je eigen persoontje draait. Wel maakte ik tweehonderdvijftigduizend dollar over naar het gezin van Scott Thayer, maar dat deed ik gewoon om goed te doen. Zo goed als ik kon, in elk geval.

Ik stopte op de korte oprit voor een huis met veel glas op een klif boven het strand. Met het lekkende dak en de haperende schuifdeuren was het meer een glazen caravan dan een huis, maar het uitzicht was onovertroffen, evenals de privacy.

Ik rende naar binnen maar hield mijn helm op. Ik moest even kijken hoe het ging met de man in mijn leven.

Mijn prachtige baby begon meteen te kraaien toen ik neerknielde voor zijn wipstoeltje. Wat moest je daar nu van denken? Ik liet me nog altijd door jongere mannen inpakken.

Zijn naam is Thomas. Hoe had ik hem naar iemand anders dan mijn vader kunnen noemen?

Op de drempel naar de keuken stond een Spaanse vrouw die me een verwijtende blik toewierp.

'Wat doet u hier, mevrouw Lauren?' zei ze. 'U wilt toch niet op uw eerste werkdag al te laat komen?'

'Ik wilde alleen Tommy nog even een dikke kus geven,' zei ik.

Ze wees naar de voordeur.

'*Basta*,' zei ze. 'U kunt rond het middaguur weer terugkomen om Thomas een kus te geven. Maar voor nu: *vámonos*.'

HOOFDSTUK 117

Het ritje naar mijn kantoor duurde amper tien minuten. Het bevond zich boven een populair café aan een drukke straat met veel toeristen.

Ik ging de trap op en gespte het riempje van mijn helm los en ik keek goedkeurend naar het nieuwe bord dat boven de verweerde deur hing: PARADISE INVESTIGATIONS. Ziet er uitstekend uit. Oogt goed, voelt goed.

Ik daalde de trap weer af en ging het café binnen waar ik over een junglepaadje mijn weg zocht tussen palmen en beelden van hout en groensteen.

De barkeeper sloeg een pagina om van de *New York Daily News* van afgelopen zondag en keek me aan.

Mijn oude partner Mike Ortiz rolde met zijn ogen en trakteerde me toen op zijn brede lach – het was de enige manier waarop Mike kon lachen.

'Hé, speurneus,' zei hij. 'Moet jij niet een of andere gemene kerel schaduwen of zoiets? En wat heb ik je gezegd over mijn tante Rosa? Als je steeds weer naar huis gaat zal ze gaan denken dat je haar de kleine Thomas niet toevertrouwt.'

We hadden naast elkaar kunnen zitten in onze oude surveillancewagen, alleen droeg Mike een hawaïhemd waarvan de kleuren flets waren geworden. Hij leek zich in elk geval uitstekend aan zijn nieuwe leventje te hebben aangepast.

Hij had me gevraagd hem eens op te zoeken, en dat had ik gedaan. Niet dat ik ergens anders werd verwacht. Bovendien was

Mike zo ongeveer de enige eerlijke man die ik kende. En hij was eigenlijk een heel leuke vent. Dat viel me steeds meer op.

'Ik heb het nieuwe bord boven gezien,' zei Mike. 'Heel mooi, maar weet je eigenlijk wel dat de voertaal hier Spaans is? Hoeveel klanten denk je te trekken met een Engels bord?'

'Zo min mogelijk natuurlijk, slimmerik,' zei ik en ik griste de modekatern uit zijn krant. 'Wat moet een meisje in deze contreien eigenlijk doen om een bakje troost te krijgen?'

'Laat me daar even over nadenken,' zei Mike, 'dan maak ik intussen een kop koffie voor je.'

Uit het niets voegde hij daar nog iets aan toe: 'Jullie doen het echt fantastisch, Lauren. Jij en Thomas.'

Ik bloosde tot aan mijn tenen. Ik moet er nog aan wennen complimentjes te krijgen, vermoed ik.